Fernando
Contreras Castro

Der Mönch, das Kind
und die Stadt

Zu diesem Buch

In einem Bordell von San José kommt ein einäugiges Kind zur Welt, das folgerichtig auf den Namen Polyphem getauft wird. Die Huren verstecken den Jungen, und Jerónimo, Ex-Mönch und Bruder der Bordellköchin, kümmert sich um ihn und bringt ihm die Welt bei, wie er sie aus den gelehrten Büchern kennt. Mit einer Baseballkappe über dem Auge bricht Polyphem aus in die Stadt und spielt mit den Straßenkindern. Jetzt ist auch Jerónimo bereit, sich von Polyphem mitnehmen zu lassen, und gemeinsam ziehen sie durch die Straßen und Märkte, der Mönch und das Kind.

»Eine skurrile und zugleich anrührende Education sentimentale, die den Leser an eine Sicht der Dinge heranführt, die das Fantastische vom Alltäglichen nicht mehr klar unterscheidet.« *Klara Obermüller, Frankfurter Allgemeine Zeitung*

»Magischer Realismus verbindet sich hier mit schonungsloser Aufarbeitung sozialer Wirklichkeit.« *Der ANDERE Literaturclub*

Der Autor

Fernando Contreras Castro, 1963 geboren, arbeitet als Hochschullehrer an der Universität von Costa Rica in San José und gilt als einer der wichtigsten Autoren der neuen Generation Lateinamerikas. Für seine Romane wurde er mit dem Premio Nacional, der höchsten literarischen Auszeichnung Costa Ricas, geehrt.

Der Übersetzer

Lutz Kliche verbrachte fünfzehn Jahre in Zentralamerika und Mexiko, wo er als Übersetzer und im Kulturbereich arbeitete. Heute lebt er als Übersetzer in Deutschland.

Mehr über Buch und Autor auf *www.unionsverlag.com*

Fernando Contreras Castro

Der Mönch, das Kind und die Stadt

Roman

Aus dem Spanischen von Lutz Kliche

Unionsverlag

Die Originalausgabe erschien 1995
unter dem Titel *Los Peor* im Verlag Farben –
Grupo Editorial Norma, San José de Costa Rica.
Die deutsche Erstausgabe erschien 2002
im MaroVerlag, Augsburg.

Die Übersetzung aus dem Spanischen
wurde mit Mitteln des Auswärtigen Amtes unterstützt
durch die Gesellschaft zur Förderung der Literatur
aus Afrika, Asien und Lateinamerika e.V.

Im Internet
Aktuelle Informationen, Dokumente und Materialien
zu Fernando Contreras Castro und diesem Buch
www.unionsverlag.com

Unionsverlag Taschenbuch 531
© by Fernando Contreras Castro 1995
© by Maroverlag, Augsburg 2010
© by Unionsverlag 2011
Neptunstrasse 20, CH-8032 Zürich
Telefon +41 44 283 20 00
mail@unionsverlag.ch
Alle Rechte vorbehalten
Reihengestaltung: Heinz Unternährer
Umschlaggestaltung: Martina Heuer
Umschlag: Jennifer Stone
Druck und Bindung: CPI – Clausen & Bosse, Leck
ISBN 978-3-293-20531-4
4. Auflage, Juni 2020

Der Unionsverlag wird vom Bundesamt für Kultur mit einem
Verlagsförderungs-Strukturbeitrag für die Jahre 2016–2020 unterstützt.

*So darf es uns nicht absurd erscheinen,
dass es, wie es in jeder Nation einige
monströse Menschen gibt, im Allgemeinen
auch in der gesamten menschlichen Linie
einige monströse Völker und Nationen gibt.*

Augustinus, Über den Gottesstaat

Jerónimo Peor zögerte keinen Augenblick lang, geboren zu werden. Seinem ureigensten Drang folgend kam er ganz einfach zur Welt und Punkt. Und erst im Laufe der Jahre sollten ihm die Folgen dieser unüberlegten Tat bewusst werden; doch brauchte er nicht lange, um sich davon zu überzeugen, dass jeder auf eigenes Risiko auf die Welt kommt und sein ganzes Leben lang einen Tod mit sich herumschleppt, der mit den Jahren immer fetter wird, bis er einen schließlich unter seiner Last erdrückt.

»Wenn ich etwas in den Tod mitnehmen könnte, dann wäre es das Geräusch des Meeres«, hatte Jerónimo auf ein Stück Karton geschrieben, lief damit durch die Straßen von San José und hielt es den Menschen hin, ohne dass seine Botschaft von irgendjemandem gelesen wurde. Wenn es Abend wurde, kehrte er erschöpft in das Bordell zurück, wo ihn seine Schwester Consuelo schon mit einer Schale heißer Suppe erwartete, die er, an irgendeinem Tisch zwischen den Gästen sitzend, in langen Schlucken trank, unberührt von seiner Umgebung, unberührt von der lauten Musik der Stereoanlage, unberührt vom grellen Licht der bunten Lampen, dem Stimmengewirr, den tanzenden Mädchen, dem Geschrei, den Streitereien … ganz versunken in irgendein verschwommenes Bild, das sich in seiner Suppenschale zu spiegeln schien.

Consuelo kam dann manchmal aus der Küche, um ihrem Bruder Gesellschaft zu leisten. Wenn sie ihn wie gewöhnlich fragte: »Na, wie läufts denn so?«, schreckte Jerónimo aus seiner Versunkenheit auf und zuckte die Schultern. Consuelo verstand.

Ein breites, weißes Band um die Stirn, eine bodenlange Schürze vor dem Bauch mit Armen stark wie die einer Titanin arbeitete Doña Consuelo Peor vom ersten Sonnenstrahl an, beaufsichtigte die schwindsüchtig und bleich wie Büßerinnen aussehenden Mädchen, die das Lokal reinigten, und sorgte unterdessen für starken Kaffee, Reis mit Bohnen, Spiegeleier und Brot für das Frühstück der Gladiatorinnen der Nacht. Den restlichen Tag über kümmerte sie sich geduldig und genau um die Ordnung und Sauberkeit des Lokals, was ihre ganze Aufmerksamkeit erforderte.

Wenn er gegessen hatte, stand Jerónimo langsam auf und zog sich schweigend in sein Zimmer zurück, das tief im Inneren des Gebäudes hinter dem Schuppen mit den Waschtrögen lag. Hinter Consuelos Rücken nannten die Gäste diesen Raum oft »die Kammer des Verrückten«. Doch tat Consuelo nur so, als höre sie das nicht. Einmal wagte einer der Männer zu bezweifeln, dass Jerónimo seine fünf Sinne beisammen habe und meinte dann in Consuelos Gegenwart: »Verrückt ist der aber vielleicht gar nicht, der kann bloß nicht mehr.« Consuelo schaute lange versonnen auf ihren schweißglänzenden Arm. Erst gedachte sie, still zu bleiben, doch lachte der Mann so lange über seinen eigenen Witz, dass sie schließlich hinter ihn trat und ihn mit einer eher geringen Anstrengung an ihre Brust drückte. Dem Unglücklichen schwand die Farbe aus dem Gesicht, er verlor die Besinnung und fiel in sich zusammen wie ein leerer Sack. Darauf setzte sie ihn einfach auf einen Stuhl in der Nähe, drehte sich ohne ein weiteres Wort um und vergaß den Vorfall auf der Stelle.

Obwohl Consuelo die Küche unerbittlich um zehn Uhr abends schloss, ging der Betrieb für gewöhnlich bis in die frühen Morgenstunden weiter. Die Mädchen stiegen am Arm ihrer Freier die Treppe zum oberen Stockwerk hinauf, um nach getaner Arbeit allein wieder herunterzukommen. Die Vereinbarung mit Doña Elvira, der Eigentümerin des Lokals, bestand darin, dass der Kunde für zwanzig Minuten, die auf eine halbe Stunde verlängert werden konnten, ein Zimmer mietete und alle anderen Dienstleistungen direkt an das jeweilige Mädchen bezahlte. So verwaltete jedes von ihnen seine Einkünfte selbst, aus denen auch die Miete für das Zimmer zu zahlen war, in dem es arbeitete und wohnte.

Am Morgen sah die Bar regelmäßig wie ein totales Schlachtfeld aus, überall standen Bierlachen, Essensreste klebten an den Tischen und der Boden war von Zigarettenstummeln bedeckt, als sei der Tabak eine vom Aussterben bedrohte Art, die man jetzt oder nie probieren musste.

Über allem lag beißender Gestank wie aus einem Drachenmaul, den Consuelo und die Putzfrauen mit Besen und Wischtüchern vertreiben mussten. Von fünf Uhr morgens an kämpfte Consuelo gegen den Drachen, der vom Schankraum in die Küche hinüberflatterte, sich um die Propellerblätter des großen Ventilators wickelte, wieder heruntersprang, unter den Tischen durchlief und fürchterlich fauchte, wenn es ihr schließlich gelang, ihn vom Vorhang der kleinen Bühne loszureißen und aus dem Fenster zu jagen.

So wurde es Tag über diesem Reinigungsritual, das Consuelo begann, lange bevor die Mädchen erwachten, wund vom Geschäft käuflicher Liebesdienste, die in den Nächten an ihnen kleben blieben wie eine Schmutzschicht und ihnen am Morgen einen furchtbaren Durst verursachten, wenn sich die neugierige Sonne um halb zehn den Spaß machte, sie durch die Ritzen der Fensterläden auszuspionieren.

Sie wachten dann nicht alle gleichzeitig auf, außer denen, die kleine Kinder hatten, denn für gewöhnlich kamen diejenigen, die sich um die Kinder kümmerten, meistens die Mütter der Mädchen, früh mit den gebadeten und sauber gekleideten Kleinen, damit ihre Mütter am Morgen ein paar Stunden mit ihnen zusammen sein konnten. Die anderen wurden so gegen zehn wach, bewegten sich erst nur millimeterweise, beinahe unmerklich, zogen ein Bein an, bedeckten die Augen mit dem Unterarm, ließen das Bein auf den Boden fallen, bis die nackte Fußsohle den Boden berührte wie ein Anker, der mit einem Ruck ihre herrenlos treibenden Träume bremste.

Fast immer auch erwachten sie mit einem schrecklichen Kater und boten ihre Seele dem Teufel im Tausch für irgendeine kalte Flüssigkeit, die den Brand in ihrem Innern löschen konnte. In diesem Zustand kamen sie in das große Esszimmer im Erdgeschoss, wo die voluminöse Frau noch dabei war, das wieder gerade zu rücken, was die Nacht durcheinander gebracht hatte. Consuelo unterbrach ihre Geschäftigkeit nur, um das eine oder andere Mädchen aus dem Gang zu holen, das es nicht geschafft hatte, bis zum Tisch zu gelangen und einfach dort, wo es seine Kräfte verließen, eingeschlafen war. Sie umschlang es mit ihren mächtigen Armen und setzte es auf die lange Bank am Abendmahltisch des Esszimmers, wo es niedersackte und auf sein Frühstück wartete.

Jerónimo erschien immer sehr früh, nahm sein karges Frühstück ein und zog dann los, um die wärmende Sonne des frühen Morgens zu genießen. Wenn er Stunden später zurückkehrte, zogen ihn die Mädchen an der Kutte, damit er sich mit ihnen zum Mittagessen setzte, nahmen ihn in den Arm, kämmten ihm das Haar, lehnten sich an seine Schulter und fragten ihn: »Stimmts, Jerónimo, du bist mein Liebster?«, worauf er unweigerlich antwortete: »Ich bin der Liebste von allen.«

Jerónimo trug den braunen Habit der Franziskaner, des Ordens, der ihn nach seinem Zusammenbruch aufgenommen hatte und ihn mit sprichwörtlicher franziskanischer Geduld über viele Jahre ertragen hatte. An die Füße schnürte er sich Sandalen und um die Taille eine schmuddelige Schnur. Er mochte an die fünfzig Jahre alt sein und war somit älter als seine Schwester, besaß eine solide humanistische Bildung und eine erstaunliche Gabe, die Wirklichkeit auszublenden. Obwohl es hieß, er sei nicht ganz richtig im Kopf, war dies nie ein Hindernis dafür, dass die Mädchen ihn mochten und ihn tun ließen, was er wollte, ohne dass er für das Wenige bezahlen musste, was er brauchte, nicht einmal für die kleine Kammer hinter der Waschküche, wo er wenig schlief und viel vor sich hinmurmelte. Er sah bleich aus im Gesicht, fast wie aus Wachs, und glich damit den franziskanischen Heiligenbildern der Kolonialklöster Südamerikas, wohin man ihn einst gebracht hatte.

Jerónimo Peor war hierher in dieses Bordell gekommen, ohne zu wissen, dass dort auch seine Schwester lebte, an die er nur vage Erinnerungen besaß, einmal, weil sie so viel jünger war als er, und auch, weil er so früh das Land verlassen hatte, um ins Priesterseminar zu gehen. Consuelo erkannte ihn nicht gleich, als sie ihn dort mitten im Schankraum der Bar auf seinem zerbeulten Koffer sitzen sah. Zuerst hielt sie ihn für einen der vielen komischen Käuze, die hier ein- und ausgingen. Doch als sie sich ihm näherte, um ihn hinauszuwerfen, hielt sie etwas Unbestimmtes zurück, etwas beinahe körperlich Spürbares, so wie sich vielleicht ein Puzzle fühlen würde, wenn es eines schönen Tages, nachdem es sich mit ungeheurer Anstrengung an das Fehlen eines verlorenen Stücks gewöhnt hat, eben dieses Stück zufällig wiederfände.

Consuelo näherte sich Jerónimo vorsichtig. Er sah sie abwesend an und ließ sich ohne weitere Erklärung betrachten. Consuelo strich ihm die langen Strähnen aus der Stirn und bedeckte seinen Bart mit den Händen; in dem, was von seinem Gesicht noch zu sehen war, erkannte sie ihren Bruder. Sie umarmte ihn mit solcher Wucht, dass sie ihn dabei beinahe erwürgte. Er spürte, wie sie in seinen Nacken weinte, doch brauchte er eine ganze Weile, bis er sie seinerseits erkannte, wahrscheinlich wegen seines Schwächezustands, in dem er sich nach seiner unendlich langen Rückreise befand, von der er später nie erzählen wollte. Von diesem Wiedersehen an blieb Jerónimo dort wohnen, auch wenn er im Grunde ein Obdachloser blieb.

Consuelo lebte mit ihrem Mann im Dienstbotenzimmer: ein Mann, der noch wuchtiger war als sie selbst, doch seit zehn Jahren wie ein lebender Toter aufs Krankenbett gestreckt lag und dem sie noch vor allen anderen Arbeiten das Frühstück brachte, um ihn dann am Arm in den kleinen Innenhof zu führen, damit er sich dort sonnen konnte. Spätmorgens verabreichte sie ihm die vielen bunten Pillen, die ihm die Ärzte seit seinem Unfall verschrieben; nach wenigen Minuten zwang ihn die Wirkung, sich in sein Zimmer zu begeben und bis weit in den Nachmittag hinein zu schlafen, wenn man ihn zum Mittagessen weckte. Der Mann hatte jahrelang in einer Fabrik gearbeitet, wo ihm niemand zeigte, wie man mit den Maschinen umgehen musste. Eines Tages erhielt er einen Stromstoß und erlitt eine Hirnschädigung. Da war nichts zu machen, niemand übernahm die Verantwortung dafür.

Der einst so aktive und arbeitsame Mann wurde durch seinen Unfall zu einem bedauernswerten Behinderten, was auch Consuelos Hausfrauendasein für immer beendete. Als ihre Ersparnisse aufgebraucht waren, sah sie sich gezwungen, Arbeit zu suchen, um die Zügel der Familie in die Hand zu nehmen und sich nach und nach an die Rolle einer alleinstehenden Frau zu gewöhnen, die ihren Mann noch im Hause hatte. Als ihr Bruder auftauchte, zögerte sie deshalb keinen Augenblick, sich auch seiner anzunehmen. Er steuerte zwar auch nichts zum Unterhalt bei, ließ sie sich jedoch wenigstens nicht so allein auf der Welt fühlen; er leistete ihr Gesellschaft und unterhielt sie mit seinen Einfällen und seiner Besessenheit, das innerste Wesen der Stadt zu verstehen, in der ihm zu leben gegeben war. »Jedem Tierchen sein Pläsierchen«, pflegte sich Consuelo still zu sagen, wenn sie ihn mit einer neuen Botschaft auf seinem Pappschild aus seiner Kammer kommen sah, bereit für einen neuen Tag, einen weiteren Kreuzzug durch die Stadt.

Consuelo Peor war allein, und dies hatte sie dazu gezwungen, Geld zu verdienen, um nicht unterzugehen. Sie hatte sich daran gewöhnt, einen Lohn zu erhalten und ihn selbst zu verwalten, ohne irgendjemand Rechenschaft darüber abzulegen. Ihr Mann war nicht mehr als ein schwerer Schatten, der langsam zwischen dem Schankraum und dem Esszimmer hin- und herging, wenn er nicht schlief oder sich im kleinen Innenhof sonnte. In der Regenzeit, die man hier Winter nannte, saß er am Fenster und sah in den Regen hinaus. Alle im Haus hatten sich an ihn gewöhnt, so wie man sich an ein unbequemes Möbelstück gewöhnt, einen unförmigen Schrank zum Beispiel.

Auch Jerónimo gewöhnte sich schnell an ihn, doch anscheinend ohne zu merken, dass der Mann das Leben um sich her kaum noch wahrnahm. Oft setzte Jerónimo sich zu ihm in den Garten, um mit ihm zu meditieren, denn das war es, was der andere Jerónimos Meinung nach eigentlich dort tat, und so saßen beide manchmal einen ganzen Nachmittag beisammen, sahen eine Zeitlang in den Garten hinaus und starrten dann wieder ins Leere. Doch während

Consuelos Mann abwesend war, besaß Jerónimo die Angewohnheit, überall gleichzeitig und auch dann noch anwesend zu sein, wenn er auf seinen langen Streifzügen durch die Stadt unterwegs war. So sehr gewöhnten sich die Bewohner des Hauses an ihn, dass sie mit dem Gefühl lebten, ihn immer dort bei sich zu haben, und manchmal erschraken sie geradezu, wenn sie ihn hereinkommen sahen, wo ihn doch niemand das Haus hatte verlassen sehen. Es hing wohl auch damit zusammen, dass sich Jerónimo über lange Zeit nicht an einen festen Tagesablauf gewöhnen konnte und manchmal im Morgengrauen mitten in der schlimmsten Arbeit, manchmal mitten am Tag und manchmal zum Nachmittagskaffee auftauchte.

Die beiden Peor-Geschwister waren allein auf der Welt, doch Consuelo hatte den schlimmeren Teil erwischt.

Die Zahl der Mädchen im Haus schwankte zwischen fünfzehn zu Beginn des Jahres und fünfundzwanzig in der Weihnachtszeit, sie besaßen die unterschiedlichsten Hautfarben, Größen und Herkunftsländer, manche hatten kleine, manche schon größere Kinder, manche einen Freund oder Liebhaber oder Ehemann, manche waren unwiederbringlich allein, manche hatten noch pittoreskere Lebensumstände als die anderen. Alle waren sie jedoch wild entschlossen, zwischen den vier Wänden dieses Hauses zu überleben oder dort, wo das Leben sie je einschließen mochte.

Während des Tages herrschte im Haus ziemliche Ruhe. Die Mädchen schliefen, machten Besorgungen oder gingen nach Hause zu ihren Kindern und Müttern, denn die meisten von ihnen achteten darauf, dass ihre Angehörigen nicht allzu viel Zeit im Haus verbrachten.

Die Mädchen waren Freundinnen und Feindinnen, vertrauten und misstrauten sich. Dabei waren sie vorsichtig solidarisch miteinander; obwohl sie sich manchmal hassten, ertrugen sie es kaum, eine von ihnen in einer verzweifelten Situation zu erleben, und so kam es auch, dass sie das hochschwangere junge Mädchen aufnahmen, das eines Abends vor der Tür des Lokals zusammenbrach. Es war ein Mädchen vom Lande, aus der Gegend von Alajuela, und es sah so aus, als habe es mindestens sechs Monate lang seinen wachsenden Bauch verheimlicht. Die Mädchen holten die junge Frau herein und gaben ihr zu essen, um sie nachher bis zum nächsten Tag im Haus übernachten zu lassen. Das Mädchen erbrach jedoch alles, was man ihr zu essen gab, bis Doña Elvira schließlich Doktor Evans rufen ließ, den langjährigen Hausarzt. Evans wohnte in der Nähe des Lokals und hatte seine Praxis bei sich zu Hause geführt, seit er in den dreißiger Jahren mit seinem Doktortitel aus Italien zurückgekehrt war. Eigentlich praktizierte er schon seit vielen Jahren nicht mehr, doch war er über die Jahre zum Vertrauensarzt der Mädchen geworden und behandelte sie immer mit hippokratischer Sorgfalt, wenn sie ihn brauchten.

Auch an diesem Morgen kam Evans gleich mit seinem Köfferchen voller seltsamer Geräte und untersuchte die junge Frau geduldig. Und wie gewöhnlich verkündete er seine Diagnose:

»Ich weiß, was das Mädchen hat ...«

»Was hat es denn, Doktor Evans?«

»Es ist mit ziemlicher Sicherheit krank, ha, ha, ha! – Aber ich weiß auch, was ich mit ihm tun muss ...«

»Was müssen Sie denn tun, Doktor?«

»Na, ich muss es wohl heilen, oder? – Ha, ha, ha!«

Und er ließ sein Altmännerlachen erdröhnen über seinen eigenen Witz, den er schon seit vierzig Jahren erzählte und den seine Patientinnen längst kannten. Die Mädchen amüsierten sich jedesmal köstlich über dieses Lachen, das dem Arzt sein eigener Witz bereitete.

Anschließend verkündete der Doktor jedoch, dass das Mädchen eine schwere Vergiftung erlitten habe, wodurch, wisse er allerdings auch nicht. Als Behandlung riet er zu einer besonderen Ernährung, weil das Mädchen alles, was man ihm zu essen gegeben hatte, wieder von sich gab. Gemeinsam mit Doña Elvira beschlossen die Mädchen des Hauses, die Hochschwangere bei sich zu behalten, bis sie sich besser fühlte.

Jerónimo Peor kehrte gerade von einer seiner ausgedehnten nächtlichen Wanderungen zurück, als er im Eingang auf Doktor Evans traf. Sie begrüßten sich, und der Arzt berichtete Jerónimo, was geschehen war. Jerónimo ging in seine Kammer, kramte aus seinem Koffer ein paar Holzkistchen hervor, entnahm ihnen verschiedene Pülverchen und gab sie, in heißem Wasser aufgelöst, dem Mädchen. Dazu untersagte er ihm, die Medizin von Doktor Evans einzunehmen. Die junge Frau hörte auf ihn, weil sie seinem Mönchshabit mehr vertraute als dem weißen Arztkittel, und fühlte sich wunderbarerweise schon bald besser. Nicht umsonst hatte Jerónimo in seinen Klosterjahren eng mit den Indianerfrauen Südamerikas zusammengelebt; von ihnen hatte er gelernt, mit Kräutern zu heilen, und seit er den großen Markt entdeckt hatte, verbrachte er lange Stunden an den Kräuterständen, wo er sich sorgfältig die Pflanzen besah, die er noch nicht kannte, jedes Blatt, jede Wurzel und jeden milchigen Saft aller Heilpflanzen genau in Augenschein nahm, mit denen ihn die Händler bekannt machten, die den komischen Heiligen auch schon in ihr Herz geschlossen hatten.

IN HÄUSERN WIE DIESEM landeten und strandeten alle Arten von Menschen. Schon früh begann es sich zu füllen, von sechs Uhr abends an, wenn die Stammgäste nach der Arbeit hierherkamen. Dann gab es Bier mit Häppchen und ab und zu ein richtiges Abendessen, bis gegen halb acht die Mädchen herunterzukommen begannen, um auszuwählen oder ausgewählt zu werden. Die Nachtschwärmer blieben bis spät, auch wenn normalerweise diejenigen, die früh kamen, auch früher gingen. Andere kamen um neun, halb zehn, zehn – und zwischendurch die unvermeidlichen »Hahnentritte«, die nur das eine wollten und so schnell wieder gingen, wie sie gekommen waren, wobei sie sich auf der Straße noch das Hemd in die Hose stopften und den Reißverschluss hochzogen und sich nach allen Seiten umsahen, ob sie wohl jemand erkannt hatte. Es kamen auch Halbwüchsige, um ihre ersten Erfahrungen zu machen, neben den jungen, den erwachsenen und sogar schon reichlich alten Männern, die alle nach und nach hereinzuströmen begannen, während es dunkel wurde und die Stadt ihre wundersame Verwandlung durchlief, denn »der Tag und die Nacht wohnen an verschiedenen Orten«, wie ein Taxifahrer zu sagen pflegte, der das Lokal oft frequentierte und der, wenn es früh für ihn wurde, das heißt, wenn ihn dort das Morgengrauen überraschte, sein Taxi auf einem nahen Parkplatz lassen und mit dem Bus nach Hause fahren musste: Er arbeitete schon so viele Jahre nachts, dass er sich am Tage nicht mehr in der Stadt auskannte.

Wenn das Schattenreich anbricht, ziehen sich die Tagmenschen zum Schlafen in ihre Häuser zurück, damit die Nachtschwärmer wie Königinnen der Nacht aufblühen können und eine andere Ordnung zu funktionieren beginnt. Jerónimo vermochte es noch Monate nach seiner Rückkehr nicht, seinen Geist zu beruhigen und ließ sich durch die Stadt treiben, ob es Tag oder Nacht war. Das Sonnenlicht gefiel ihm, doch streifte er oft genug noch spät umher. Fast immer kam er heil nach Hause, so, als galten die Gefahren der Straße nicht für ihn, als schütze ihn sein weit verbreiteter Ruf eines Verrückten vor allem Bösen. Mehr als einmal spürte er, wenn er durch gewisse gefährliche Straßen kam, wie plötzlich der Körper eines Kindes auf seinem Rücken landete und von hinten seinen Hals umklammerte. Nur einmal ließen sie ihn dabei ohne Bewusstsein, mit jener Meisterschaft und chirurgischen Präzision, mit der die Straßenkinder Leute überfallen; doch hatte er Glück, sie erkannten ihn und halfen ihm, wieder zu sich zu kommen. »Das ist doch Jerónimo, passt auf, das ist Jerónimo!«, war das letzte, was er hörte, bevor er ohnmächtig auf dem Gehsteig zusammenbrach. Der Bengel, der ihn erkannte, war der Sohn eines der Mädchen aus dem Haus. So lernte Jerónimo eine Bande junger Diebe kennen, die bald darauf die Bevölkerung von ganz San José in Angst und Schrecken versetzen sollte. Immer wenn Jerónimo sich nach dem Vorfall in diesen Straßen verlor, normalerweise aus Achtlosigkeit, weil es ja nichts gab, vor dem er sich in Acht nehmen musste, dann überfielen ihn die Jungen aus Spaß: Sie sprangen auf seinen Rücken, doch ohne ihm die Luft abzudrücken, worauf Jerónimo seine Arme um die Beine des jeweiligen Burschen schlang, mit seinem Angreifer auf dem Rücken ruhig weiterging und ihm vom Leben im Allgemeinen und den Dingen im Besonderen erzählte, über die er mit solch großem Ernst nachdachte.

Auf diese Weise wurde Jerónimo auch einmal unfreiwilliger Zeuge eines wirklichen Überfalls auf einen Fußgänger, der eilig des Weges kam. Der Mann merkte allzu spät, wie weit er auf verbotenes Gebiet vorgedrungen war; zu spät, um zu verhindern, dass ihm einer der Burschen auf den

Rücken sprang und ihm die Luft abdrückte. Jerónimo beobachtete, wie der Mann zusammensackte und von den Jungen aufgefangen wurde, wie sie ihn durchsuchten und mit ihrer Beute das Weite suchten, während ihr Opfer im Tiefschlaf seinen Alptraum durchlebte. Jerónimo griff nur ein, um die Brille des Mannes zu retten und sie in Reichweite seiner Hand auf dem Gehsteig liegen zu lassen, wo er sie gleich nach dem Aufwachen finden würde. Dann lief er den Jungen hinterher und wartete geduldig, bis sie den ledernen Aktenkoffer, den sie dem Mann abgenommen hatten, genau untersucht hatten. Als sie sich davon überzeugt hatten, dass nichts Wertvolles darin enthalten war, gaben sie Jerónimo den Koffer mit dem Personalausweis und anderen Dokumenten des Opfers, die dieser an mehreren Markständen deponierte, damit deren Besitzer sie am nächsten Tag dort finden und bei der Polizei abgeben konnten. Er wusste, dass dies alles kein Spiel war und dass die Jungen oft genug allzu brutal vorgingen; doch half ihm seine grenzenlose Fähigkeit, seine Umgebung auszublenden, dabei, sich aus allen Schwierigkeiten herauszuhalten.

Jerónimo beschäftigten andere Dinge mehr, vor allem der Zustand des schwangeren Mädchens, denn er hatte sich alle Mühe gegeben, sie von ihrem Erbrechen zu heilen und ihr Fieber zu senken. Das hatte er tatsächlich auch geschafft, besonders mit dem Fasten, das er ihr verordnete. Dabei gab er ihr nur Saft von dem Limonenbaum zu trinken, dem »arbor medica«, den er im Garten hinter dem Haus entdeckt hatte. In den Saft rührte er in einem Mörser zerstoßenen frischen Knoblauch. Die ganze Nacht hatte er am Bett der Kranken verbracht und ihr alle vierzig Minuten ein paar Schlucke von dem seltsamen Gebräu eingeflößt, bis zum nächsten Morgen, als er den Knoblauch durch Orangensaft ersetzte. Ab dem dritten Tag verabreichte er ihr eine strikte

Obstdiät, der er nach und nach verschiedenes Gemüse hinzufügte, alles in einer bestimmten Reihenfolge, auch wenn es deswegen dauernd Streit mit Doktor Evans gab, der fast täglich einen Zornesausbruch erlitt, wenn er feststellte, dass das Mädchen »die abergläubischen Mittel der Indios« den Medikamenten aus der Apotheke vorzog. Beides miteinander in Einklang zu bringen, war ganz und gar unmöglich.

Abgesehen von dem schwangeren Mädchen machte Jerónimo keinen Unterschied zwischen den Dingen, für die er sich mit stoischem Gleichmut interessierte, von den alltäglichsten bis zu den abstraktesten, und es war, als ließe er sich in einem Teich treiben, in dem er es sich gleichermaßen erlaubte, stundenlang den Ameisen im Garten zuzusehen oder mit seinen Schilderbotschaften durch die Stadt zu laufen. Consuelo Peor sah seinem Treiben achselzuckend zu, und manchmal ertappte sie sich dabei, dass sie ihn verteidigte, ohne dass ihn jemand angegriffen hätte. Dann sagte sie: »Er ist ja nicht etwa verrückt, sondern nur ein bisschen seltsam ...«

Damit erklärte sie ein für alle Mal die merkwürdigen Einfälle ihres Bruders, auch, als er auf die exotische Idee kam, alles probieren zu wollen, so als widme er sich jetzt der Aufgabe, die Welt zu erschmecken, sie mit seiner Zunge und seinen anderen Sinnesorganen zu erfahren.

Die Leute berichteten Consuelo, ihr Bruder schrecke nicht davor zurück, sich auf alle viere niederzulassen und die Bürgersteige abzulecken, und auch die Wände der Häuser, das Straßenpflaster und, wenn ihm danach war, alles, was ihm in die Quere kam. Mit dieser Ferkelei hatte er schon herausgefunden, dass die »Schwester Stadt«, wie er sie nannte, nicht überall gleich schmeckte, dass man nur leicht am Bürgersteig vor dem Hauptpostamt lecken musste, um festzustellen, dass er einen starken Geschmack nach den Beeren der Bäume davor und den Exkrementen der Vögel besaß, denn die Vögel, so hatte er beobachtet, besuchten nach wie vor die wenigen Bäume, die es in den Parks von San José noch gab. Einige nisteten allerdings schon nicht mehr dort, sondern flogen nachmittags in die Außenbezirke zurück, wo sie ihre Nester hatten. Sie blieben nur in der Stadt, wenn sie dort die Dunkelheit überraschte – so dachte er wenigstens. Wenn er aber ein wenig stärker leckte, stieß er auf einen leichten Geschmack nach Blütenstaub, denn auf dem Gehsteig gegenüber gab es viele Blumenstände mit Rosen und Orchideen.

Consuelo hörte die Berichte mit Schrecken, nicht etwa, weil es ihr besonders viel ausgemacht hätte, dass die Leute ihn auf der Straße alles ablecken sahen, sondern wegen all der Schweinereien, die er dabei Tag für Tag in sich aufnahm. Sie fürchtete, er könne darüber krank werden, doch hatte Jerónimo starke Abwehrkräfte entwickelt. Außerdem besaß er die Angewohnheit, von Zeit zu Zeit mit Sennesblättern als Abführmittel eine Kur zu machen, die ihm bis zu dreitägige Durchfallattacken verschaffte, die ihn wieder in Form brachten, das heißt in seine gewohnte Form eines mageren Hundes. Doch kostete er die Stadt nicht nur auf diese Weise; er roch und belauschte sie auch. Der Geruch der Hamburgerstände ekelte ihn an, weil sie, wie er meinte, genauso rochen wie der Koffer von Doktor Evans. Hingegen war er ganz hingerissen von den Gerüchen des Marktes, sogar noch da, wo er nach verfaultem Obst und Gemüse roch. Consuelo zog es immer vor, die Marotten ihres Bruders gar nicht zu beachten, und vertraute lieber auf die Abwehrkräfte seines Körpers, die ihn vor allen Anfeindungen der Wirklichkeit zu beschützen schienen, über die er sich offensichtlich keine großen Gedanken machte, wenn auch auf andere Weise natürlich als ihr Ehemann. Denn der trieb

nur abwesend in seinem Wahn, ohne überhaupt auf irgendetwas zu reagieren, nicht einmal, wenn er im Esszimmer
sein Frühstück einnahm und zwei der Mädchen plötzlich
einen Kampf mit Zähnen und Klauen vom Zaun brachen,
dabei auf ihn fielen und ihn zu Boden rissen, bis Consuelo
sie mit starken Armen trennen kam und danach auch ihn
wieder auf seinen Platz setzte. Der Mann ließ sich mit demselben Gleichmut wieder aufrichten, mit dem er sich hatte
zu Boden reißen lassen. Jerónimo passierte das niemals; obwohl er immer »in den Wolken war«, wie seine Schwester
es ausdrückte, gab er sehr darauf Acht, die Mädchen nicht
in den heiligen Bereich seines Körpers eindringen zu lassen.
Wenn eine von ihnen versuchte, ihm zu nahe zu kommen,
natürlich nur zum Scherz, und ihm mit der Hand unter die
Mönchskutte fuhr, dann fing er sie rechtzeitig ab, bevor sie
zwischen seinen Beinen landen konnte, sah das Mädchen
streng an und bedachte sie mit einem donnernden »Noli
me tangere«, um dann seelenruhig weiter sein Mittagessen
zu verspeisen.

Anschließend erhob sich Jerónimo wie immer, brachte
seinen Teller in die Küche und verabschiedete sich von
seiner Schwester, um zu seinem Streifzug durch die Straßen aufzubrechen. Sie befeuchtete ihren Daumen mit der
Zunge, machte ihm ein Kreuzzeichen auf die Stirn und
empfahl ihn der Obhut aller Heiligen. Mehr konnte man
nicht für ihn tun, als darauf zu warten, dass er heil aus dem
Labyrinth der Stadt zurückkehrte. Manchmal verlor er sich
darin und vergaß dabei, dass es sich um San José handelte
und nicht um Quito, Lima, Cuenca oder irgendeine andere der Städte, in denen er einmal gelebt hatte. Die Klöster reichten ihn weiter, wenn er ihnen unerträglich wurde,
denn in den Jahren seiner Verwirrtheit in der Fremde ging
er einfach in das Kloster irgendeines Ordens, bis ihn seine

Franziskanerbrüder dort wieder abholten. Das wurde ihnen mehr und mehr lästig, obwohl Jerónimo über viele Jahre hinweg – die Jahre seiner Jugend – seine Lehrer und Mitschüler im Seminar durch seine Intelligenz und Kenntnis der alten Sprachen überrascht hatte. Die Zelle Jerónimos war immer Ort von Unterhaltungen und Diskussionen (die oft genug heimlich stattfanden), bis es Anzeichen zu geben begann, dass er sich mehr und mehr entfernte, als ob er, besser gesagt, nach und nach entglitt; bis er schließlich begann, über lange Zeiträume hinweg nur noch lateinisch zu reden und mit lauter Stimme auf den Gängen und in den Rabatten der Klostergärten Catull und Martial zu rezitieren, oder auf dem Rand der Brunnen sitzend aus dem Stegreif Ovid zu übersetzen, um ihn unter denjenigen, die gebildete Mönche werden wollten, bekannt zu machen.

Consuelo erinnerte sich noch, wie man ihren Bruder für diese Ausbildung ausgewählt hatte, als er gerade das erste Jahr auf der Oberschule absolvierte, weil er klug und weil er arm war. Niemand fragte ihn, ob er selbst gehen wollte oder nicht – man schickte ihn einfach fort. Obwohl Consuelo damals noch sehr klein gewesen war, erinnerte sie sich noch genau daran, wie ihr Bruder geweint hatte, weil man ihn wer weiß wohin schickte. Das war ihre einzige Erinnerung. Jetzt war von ihm nur noch ein magerer, bleicher Mann übrig geblieben, der zerlumpt durch die Straßen von San José lief und Selbstgespräche führte, mit einem Schild in der Hand, auf dem Botschaften mit rätselhafter Bedeutung standen, die er den Vorbeieilenden vor die Nase hielt, in eine braune Kutte gekleidet, die im Sommer steif und während des restlichen Jahres vom Regen durchweicht war. Von dem Knaben, den man einst fortgeschickt hatte, war nur ein »Irrer« geblieben, wie ihn die Leute zu nennen pflegten, auch wenn Consuelo mit all ihrer Kraft – und das hieß eine ganze Menge – darum bemüht war, sich davon zu überzeugen, dass er nur ein Sonderling geworden war, ein Kauz, der die Welt mit der Zungenspitze erfahren wollte.

Jerónimo predigte nicht wie andere an den Bushaltestellen, doch wenn er auf einen jener Prediger stieß, so hielt er an, um ihm aufmerksam zuzuhören und anschließend mit ihm zu diskutieren; dabei geschah es oft, dass der Diskussionsfaden in ein theologisches Knäuel überging, in dem sich nicht nur die beiden Kontrahenten verwickelten, sondern auch eine Reihe Passanten, die sich angesprochen fühlten und beschlossen, Partei zu ergreifen, was manches Mal fast in eine Massenschlägerei mündete.

Trotz seines Schildes mit den Botschaften und seiner schmutzigbraunen Kutte fiel Jerónimo bei seinen Streifzügen kreuz und quer durch San José kaum auf. Die Menschen übersahen ihn, aber nicht etwa weil er der einzige im Mönchshabit gewesen wäre, der in den Straßen der Stadt umherlief. Auch wenn sein Habit vielleicht der authentischste war, gab es andere Männer, die Kutten trugen, farbige wie die Apostel der Osterprozessionen, und welche, die sich nicht damit begnügten, selbst solche Gewänder zu tragen, sondern auch ihre Frauen und Kinder so kleideten, wenn sie mit ihnen durch die Stadt zogen.

Für ihn war die Mönchstracht nie etwas Besonderes gewesen; er trug sie, weil er wirklich Mönch gewesen war und sich nach so vielen Jahren keine andere Art der Kleidung mehr vorstellen konnte. Weil er so daran gewöhnt war und außerdem nie aufgehört hatte, sich als der Kirchenmann zu fühlen, der er einst gewesen war, bemerkte er die anderen gar nicht, die sich so ähnlich kleideten, auch wenn einige von ihnen sogar mit einem Hirtenstab und einem großen Kruzifix in den Händen auftraten. Er trug nichts als die letzte Kutte, die er mitgebracht hatte, und die schon so zerschlissen war, dass sie drohte, ihn jeden Augenblick nackt mitten auf der Straße stehen zu lassen. So war er zu einer anonymen Figur unter vielen im täglichen Gewühl der Stadt geworden, ohne dass irgendjemand merkte, ob er an diesem Tag hier und morgen ganz woanders war, und ohne dass er selbst wusste, ob er für den Rest seines Lebens so weitermachen würde, vor allem deshalb, weil er sich vom Gedanken an die Zukunft nie aus der Ruhe bringen ließ.

Für den bevorstehenden Jahreswechsel beschloss Consuelo Peor, das Aussehen ihres Bruders zu verbessern. Sie nahm ihn zu einem Schneider mit, ließ Maß an ihm nehmen und ihm ein paar neue Kutten schneidern, kaufte ihm ein Paar neue Sandalen und ließ ihm beim Barbier den jahrealten Bart abrasieren und die langen Haare schneiden. Danach sah er eindeutig angenehmer aus, beinahe hübsch, wie die Mädchen im Haus unter großem Hallo bemerkten, obwohl er mit dem wenigen Haar, das ihm auf dem Kopf verblieben war, allzu mager und bleich wirkte. Consuelo schenkte ihm eines der Rasiermesser, mit dem sie jeden Morgen ihren Mann balbierte, und von da an rasierte sich Jerónimo jeden Morgen selbst.

DIESER NOVEMBER WAR der neunte Schwangerschaftsmonat des Mädchens. Eines Morgens beim Frühstück sprang ihre Fruchtblase zur Überraschung und Erleichterung aller. Doktor Evans kam, sich noch den Kittel zuknöpfend, gelaufen und fand die Gebärende vor Schmerz schreiend in der kleinen Kammer des Hinterhofs. Dorthin hatte man sie gebracht, weil sie dort am weitesten entfernt von der Unruhe war, die unweigerlich mit dem hereinbrechenden Abend beginnen würde.

Anfangs weigerte sich Evans, die Geburt dort zu begleiten, sondern meinte, es sei ratsam, einen Krankenwagen zu rufen und die junge Frau ins Hospital bringen zu lassen. Sie weigerte sich jedoch hartnäckig. Sie wollte nicht, dass irgendjemand etwas davon erfuhr und es ihrer Familie hintertrug, obwohl es in San José niemanden gab, der sie kannte. Schließlich blieb Evans nichts anderes übrig, als um heißes Wasser, eine Lampe mit hellem Licht und frische Bettlaken zu bitten. Jerónimo wollte genauso bei der Geburt zugegen sein wie die meisten der Mädchen, um das letzte Kind zu empfangen, das je in diesem Haus geboren werden sollte, wie Doña Elvira lauthals verkündete, weil die Situation ihr doch ein wenig illegal vorkam und sie Probleme für ihr Geschäft befürchtete.

Die Geburt war lang und mühsam, das Mädchen erlitt die schmerzhaften Wehen einer Erstgebärenden, grub sich die Nägel in die Arme und biss sich in die Knöchel der geballten Fäuste. Ein dickes Mädchen aus dem Haus setzte sich auf den Leib der Gebärenden, um ihr bei den Wehen zu helfen, während Evans mit den geringen Kräften, die ihm noch verblieben waren, das seine tat. Und unter den überraschten, erstaunten, ja, erschrockenen Blicken aller brachte das Mädchen ein Kind von ordentlichem Gewicht, guter Farbe und normaler Größe zur Welt, das sich nur in einem Punkt von anderen Kindern unterschied. Alle Frauen schrien gleichzeitig auf, als sie den Knaben sahen, und einige liefen Hals über Kopf aus der Kammer. Evans ließ ihn sogar vor Schreck fast fallen, und es war Jerónimo, der glücklicherweise ganz in der Nähe stand und ihn in seine Arme nahm, ihm die Nabelschnur abband und ihm half, den ersten Schrei auszustoßen, damit er das loswurde, was er im Mund hatte, und das, nach seinem Gesichtchen zu urteilen, ziemlich bitter schmecken musste.

Das Kind war – anders. Man zeigte es der Mutter, die laut schreiend danach verlangte, weil sie das Weinen der

Mädchen ein Unglück vermuten ließ. Man gab es ihr, und sie ließ es mit einem furchtbaren Schrei fallen. Jerónimo nahm es wieder auf den Arm, trug es zum Bottich, in dem das Wasser fast schon kalt geworden war, badete es und schlug es in die Windeln, die man der Mutter geschenkt hatte.

Das Kind war in allem ganz normal, außer dass auf seiner Stirn nur ein einziges großes, schwarzes, wunderschönes Auge prangte.

Die junge Mutter war vor Schreck in Ohnmacht gefallen. Nach einer Weile kam sie wieder zu Bewusstsein, nur um festzustellen, dass sie keinen Alptraum geträumt hatte, denn dort stand der Mönch in seiner Kutte und gab ihr mit den Worten: »Mutter, dies ist dein Sohn« und, an das Kind gerichtet: »Sohn, dies ist deine Mutter«, das Kind. Sie wagte nicht, sich dagegen zu wehren, weil sie diese Worte schon einmal gehört hatte, nahm ihn mit dem ganzen Abscheu in Empfang, den er ihr verursachte und ließ sich das Nachthemd aufknöpfen, um dem Kind, das aus vollem Halse schrie, die Brust zu geben. Alle waren zu Tode erschrocken, einschließlich Evans, der sich nicht erklären konnte, wie jenes kleine Monster seine Geburt erreicht hatte und so gesund zur Welt gekommen war, dass es eigentlich eine rechte Freude war.

»Diese Kinder überleben sonst nie …«, meinte er staunend, als er es mit großem Appetit saugen sah.

»Er wird aber sehr wohl überleben«, antwortete Jerónimo, »denn er ist ein Zeichen unserer Zeit.«

Als das Kind satt war und nicht mehr weinte, nahm es Jerónimo wieder auf den Arm und klopfte ihm den Rücken, um ihm die Luft aus dem Bäuchlein zu holen. Nach dem Bäuerchen hob er es hoch über seinen Kopf und rief: »Du sollst Polyphem heißen!«

Niemand, auch die Mutter nicht, wagte es, Einwände gegen diese Verfügung zu erheben.

Doktor Evans ging, nachdem er versprochen hatte, Stillschweigen über die Sache zu wahren, blieb jedoch von diesem Tag an der Leibarzt des einäugigen Knaben, ein Posten, den er sich andauernd mit Jerónimo streitig machte, wobei er das Kind zuerst mit wissenschaftlicher Neugier und dann mit wachsender Zuneigung behandelte. Zur rechten Zeit dachte er an die notwendigen Impfungen und nutzte irgendeine Unachtsamkeit von Jerónimo, um sie ihm zu verabreichen, behandelte zusammen mit ihm die Kinderkrankheiten des Knaben und brachte ihm ab und zu Spielzeug mit. All dies wurde ausgelöst durch den tiefen Eindruck, den die Art und Weise bei ihm hinterlassen hatte, mit der Jerónimo das Kind am Tage seiner Geburt zum Mitglied der menschlichen Art erklärt hatte. Alle teilten dies Gefühl, was für den Knaben den Gewinn des Lebensraums zur Folge hatte, den er von da an im Innenhof des Hauses bewohnen sollte; und die Aufnahme seiner Mutter in den käuflichen Liebesdienst, die einzige Möglichkeit für sie, in der Stadt zu überleben – und vielleicht überhaupt auf dieser Welt.

Doña Elvira akzeptierte die Situation widerstrebend, nahm aber allen das Versprechen ab, Stillschweigen über die Sache zu wahren. Niemand durfte etwas von der Existenz des Zyklopenkindes erfahren, und sie kündigte an, dass der Junge, wenn er größer würde, ab sechs Uhr abends im Innenhof bleiben müsse, weil dann die ersten Gäste kämen, und auch vorher im Inneren des Hauses, immer vorausgesetzt, dass keine Fremden da wären, in welchem Falle er in die Kammer hinter dem Hof oder in das Zimmer seiner Mutter im oberen Stockwerk zurückkehren müsse. All dies aus Gründen, die auf der Hand lagen, erstens, weil er so seltsam war, zweitens, weil er nicht getauft werden würde und drittens, weil ihn irgendein böswilliger Zeitgenosse, wenn er ihn entdeckte, beim Jugendamt melden oder ihn einem Zirkus verkaufen könnte, und sie wolle mit so etwas nichts zu tun haben. Schließlich meinte sie, wenn er ab einem gewissen Alter nicht mehr verborgen werden könne, dann müsse die Mutter ihn von dort wegschaffen, damit er das Geschäft nicht störe. Letzteres verkündete sie in einem Moment, als Jerónimo gerade nicht anwesend war.

Am Tag nach der seltsamen Geburt kam Evans wieder und erklärte die Geschichte. Er machte die Herkunft der Mutter dafür verantwortlich: Als Tochter armer Bauern aus der Gegend von Alajuela war sie ihr ganzes Leben lang starken Pflanzenschutzmitteln ausgesetzt gewesen, auch die Schwangerschaft über, solange es ihr gelang, sie geheim zu halten, bis ihr Zustand schließlich entdeckt und das Mädchen von zu Hause verstoßen wurde. Es war nicht das erste Mal, dass so etwas im Lande geschah, doch das allererste Mal, dass ein solches Kind es schaffte, zu überleben.

So hatten mit dem unglücklichen Schicksal des Kindes also weder Wunder noch Zauberei zu tun, sondern nur die unbarmherzige, tagtägliche Wirklichkeit, die sich so an diesem Mädchen vom Lande vergriff, das jeden Glauben an das Leben verlor, als es sich vom einzigen Auge ihres einzigen Kindes betrachtet fühlte. »Ich scheiße auf Ihre Mönchskutte!«, schrie die junge Frau Jerónimo an, als er am Morgen nach der Geburt die Kammer betrat, um sich zu vergewissern, dass sie das Kind stillte. Sie saß auf dem Bettrand, die Augen noch ganz geschwollen von den Tränen, die sie die ganze Nacht geweint hatte, während sie ihr Kind ansah, das in einer schnell zurechtgezimmerten Wiege schlief. Nirgends fand sie den Nil, wo sie es seinem Schicksal oder seinem Tod hätte überlassen können.

Jerónimo nahm das Kind auf den Arm und befahl der Mutter, es zu stillen, doch waren ihre Brüste schon so trocken, als habe sie nie ein Kind zur Welt gebracht. So musste sich Polyphem noch am selben Tag an die Flasche und an Trockenmilch gewöhnen.

»Warum hat Gott nicht etwas getan?«, fragte die Mutter Jerónimo. »So sagen Sie mir doch: Warum zum Teufel hat Gott nicht etwas getan …?« Dann antwortete sie sich selbst: »Gott hat nichts getan, weil es Gott gar nicht gibt!« Da packte Jerónimo sie fest an den Schultern und schüttelte sie kräftig, womit er eine Abneigung hervorrief, die nie mehr aufhören sollte. Dann sah er ihr direkt in die Augen und versuchte sie mit diesen Worten zu trösten: »Glaub an Gott und Sie wird dir auch hierbei helfen!« Doch Polyphems Mutter versöhnte sich nie wieder mit Gott, was auch immer sein oder ihr Geschlecht sein mochte. Hasserfüllt sah sie Jerónimo an und murmelte: »Dann ist dies hier auch Gottes Problem, und Er muss dafür geradestehen.«

Von jetzt an konnte alles geschehen, doch was zunächst geschah, war, dass Jerónimo beschloss, im Haus wohnen zu bleiben, und Polyphems Mutter sich damit abfand, dass sie keine andere Alternative hatte, als dort zu arbeiten. Vielleicht war es jedoch nicht einmal ein Abfinden, was sie dazu brachte; sie verlor ganz einfach das Interesse an allem, angefangen bei ihrem eigenen Körper, und so war es ihr völlig gleichgültig, was das Schicksal für sie bereithalten mochte. Zwar wiederholte Jerónimo ihr andauernd: »Du hast diesen Ort gesegnet«, doch vermochte er sie nicht davon zu überzeugen, welches Glück sie gehabt habe, weil sie dieses »Zeichen der Zeit« zur Welt gebracht hatte. Sie liebte dieses Kind nicht, jetzt liebte sie niemanden mehr; sie liebte es nicht, weil es so seltsam war, weil sie nicht den

Mut gehabt hatte, sich seiner zu entledigen, weil es sie andauernd an die Umstände seiner Zeugung erinnerte und weil sie ihm die Schuld an ihrer neuen Arbeit gab. Sie hatte Angst vor ihm, fühlte ihm gegenüber die Abscheu, die jeder Mensch dem gegenüber verspürt, was er als anders, fremd und bedrohlich wahrzunehmen gelernt hat, obwohl ihr Jerónimo unermüdlich beizubringen versuchte, dass nichts Menschliches anders, fremd und bedrohlich war.

»Aber genau das ist doch das Problem«, antwortete sie ihm einmal. »Dieses Kind ist eben nicht menschlich ... Es ist einfach nur die Strafe, die mir der Himmel geschickt hat, weil ich so leicht die Beine breit gemacht habe.«

Viel wurde darüber diskutiert, ob es günstig wäre oder nicht, den kleinen Zyklopen im Haus zu behalten und ihn dort zu verstecken, als sei er ein gefährliches Tier, anstatt seine Geburt zu melden, damit er behandelt werden konnte, so, wie es sein Fall verdiente, in einem Hospital oder irgendeiner anderen passenden Einrichtung, doch schaffte es Jerónimo, alle Beteiligten davon zu überzeugen, dass das Bordell mit dieser Geburt einen besonderen Segen erhalten habe.

Was jedoch wirklich entschied, dass das Kind dort bleiben konnte, war die Unfähigkeit aller Bewohner des Hauses, den Mut aufzubringen, sich seiner zu entledigen, um nicht dauernd ihr Spiegelbild in jenem neugierigen Äuglein mit dem tiefen Blick zu sehen. Alle zogen sie es vor, nicht länger daran zu denken, auch wenn es bedeutete, dass Doña Elvira ihre Pläne über Bord werfen musste, im Innenhof einen Parkplatz zu bauen, für den sie sogar schon einen Kredit bekommen hatte, denn dieser Innenhof war, mitten im Zentrum von San José gelegen, ideal für einen solchen Zweck. Doch blieb der Innenhof Innenhof, weil das Kind weit entfernt von den Blicken voller Mitleid und Schrecken leben musste, die es unweigerlich sein ganzes Leben über auf sich ziehen würde.

Consuelo Peor hatte der Geburt beigewohnt und von diesem Tag an geschwiegen, sowohl wegen des unerwarteten Ausgangs als auch wegen des überraschenden Verhaltens, das die Geburt in ihrem Bruder ausgelöst hatte. Er war so lebhaft und konzentriert um das Kind bemüht, dass sie sogar einen leichten Schwindel verspürte, wenn sie daran dachte, er könne vielleicht wieder vollständig normal werden; auf jeden Fall wirkte er, als habe er etwas zurückgewonnen, das unwiederbringlich verloren schien. Doch weil sie sich nicht so leicht täuschen lassen wollte, schwieg sie lieber und beobachtete alles wie unbeteiligt. Nur ab und zu warf sie einen langen Blick in die Wiege und versuchte, das außergewöhnliche Aussehen des Gesichtchens zu verstehen, das, bis auf die Tatsache, dass es nur ein Auge zierte, eigentlich ganz hübsch aussah; und wenn sie es lange genug betrachtet hatte, fand sie es nicht einmal mehr so seltsam, denn sein großes, schönes, schwarzes Auge leuchtete mit solcher Natürlichkeit wie der Vollmond vor den staunenden Blicken der ersten Menschen, die sich seiner je bewusst wurden.

Instinktiv verspürte Consuelo den Wunsch, sich um die Ernährung und die anderen Bedürfnisse Polyphems zu kümmern, denn es war offensichtlich, dass er, obwohl seine Mutter ganz nah bei ihm lebte, das Schicksal eines verstoßenen Kindes erlitten hatte, und eines der unseligsten Opfer war, die die Chemieindustrie jemals hervorgebracht hatte.

Polyphems Mutter kehrte bald in den oberen Stock des Hauses zurück. Nachdem die Wöchnerinnenzeit vorüber war, wurde sie ein volles Mitglied der Belegschaft und übte verbissen und fast genussvoll – so wie ein Sträfling seine Züchtigung genießt – das Gewerbe aus, das sie nur als Strafe verstehen und hinnehmen konnte. So zahlte sie mit jedem flüchtigen Besucher, der im Schutze ihres Körpers eine Nacht verbrachte, einen Teil ihrer unbezahlbaren Schuld, einen Augenblick weniger in der Ewigkeit des Höllenfeuers. Und ihre ursprüngliche Sünde verdoppelte sich, indem sie ihren Sohn zurückwies, verdreifachte sich, indem sie ihn hasste, vervierfachte sich, indem sie ihn verließ und vervielfachte sich ins Unendliche, indem sie den einzigen Beruf auszuüben begann, den sie in ihrem Unglück für möglich hielt.

Polyphem blieb in der Kammer hinter dem Hof allein, soviel er auch dagegen durch lautes Weinen protestierte und sosehr Jerónimo auch darunter litt, nichts für ihn tun zu können, denn entweder gewöhnte sich das Kind daran, von seiner Mutter verlassen worden zu sein, oder es würde daran zugrunde gehen, wie er seiner Schwester erklärte. Dies waren harte Nächte für alle, vor allem für die Mutter, denn das Fenster ihres Zimmers ging auf den Hof hinaus, und von dort aus sah sie nicht nur den baufälligen Schuppen, sondern hörte auch schmerzhaft deutlich die Schreie des Kindes.

Der Hof war mit Wellblechplatten eingefasst, und auf der Innenseite bildeten wild wucherndes Unkraut und Gebüsch einen zweiten Zaun, der stehengelassen wurde, um die Blicke der Neugierigen abzuhalten, die durch die Ritzen zwischen den rostigen Wellblechplatten spähen mochten. Um den Schuppen mit Polyphems Kammer wurden nun Unkraut und Gebüsch gerodet, und Jerónimo begann nach und nach und mit Hilfe seiner Schwester, Heilkräuter und Ziersträucher zu pflanzen, um dem Kind sein Gefängnis angenehmer zu machen. Sie säten Kletterpflanzen, die sich an den fensterlosen Mauern der hohen Gebäude emporranken sollten, die das alte Gebäude umstanden, legten den

Limonenbaum frei, dessen Früchte den Saft hergaben, mit dem die hochprozentigen Getränke gemischt wurden und mit dem Jerónimo seine Heilmittel herstellte, und kratzten die dicke, mehr als ein halbes Jahrhundert alte Staubschicht von den Wänden des Schuppens, der einst wer weiß wozu im Hof des alten Hauses aus dem San José der Jahrhundertwende gebaut worden war.

Für Jerónimo bedeutete die Geburt des Kindes den Beginn der Zeit, »der neuen Zeit«, wie er es ausdrückte, ohne die geringste Idee zu haben, seit wann die Zeiten neu waren. Kategorisch wies er die gelehrten Erklärungen von Doktor Evans zurück und wollte nur das Wunder dieser Geburt sehen, denn bis dahin war ihm die Welt eher als ein stummer, öder Ort erschienen, soviel er sie auch zu schmecken, berühren, riechen oder erlauschen versuchte, sosehr er sie auch durchlief, ohne Sinn noch Ziel noch Richtung zu finden. Von da an verirrte sich Jerónimo nicht mehr in der Stadt; Polyphems Hof begann, wie eine Art Magnet zu wirken, der ihn sich auch dann noch zurechtfinden ließ, wenn er sich in unbekannte Viertel oder das Gewirr der Gässchen wagte, das die Stadt seit der Mitte des Jahrhunderts hervorgebracht hatte. Mit dieser neuen Kompassnadel fand Jerónimo Peor endlich einen Sinn in seinem Dasein. Für Consuelo, seine Schwester, bedeutete diese Veränderung die Belohnung für all ihr Leid, und sie hoffte, ihr Bruder werde nun endlich ganz »zur Vernunft« kommen. Dabei war sie sich mehr oder weniger bewusst, wie vage die Erfüllung ihres Wunsches war, vor allem dann, wenn ihr Bruder mit seinen sonderbaren Ideen anfing und posaunte, Polyphem sei ein untrügliches Zeichen der neuen Zeit. Dann verlor sie zwar nicht die Geduld, aber schalt ihn:

»Mach dir ein für alle Mal klar, dass das damit nichts zu tun hat. Du weißt genau, dass stimmt, was Doktor Evans erklärt hat, die Mutter hat einfach zuviel von dem giftigen Pulver abbekommen, das auf den Salat und die Tomaten gestreut wird. Im Fernsehen kann man doch jeden Tag solche Fälle sehen … Erinnerst du dich nicht an das kleine Mädchen, das wie eine Meerjungfrau zur Welt kam, mit zusammengewachsenen Beinchen?«

»Daran siehst du doch, Frau, dass ich recht habe!«, unterbrach sie Jerónimo.

»Ja, aber das Mädchen kam tot zur Welt, ich selbst hab dich doch damals vor den Fernseher im Zimmer der Chefin geholt, damit du es sahst und aufhörtest, solche Sachen zu denken, weißt du denn nicht mehr?«

»Das weiß ich noch ganz genau, und ich erinnere mich sogar daran, wie sich der Schwanz der kleinen Meerjungfrau noch eine ganze Weile bewegte …«

»Das war aber keine Meerjungfrau, um Himmels Willen, das waren zwei zusammengewachsene Beinchen! Und sie bewegten sich nicht selbst, sondern wurden von der Reporterin hin- und hergedreht!«

»Da irrst du dich, Consuelo. Die obere, menschliche Hälfte des Wesens war tot, doch die untere, tierische lebte noch ein Weilchen weiter, und das ist ein Zeichen dafür, dass in unserer Zeit das Schlechtere das Bessere überleben wird. Denn die Monster, die in die Welt kommen, um etwas zu zeigen, leben nicht sehr lange, sondern sterben bald. Polyphem hingegen hat überlebt …«

»Ja, und das ist ein reines Wunder!«, fiel ihm Consuelo ins Wort.

»Einverstanden, aber Wunder geschehen nicht zufällig, sondern um etwas anzukündigen«, erklärte Jerónimo.

Solche Diskussionen dauerten manchmal zwei Stunden, doch im Grunde stritten die beiden Geschwister eher aus Vergnügen daran, sich inmitten der endlosen Arbeiten im Haus ein bisschen zu unterhalten und nicht aus dem Glauben heraus, sich gegenseitig von ihren unvereinbaren Standpunkten überzeugen zu können, wie dem, was Jerónimo »unsere Zeiten« nannte, inmitten der kreisförmigen Zeit, in der er zu leben schien und seine eigenen Festtage feierte, die weder mit dem Karneval noch mit der Karwoche übereinstimmten. Eher begannen sie, um den Tag der Geburt Polyphems zu kreisen und stellten eine merkwürdige Reihe Feste eines persönlichen Kalenders dar, der dem Rest der Welt nur wie ein Kalender des Wahnsinns erscheinen musste, auch den übrigen Bewohnern des Hauses, die an der »Zeremonie der Erneuerung der Zeit« teilnahmen. Sie wurde gefeiert, als das Jahr sich einmal ganz um den Garten Polyphems gedreht hatte.

TATSÄCHLICH VOLLENDETE POLYPHEM, zum Erstaunen aller, gesund und munter dieses erste Lebensjahr, vor allem zum Staunen von Doktor Evans, denn der alte Arzt schüttelte immer wieder den Kopf über das Wunder des Zyklopenkindes, das sich hartnäckig ans Leben klammerte, sich die dreidimensionale Sicht der Dinge mit seinem einen Auge zusammenreimen musste und mit unschuldigem Lächeln auf die angewiderten Blicke antwortete, die ihm fast alle zuwarfen, sosehr sie sich auch an das runde Gesichtchen mit den feinen Zügen und das ptolemäische Auge gewöhnten, um das das Universum kreiste.

So begann das Kind, unter der Obhut der beiden Geschwister Peor heranzuwachsen. Consuelo kümmerte sich um seine Ernährung, um das Bananenbreichen am Morgen, um das Fläschchen mit der in lauwarmem Wasser aufgelösten Trockenmilch, darum, nach und nach Gemüse hinzuzufügen, weißes Fleisch, aber unter keinen Umständen rotes, letzteres auf ausdrückliches Geheiß Jerónimos, der in allen Einzelheiten erklärte, wie der Verzehr von gleichfarbigem Fleisch die Menschen anfällig für Kannibalismus machte. Das Kind lernte, auf allen Vieren durch die endlosen Korridore des alten Hauses zu krabbeln, wo es unerwünschten Blicken verborgen blieb. An Jerónimos Hand unternahm es die ersten Schritte, und es formte die ersten, unbeholfenen Silben bei seinen vergeblichen Versuchen, die Aufmerksamkeit seiner Mutter auf sich zu lenken, die sich während des Tages kaum sehen ließ. Sie blieb lieber in ihrem Zimmer, und manches Mal schien es fast, als habe sie ein Schweigegelübde abgelegt, andere Male eher, als sei sie vom Teufel besessen, wenn ihr jemand vorwarf, dass sie ihr Kind völlig vernachlässigte und ihn nicht einmal flüchtig in den Arm nahm, um ihn das einzelne Auge in seinem Urmeer aus Tränen besser ertragen zu lassen.

Die junge Frau war eifersüchtig auf die beiden Peor-Geschwister, was sie jedoch nicht dazu veranlasste, sich mehr um ihr Kind zu kümmern. Manchmal, wenn sie zum Frühstück herunterkam und ihren kleinen Sohn über und über mit Bananenbrei beschmiert fand, riss sie ihm seinen Teller weg und trug ihn ins Bad, wo sie ihn mit Schimpfen und Schlägen traktierte, allerdings nur, wenn sie sicher sein konnte, dass Jerónimo nicht in der Nähe war, denn sie wusste ganz genau, dass der keinen Augenblick zögerte, sich ihr in den Weg zu stellen, wenn er sie bei derartigen Ausbrüchen überraschte. Wenn Jerónimo dann von einem seiner Gänge nach Hause kam, gab ihm das Kind zu verstehen, welche Strafe es hatte erleiden müssen, und Jerónimo untersuchte aufmerksam seinen Körper und legte Verbände mit lindernden Salben auf die Blutergüsse. Danach ging er voller Empörung das Mädchen suchen, um ihm Bescheid zu sagen, und fand es fast immer schuldbewusst in Tränen aufgelöst in seinem Zimmer, was den Zorn Jerónimos sichtbar besänftigte. Sie konnte nicht erklären, weshalb sie ihren Sohn misshandelte, und obwohl sie Jerónimo zu hassen schien, fiel sie ihm oft um den Hals und weinte sich an seiner Brust aus, wobei sie ihn wieder und wieder um Verzeihung bat. Jerónimo ließ sie weinen, vergab ihr ihre Sünden und versuchte, ihr zum tausendsten Male zu erklären, dass das Kind keine Schuld traf.

»Aber er ist doch ein Monster, Jerónimo, verstehen Sie denn nicht, ein Monster!«, antwortete sie dann eindringlich.

»Das Kind ist ein wunderbares Wunder und ein Monstrum.« Jerónimo wollte, dass sie verstand. »Aber das ist beileibe nichts Negatives. Ein solches wunderbares Monstrum verstößt nicht gegen die Natur, sondern nur gegen die uns bekannte Natur. Die Monster heißen Monster, weil sie monstrant sind, weil sie etwas zeigen, weil sie etwas ankündigen, weil sie die Zukunft vorwegnehmen … Und so ist das auch bei deinem Sohn.«

So vollendete das Kind sein erstes Lebensjahr, was zunächst mit einer von Jerónimo durchgeführten Zeremonie gefeiert wurde, die niemand verstand, und dann mit Eiscreme und einem großen Kuchen, den Consuelo gebacken hatte und auf dem eine einzige Kerze brannte. Alle setzten sich spitze Hüte aus Pappe auf und hängten Girlanden an die Decke des Esszimmers, sangen dem Kind ein Ständchen, und die Mädchen schenkten ihm Spielzeug.

Von diesem Tag an begann Polyphems Mutter, das Haus allein zu verlassen. Bis dahin war sie nur einmal in der Woche mit Consuelo zum Markt gegangen und dabei nicht von großer Hilfe gewesen: Consuelo brauchte sie eigentlich nicht, sie konnte selbst die beiden riesigen, prall gefüllten Taschen heben und den kurzen Weg nach Hause tragen.

Jetzt fing die junge Frau an, ab und zu durch die Straßen zu streifen, zuerst in der Umgebung des Hauses und dann in immer weiteren Kreisen, bis sie die ganze Innenstadt kannte. Sie liebte es, die Auslagen der Geschäfte anzusehen, und bei ihrem ersten Streifzug blieb sie lange vor den Schaufenstern stehen und versuchte herauszufinden, wie es die Mädchen schafften, stundenlang so unbeweglich dazustehen, um die Kleider vorzuführen. Als sie endlich begriff, dass es sich um Puppen handelte, fühlte sie sich ziemlich dumm, vor allem, weil sie so oft rot geworden war, wenn sie sie nackt oder in Unterwäsche hatte stehen sehen, einfach so und ganz schamlos. Sie sah gern die großen Gebäude und die elegant gekleideten Menschen; sie war früher nie in der Stadt gewesen, weil ihr Vater es ihr und ihren Schwestern streng verboten hatte, dachte er doch, die Stadt wäre das Verderben für junge Mädchen. Deshalb war sie sechzehn geworden, bis sie die Hauptstadt kennenlernte.

Mit dem Verdienst des ersten Jahres in ihrem neuen Beruf kaufte sie sich einen Farbfernseher. Sie wurde ein Fan von Seifenopern und redete am Mittagstisch aufgeregt darüber: »Sehen Sie mal, Doña«, meinte sie zu Consuelo, »jetzt wird der Kleine in der Serie schon drei … Die wollen einen wohl für dumm verkaufen, es ist doch erst zwei Monate her, dass sie gezeigt haben, wie er geboren wurde, und jetzt soll er schon drei Jahre alt sein! Der ist doch grad mal« – sie zählte an den Fingern ab – »Juli, August … der ist doch grad mal zweieinhalb Monate alt!«

Consuelo schüttete sich aus vor Lachen und sagte, sie habe völlig recht. Die anderen Mädchen brachten ihr nur langsam bei, wie im Fernsehen mit Zeit und Raum umgegangen wurde, es kostete sie einige Mühe, das zu begreifen. Nach und nach begann sie auch, mit den anderen zum Tanzen auszugehen, in den Lokalen des Busbahnhofs für die Autobusse, die aufs Land hinausfuhren. Sie kaufte sich Kleider in den billigen Geschäften, die sie groß und elegant fand, und sie vergaß auch nicht, ihrem Kind Kleidung zu kaufen. So lernte Polyphems Mutter, ohne es selbst recht zu merken, San José wie ihre eigene Handfläche kennen, alles fand sie faszinierend, wunderbar und unheimlich schön, wie sie sagte. Gegen den Regen kaufte sie sich einen großen, bunten Schirm und an einem Verkaufsstand eine extravagante Sonnenbrille gegen das gleißende Sonnenlicht. Consuelo war bemüht, Jerónimo von der Unschuld der jungen Frau zu überzeugen; es fiel ihm nicht schwer, das zu verstehen, doch konnte er sich nicht damit abfinden, dass sie ihr Kind immer wieder bestrafte, sobald er ihm den Rücken kehrte.

Natürlich war es Jerónimo, der sich um die Erziehung des Kindes kümmerte. Von seinen ersten Lauten an brachte er ihm neben dem costaricanischen Spanisch (an das er sich mit aller Kraft klammerte, seit er es gelernt hatte) auch Latein bei. So wuchs Polyphem auf ganz natürliche Weise zweisprachig heran, so wie nur Kinder es können, ohne darüber nachzudenken, ob es gut oder schlecht ist. Jerónimo war auf Costaricanisch Jerónimo Peor, auf Latein jedoch Hiëronimus Peïor, und wie mit ihm ging es auch mit dem Rest der Welt. Der alte Mann erzählte dem Kind in beiden Sprachen Gute-Nacht-Geschichten und auch sonst alles, was es lernen sollte: die Namen der Dinge, das »Mutter Unser, Die Du Bist Im Himmel« und all die Sachen, die nur ein Großvater seinem Enkel beibringen kann.

Unterdessen ging im Bordell das Leben seinen normalen Gang von nächtlicher Betriebsamkeit und einer Stille am Tag, die das verdecken zu wollen schien, was geschah, sobald die Sonne unterging. Die Kunden kamen und gingen, ohne zu ahnen, dass im Hof des alten Hauses, im Schutze eines seltsamen Mannes und einer wachsamen Köchin, etwas Ungewöhnliches lebte. Die Stammkunden kannten Jerónimo zwar seit Längerem, doch konnte sich keiner von ihnen vorstellen, dass er zwischen seinen täglichen Streifzügen durch die Stadt genügend Zeit fand, einem Kind die Wärme zu geben, die ihm sonst für immer verwehrt geblieben wäre. Jerónimo vagabundierte auch weiter durch die Straßen, ohne dass dies ihn bei seiner Arbeit als Polyphems Erzieher behindert hätte. Er zog nachts los, wenn er den Jungen ins Bett gebracht hatte, morgens, nachdem sie gemeinsam ein wenig die ersten Sonnenstrahlen genossen hatten, oder nachmittags, sobald Consuelo den Knaben zum Mittagsschlaf gelegt hatte. Doch unzweifelhaft widmete er ihm den größten Teil seiner Zeit; was übrig war, schenkte er der Stadt.

Am Abend nach der Geburtstagsfeier des Kindes schrieb Jerónimo einen neuen Satz auf sein Schild und trat damit auf die Straße hinaus:

»Die einzige Regel ohne Ausnahme ist die, dass jede Regel ihre Ausnahme hat, womit sie in sich selbst den Widerspruch trägt, der ihre Aussage bestätigt.«

An diesem Abend fühlte sich Jerónimo von einer besonderen Stimmung beflügelt, so, als sei er wie verzaubert von der nicht mehr rückgängig zu machenden Tatsache, dass das Kind ein Jahr alt geworden war; ein Jahr gegen alle Vorhersagen, die ihm anfangs nicht einmal eine Woche geben wollten, dann vielleicht zwei Monate und schließlich höchstens ein halbes Jahr. Doktor Evans zufolge konnte das Kind einfach nicht in einer Welt überleben, die dazu gemacht war, aus dem doppelten Blickwinkel zweier Augen betrachtet zu werden, mit zwei Ohren gehört zu werden, mit zwei Händen begriffen zu werden ... Er fuhr fort, den unvermeidlichen Doppelcharakter jedweden Instruments zu beschreiben, mit dem die Welt verstanden werden konnte, bis ihm Jerónimo wütend den Mund mit dem nicht zu widerlegenden Argument stopfte, dass »dies eine Welt ist, die man nur mit einer Zunge lecken kann, mit einer Nase riechen kann, in die man an einer einzigen Nabelschnur geboren wird, nachdem man mit einem einzigen Glied gezeugt worden ist, als einziges Kind seines Mutterleibes, durch die einzige Scheide des Weibes hindurch ...« Eins der Mädchen, das der Unterhaltung gefolgt war, unterbrach plötzlich, um hinzuzufügen, dass »man außerdem nie davon gehört hat, dass jemand zwei Löcher im Hinterteil gebraucht hätte, um sich aufs Klo setzen zu können«, und mit dieser Bemerkung würgte sie das Gespräch mit einem Schlage ab. Doch in der Erinnerung Jerónimos war dies alles völlig ausgelöscht; da war nur die Freude über den ersten Geburtstag des Kindes, das vollkommen mit der Welt übereinstimmte, die er aus den klugen Büchern und nicht weniger anschaulichen Bildern all der Klöster gelernt hatte, durch die er in seinem Leben gekommen war. Denn das Kind zeigte, dass die Klassiker, die Bibel und einige der Kirchenväter schließlich und endlich recht hatten; bis auf eine Kleinigkeit, eine Schlussfolgerung, auf die er selbst gekommen war, und deren Konsequenz, so offensichtlich, wie sie war, lange genug lebte, um schmerzhaft zu zeigen, dass niemand sonst in der Lage war, sie zu teilen.

So überflog sein Geist uralte Regionen, als ein Rhythmus ihn mit einem Ruck aus seinen Gedanken riss. An diesem Abend fiel ihm zum ersten Mal die karibische Musik auf, die in einer Bar erklang, in der Calypso gespielt wurde und etwas in ihm auslöste, dem er nicht widerstehen konnte, sosehr es auch seinen Grundsätzen widersprach. Er trat ein, ohne recht darauf zu achten, wo er sich befand, setzte sich so nah der Band, wie er konnte, und hörte aufmerksam ihrer Musik zu, solange sie dort spielte. Als die Musiker weiterzogen, folgte Jerónimo ihnen so selbstverständlich wie ein Freund, und so verbrachte er die Nacht zwischen den Gästen der Bars und Kneipen von San José, mit Betrunkenen und im Gestank des Alkohols, im feuchten Halbdunkel der Spelunken, wo Kinder aus- und eingingen und Rosen zu verkaufen versuchten, die in Staniolpapier eingewickelt waren und die ihnen nur selten von den Leuten abgekauft wurden, leichtbekleidete Frauen, die auch hereinkamen, um etwas zu verkaufen, und denen Jerónimo nach einer Weile und bei genauerem Betrachten ansah, dass es sich nicht gerade um Frauen handelte, sondern um Transvestiten, die den Arbeitsmarkt mit den Mädchen teilten, die er aus dem Bordell kannte. So zog er mit der Calypso-Band von Spelunke zu Spelunke, hörte der Musik zu und versuchte, jenen fremden, faszinierenden Rhythmus zu begreifen, bis die schwarzen Musiker beschlossen, eine Pause zu machen, um etwas zu essen. Jerónimo setzte sich zu ihnen an den Tisch, stellte sich vor und hielt ihnen einen kleinen Vortrag über die Entstehung der Musik:

»Moses sagte, der Entdecker der Kunst der Musik sei Tubal gewesen, aus dem Stamme Kain, der vor der Sintflut lebte. Die alten Griechen meinten jedoch, die Ursprünge der Musik gingen auf Pythagoras zurück, der sie vom Klang der Hämmer und den Lauten straffer Saiten übernahm, die man anschlug ...« Nach einer langen Pause, in der er etwas Unsichtbares gelesen zu haben schien, fuhr er fort:

»Andere wiederum behaupten, die Ersten, die sich in der Kunst der Musik übten, seien Linus von Theben, Zethos und Amphion gewesen ...«

Die schwarzen Musiker hörten ihm aufmerksam zu, nicht etwa, weil es sie sonderlich interessiert hätte, was er ihnen da erzählte, sondern wegen der unterhaltsamen Art, in der er es vorbrachte. Jerónimo bot ein echtes Schauspiel, er sprach langsam und würdevoll, mit wohlgesetzter Rede und angemessener Atmung, so, als hielte er dort in der Bar »La Perla« eine Vorlesung, in einer der berühmtesten Kneipen San Josés, in deren sauberer, aufgeräumter, etwas altmodischer Atmosphäre sich auch heute noch alte Freunde zu treffen pflegen, um sich bei einem Glas Bier oder einer Tasse Kaffee zu unterhalten.

Jerónimo fuhr fort: »So kann also ohne die Musik keine wissenschaftliche Disziplin vollkommen sein, und ohne sie gibt es nichts; die Welt selbst wurde mit einer bestimmten klanglichen Harmonie erschaffen, und der Himmel kreist zu den Tönen dieser Harmonie. Die Musik bewegt die Gefühle und weckt in der Seele eine Vielzahl von Regungen.«

»Langsam geht mir der Gute aber ganz schön auf den Keks«, unterbrach einer der Musiker den Vortrag Jerónimos, der inzwischen ziemlich einschläfernd geworden war. Doch die Schwarzen mochten den komischen Kauz und ließen ihn sogar ihre Instrumente ausprobieren, als er sie darum bat. Natürlich waren sie bass erstaunt, als er zunächst mit der Zunge über die Saiten des Quijongo fuhr, dann am Banjo leckte, mit den Zähnen das Güiro zupfte und die Rasseln zwischen den Zähnen schüttelte, all dies so behutsam, dass keine Spuren von der intensivsten Probe zu sehen waren, die Calypsoinstrumente je erlebt haben.

Beim ersten Sonnenstrahl verließ Jerónimo die Bar mit dem Gefühl, viel über die verbindenden Fähigkeiten der musikalischen Kunst gelernt zu haben. Langsam ging er durch die beinahe erfrischende Brise der Stadt, die sich noch nicht mit Autos zu füllen begonnen hatte, was ihm wie immer angenehm erschien, kamen ihm die Automobile doch vor wie eine ekelhafte Rasse metallener

Schädlinge mit einer außerordentlichen Fähigkeit, Lärm zu produzieren, und einem stinkenden Atem, der sie von allem Natürlichen unterschied. Deshalb lief er gern um diese Zeit durch die Stadt, begleitet vom Morgenwind, der mit seinen Stößen die menschenleeren Straßen fegte und den Staub, Papierfetzen, die Schalen der Früchte, die die fliegenden Händler hinterlassen, und alles Leichte mit sich nahm, das sich mitnehmen ließ. Er blieb einen Moment stehen und sah zu, wie der Wind eine leere Plastikflasche über den Gehweg blies. Die kreisenden Bewegungen der Flasche zeigten ihm die Richtung an, die der Wind wählte, um zwischen den Gebäuden zu entweichen. Unterdessen tauchten nach und nach die ersten Fußgänger auf, die, noch warm gegen die morgendliche Kühle gekleidet, mehr oder weniger eilig zu ihren Arbeitsstätten unterwegs waren. Jerónimo nutzte die Gelegenheit, um sein Schild in die Höhe zu halten und den Vorbeieilenden seine Botschaft zu zeigen, doch um diese Zeit schien dies die Menschen eher zu stören, die mit einem Gesichtsausdruck einherliefen, als nähmen sie es dem Schicksal übel, dass es sie die letzten Reste ihres Morgenschlafes nicht mehr habe genießen lassen. Außerdem stolperte er alle paar Meter über einen der Bettler, die sich immer noch zu akzeptieren weigerten, dass ein neuer Tag voller Elend und Entbehrungen für sie begonnen hatte; sie lagen, einzeln oder in kleinen Gruppen, unter Pappkartons gegen die Wände der Häuser gelehnt am Boden, mit den Gesichtern nach oben, offenen Mündern und asthmatischem Schnarchen, das in Jerónimo das angstvolle Gefühl hervorrief, ihnen nicht atmen helfen zu können, trotz der kühlen Brise, die die Autoabgase noch nicht erhitzt hatten.

Um diese Stunde, »in dem Maße, wie das Licht die Wege zurückgewann«, wie er zu sagen pflegte, kamen die letzten Lastwagen voller Gemüse in die Straßen des Marktes, und die Händler ordneten ihre Auslagen schon vor ihren Ständen. Der Geruch des frischen Gemüses gefiel Jerónimo sehr, und so blieb er ab und zu stehen, um tief durchzuatmen. Die Händler grüßten ihn, doch er antwortete nur abwesend. Was er gar nicht gern sah, war das Entladen vor den Metzgereien. Dort kamen die riesigen, geschlossenen Wagen an, die Doppeltüren am hinteren Ende wurden geöffnet und man konnte im Inneren die langen Reihen der toten Tiere sehen, die darin transportiert wurden. Ein paar Männer in weißen Kitteln – wie die von Doktor Evans, musste er denken – sprangen heraus und befestigten sich einen Sack aus grobem Rupfen an der Schulter, um sich die Schweinehälften und großen Stücke blutigen Rindfleisches aufzuladen, die die blanken Rippenknochen sehen ließen und so schwer waren, dass die blutverschmierten Männer gebückt gehen mussten. Dieses Schauspiel kam Jerónimo allzu unangenehm und würdelos vor.

In solcherlei Gedanken war er versunken, als die Besitzerin eines der winzigen Geschäfte an der Längsseite des Marktes mit einem Drahtkäfig auf die Straße trat und ihn auf den Gehsteig stellte. In dem Käfig saß ein sehr hübscher junger Hahn, ein wenig benommen von der wenig behutsamen Art seiner Besitzerin, ihn auf den Boden zu stellen, doch sonst in gutem Zustand. Das Tier ließ ein hilfesuchendes Kikeriki ertönen, das Jerónimo ins Herz traf. Er trat näher, um die Ladenbesitzerin zu überreden, den Vogel freizulassen, und wurde gewahr, dass im Laden noch jede Menge ähnlicher Käfige standen, manche mit gleich zwei Hennen darin, andere mit Tauben oder Zwerghühnern, einer mit einem Distelfink und einer aus Holz mit drei Kaninchen. Er sah, dass es vergebliche Mühe gewesen wäre, um Freiheit für den Hahn zu bitten, also fragte er nach seinem Preis, auch wenn er sich völlig der Tatsache bewusst war, dass er keinen einzigen Centavo in der Tasche trug. Während er den genannten Betrag unablässig im Kopf wiederholte, ging er so schnell er konnte nach Hause, trat in die Küche, gab seiner Schwester einen Kuss auf die Stirn und bat sie um das Geld. Consuelo nickte, ohne nachzufragen, kramte ein Geldtäschchen aus ihrem Büstenhalter, wo ohne große Mühe eine ganze Tasche Platz gehabt hätte, und gab ihm das Geld. Ein paar Minuten später kehrte Jerónimo mit dem Hahn unter dem Arm zurück. Consuelo hielt für einen Augenblick in ihrer Arbeit inne, kam auf ihn zu und sagte:

»Dafür also wolltest du das Geld ...«

Doch konnte sie nichts weiter sagen, denn das Gesicht, mit dem ihr Bruder sie ansah, strahlte so voller Glück, dass sie es nicht übers Herz brachte, ihn loszuschicken, um das Tier zurückzugeben.

»Was solls«, sagte sie zu sich selbst. »Polyphem gefällt er sicher auch.«

Und tatsächlich war das Kind, als es frisch gebadet in den Hof kam, um Jerónimo zu suchen, wie verzaubert von dem Vogel, der den Kopf schief legte, um Polyphem Aug in Aug gegenüber zu stehen. Jerónimo taufte das Tier auf den Namen »Der Letzte Hahn von Gestern«.

DIE ENTDECKUNG DES CALYPSO ließ Jerónimo auch die karibische Küche kennenlernen, an einem der vielen Abende, an denen er beschloss, der Musik zu folgen, um ihren Rhythmus zu begreifen. Er kostete nur die fleischlosen Gerichte, doch schien ihm der Geschmack der Kokosmilch wundervoll. Wie es seine Art war, aß er nur wenig, doch blieb er den ganzen Abend über in dem karibischen Restaurant. Im Morgengrauen, als das Lokal geschlossen wurde, spazierte er eine Weile durch die dunkle Stadt, bis er müde war; dann suchte er sich eine Bank in dem Park, durch den er gerade kam, machte es sich so bequem wie möglich, hüllte seinen Kopf in die Kapuze seiner Kutte und schlief ein paar Stunden, wie er es gewohnt war. Doch sein Magen, der nicht daran gewöhnt war, den Reis mit Kokos und Pfefferschoten aus Panama zu verdauen, zwang ihn, länger zu schlafen, als er sich normalerweise jemals gestattete. Ohne Absicht gab er plötzlich dasselbe Bild ab wie die Bettler, die noch um sieben Uhr morgens im Park schliefen. Er wachte auf, als er in seinem Nacken einen Luftzug spürte, und entdeckte einen ziemlich großen Hund, der mäßig interessiert an seiner Kutte herumschnüffelte. Ruhig richtete er sich auf und sah, dass der Hund einem blinden, alten Mann gehörte, der einen zusammenklappbaren Stock bei sich trug, um den fehlenden Sehsinn auszugleichen. Der Blinde wartete geduldig, während der Hund das beschnüffelte, was sein Besitzer nicht sehen konnte. Jerónimo ließ sich von dem Tier unter die Lupe nehmen, ohne den geringsten Widerstand zu leisten, und betrachtete die beiden nur, bis der Hund schließlich beschloss, seinen Weg fortzusetzen. Während er sie sich entfernen sah, merkte er, wie spät es war, und dass er die Nacht auf einer Bank der »Plaza Bolívar« in der Nähe des Standbilds des Befreiers verbracht hatte. Er hatte tief geschlafen und geträumt:

»... Alle hatten Flügel, sie besaßen sie beinahe immer schon. Doch nur einer schlug mit ihnen. So lange schlug er sie schon, dass niemand mehr wusste, ob er noch versuchte, ihnen das Fliegen beizubringen, oder ob er nur den Sturz damit abfangen wollte. Oder ob er bemüht war, den riesigen Klotz anzuheben, an den sie schon so lange gefesselt waren. Einer von ihnen begann, die Zeit zu zählen, genau in dem Augenblick, als der, der die Flügel schlug, zu singen begann. Doch einmal mehr bemerkte er mit tiefer Abscheu, dass die Zahlen doch endlich waren. Der Flügelschlagende hörte auf zu singen, fuhr aber fort, seine Flügel zu bewegen. Doch war der Klotz jetzt nicht mehr schwer noch riesig, er fiel nur immer weiter, ohne dass der Sturz ein Ende fand ...«

Die schrille Hupe eines Autos ließ Jerónimo abrupt seinen Kopf wenden, und er sah, wie ein Fahrer ein verzweifeltes Manöver machte, um den blinden Alten nicht mitsamt seinem Blindenhund umzufahren. Beide, Hund und Blinder, blieben wie angewurzelt mitten auf der Straße stehen, sosehr der Fahrer auch wütend zu hupen fortfuhr. Also ging Jerónimo zu ihnen und brachte sie auf der Bank, auf der er die Nacht verbracht hatte, in Sicherheit. Der Alte streichelte wieder und wieder seinen Hund und sagte: »Das war meine Schuld, wegen mir hätten sie uns beinahe umgebracht, Cristalino.« Jerónimo legte ihm die Hand auf die Schulter und stellte sich vor:

»Guten Tag, der Herr, ich bin Jerónimo Peor.«

Der Blinde dankte ihm für seine Hilfe und stellte sich selbst als »Don Félix« und seinen Hund als »Cristalino« vor. Der Hund leckte Jerónimo ab, und Jerónimo leckte auch am Hund, und beide gefielen sich. Während der Unterhaltung, die dann folgte, erfuhr Jerónimo, dass der Alte seit 1930, als er das Augenlicht verloren hatte, Losverkäufer gewesen war, und dass ihm eine Wohltätigkeitsorganisation den Hund vor siebzehn Jahren aus Belgien gebracht hatte, direkt aus einer Schule für Blindenhunde. Doch der Hund war bewundernswert langlebig und inzwischen selbst so alt, dass er seine Fähigkeiten als Blindenführer verloren hatte. Er kannte die Stadt in allen Einzelheiten, ließ sich jetzt von allem möglichen ablenken, blieb stehen, um fremde Hundepisse zu beschnüffeln und seine eigene hinzuzufügen, hatte verlernt, die Ampeln zu lesen und konnte auch nicht mehr falsche Geldscheine erkennen wie in seinen besten Zeiten. Doch liebten sich der alte Mann und der Hund so sehr, dass sie sich ein Leben ohne einander nicht vorstellen konnten. So wartete der Blinde ganz geduldig, bis Cristalino seine Geschäfte erledigt hatte und weiterlief. Schon seit einigen Jahren verkauften sie keine Lose mehr, doch hatten sie beide das Bedürfnis behalten, tagaus, tagein von aller Herrgottsfrühe an in den Straßen umherzulaufen.

Der greise Don Félix richtete sich auf, sah nach vorn und sagte zu Jerónimo: »Wir sind hier doch an der Einmündung der ›Avenida de las Damas‹?« Jerónimo sah auf das Metallschild mit dem Straßennamen und versuchte dem alten Mann klarzumachen, dass dies die »Avenida Isabel la Católica« war, doch Don Félix beharrte auf seiner Meinung und wies ihn zudem auf die hohen Bäume hin, die an der Allee standen. Jerónimo besah sich sorgfältig die Umgebung und gelangte zu der Ansicht, dass die Bäume nicht gerade hochgewachsen waren, doch sagte er nichts, sondern nahm vielmehr freudig die Einladung von Don Félix an, mit den beiden weiterzugehen.

So spazierten sie gemeinsam zum »Parque Nacional« und setzten sich auf eine Bank, von der aus man, Don Félix zufolge, einen wunderbaren Blick auf die ganze Stadt hatte, was ihm ganz besonders gefiel. Jerónimo, der sich immer mehr wunderte, erklärte ihm, dass man von hier aus nur ein riesiges, halb fertiges Gebäude sehen konnte, das die Sicht völlig versperrte, doch der Blinde beharrte auf seiner Meinung: »Dort hinten«, meinte er und zeigte mit zitternder Hand und starrem Blick nach Südwesten, »sieht man die Kuppel der Soledad-Kirche ... Dahinter liegt die Kathedrale, und ...« Er fuhr fort, auf Gebäude und Häuser hinzuweisen und nannte auch die Namen ihrer jeweiligen

Besitzer. Jerónimo sah nur das halbfertige Gebäude. Der Blinde sagte jetzt: »Dort drüben, auf der anderen Seite des Parks, liegt die Station der ›Northern Railway‹, dort kommen auch die Straßenbahnen an mit den Menschen, die den Zug nehmen wollen.«

Da schloss Jerónimo die Augen und bat ihn, sie ihm zu beschreiben. Der Blinde begann:

»Das ist ein langes, langes Gebäude, einstöckig, mit großen Türen, zur Straße hin aus Stein und mit einer sehr schönen Skulptur über dem Haupteingang ...«

»Und die Straßenbahnen, wie sehen die aus?«

Der Blinde gab ihm eine genaue Beschreibung der Form und Funktionsweise der Straßenbahnen, während Jerónimo lächelnd die Augen geschlossen hielt und schließlich fröhlich meinte, jetzt sähe er sie vor sich, und ob Don Félix ihn nicht zum Bahnhof mitnehmen könne, um sie aus der Nähe zu betrachten.

Die drei erhoben sich und liefen los, doch Jerónimo kam nur mit Schwierigkeiten voran, er stieß mit anderen Passanten zusammen oder kam vom Weg auf den Rasen ab, weil er nicht sah, wohin er mit seinen geschlossenen Augen lief, die Arme weit ausgebreitet wie ein Schlafwandler. Don Félix bemerkte den ungeschickten Gang seines Begleiters, hielt inne, nahm aus seiner Jackentasche einen zusammenklappbaren Blindenstock, den er als Ersatz bei sich trug, und zeigte ihm, wie man damit umging; so gelangten die drei vorsichtig tastend zum alten Bahnhof der Atlantikküstenbahn.

Der Blinde fragte: »Na, siehst du sie jetzt besser?« Und Jerónimo nickte: »Ich sehe sie, Félix, ich sehe sie.«

Dann wandten die drei sich um und folgten, während Jerónimo die Augen auch weiter geschlossen hielt und immer besser mit dem Stock umzugehen lernte, der Route einer Straßenbahn, die seit mehr als vierzig Jahren nicht mehr in der Stadt fuhr. Sie liefen den Mora-Hügel hinunter, und der Blinde beschrieb ihm eine Stadt, die im Rhythmus des Erzählten in dem so phantasiebegabten Kopf Jerónimos Gestalt annahm.

»Hier rechter Hand liegt die große Tabakfabrik ... Und hier links die Schreinerei und die Zimmermannswerkstatt ...« Und jede neue Beschreibung fügte sich mit der vorigen zum Netz einer Stadt, das mehrere Monate brauchte, bis es vollständig war. Als sie endlich anhielten, standen sie an der »Plaza de la Artillería«. Jerónimo öffnete die Augen und sah vor sich nur das große Gebäude der Zentralbank. Er schloss die Augen, und die »Plaza de la Artillería« tauchte in ihrer ganzen Schönheit wieder auf. Mit geschlossenen Augen wandte er sich um und sah die herrliche Stadt, die der blinde Alte ihm mit langsamen Schritten und langen Beschreibungen zeigte.

Inzwischen war es Mittag geworden, sie verspürten Hunger und verabschiedeten sich voneinander, um jeder für sich Mittagessen zu gehen. Dort an der längst verschwundenen »Plaza de la Artillería« sollte Jerónimo sich von da an ein paar Jahre lang mit dem Hellsichtigen der Vergangenheit treffen.

Jerónimo öffnete die Augen, denn er hatte das Gefühl, dass er sich noch nicht genügend in der anderen Stadt auskannte, um sie auf eigene Faust zu durchstreifen. Er klappte den Stock zusammen, den man ihm geschenkt hatte, und ging durch den städtischen Palimpsest, in dem er von jetzt an leben sollte, nach Hause zurück.

»Consuelo, ich habe eine Stadt kennengelernt, die man nur mit geschlossenen Augen sehen kann!«

»Jerónimo, lass bitte diesen Unsinn und komm endlich, das Mittagessen wird kalt!«

Er war jedoch durch seine neue Entdeckung so aufgeregt, dass er mit vollem Mund erzählte und erzählte und alle paar Augenblicke aufstand, um seiner Schwester zu zeigen, wie man mit einem Blindenstock zu gehen hatte, und er begann, mit geschlossenen Augen im Korridor des Hauses hin- und herzulaufen. Die Mädchen waren hingerissen von Jerónimos neuem Einfall und nutzten die Situation aus, um absichtlich vor ihm herzulaufen und mit ihm zusammenzustoßen. Er merkte nicht, dass sie ihren Spaß mit ihm trieben, sagte nur »Verzeihung« und versuchte es weiter, doch die Mädchen blieben vor ihm stehen und zielten genau, um mit ihrem Mund auf den seinen zu stoßen und ihm »einen Kuss zu stehlen«. Da streckte Jerónimo die Hand aus, um auch mit den Fingerspitzen zu sehen, und eines der Mädchen ließ sich einen anderen Scherz einfallen: Sie holte eine ihrer enormen Brüste hervor und wartete, bis die tastende Hand Jerónimos darauf stieß, was sie mit der Präzision eines Topographen auch bald tat. Wie angewurzelt blieb er stehen, befühlte ein Weilchen jenes schwabbelige Meer in seiner Hand, die warme, glatte Haut, seine Spitze, Gipfel der Welt, auf der einst ein wahnsinniger Seefahrer das Paradies finden wollte. Dann wusste er, was er da berührte, ließ los, und änderte seine Richtung, bis die Sextantennadel seines Blindenstocks ihn wieder zum Heimathafen seines Mittagessens zurückbrachte. Dann öffnete er die Augen und sah, wie Consuelo lachte und ihm Beifall klatschte, weil ihr Bruder so gut mit dem weißen Stock umgehen konnte. Die Mädchen wollten weiterspielen, doch blieb der, die den Scherz gemacht hatte, nichts weiter übrig, als die Welt wieder in ihrem Büstenhalter zu verstauen: Jerónimo sprach schon von etwas anderem.

Vom Abend dieses Tages an besuchten auch die Calypso-Musiker das Bordell. Das erste Mal kamen sie auf Einladung ihres neuen Freundes und blieben bis spät. Sie lernten Consuelo kennen und die Mädchen, und als sie für ihre Musik bezahlt werden wollten, machte die Chefin einen Riesenlärm, weil sie sie gar nicht bestellt hatte. Eisern wiederholte sie ihren Einwand, wie die Musiker denn nur darauf kommen könnten, auf einen Irren zu hören, der nicht einmal Geld habe, um sie zu bezahlen. Doch sie waren ja nicht so viele, sodass sie an diesem Abend ihren Lohn in Naturalien kassierten; mehrere der Mädchen boten nur zu gern an, großzügig mit ihrer Gunst für die gespielte Musik zu bezahlen. Jerónimo merkte davon gar nichts, denn um diese Zeit schlief er schon fest, und so erfuhr er nie, weshalb ihm die Musiker auf ewig dankbar blieben.

Mit einem Calypso wurde nun manchmal die scheppernde Atmosphäre, die der Plattenspieler im Lokal verbreitete, sonnig und warm, und in diesen karibischen Nächten kam mehr Kundschaft, ganz einfach, weil die Leute durch die herrlichen Stimmen der schwarzen Musiker und ihre witzigen Einfälle ihre Melancholie ablegten: Einer von ihnen verstand sich auf die Weissagerei und das Handlinienlesen, ein anderer spielte sein Quijongo, indem er die Saiten zwischen den Beinen zupfte, was einen etwas obszönen Eindruck machte.

Der tiefe Klang des Quijongo dröhnte durch die Nacht und stieg in Wellen an den Wänden der umliegenden Gebäude auf, so, als wolle er über das Dach aus Zink, Rost und Ziegeln des alten Hauses und das schummrige Licht schauen, das aus seinen Fenstern und durch die Spalten zwischen den hundertjährigen Bohlen dieses riesigen, altersschwachen Baus fiel. In seinem Innern barg er den Abgrund des Wahnsinns, die Ungeduld der Triebe, den Wirrwarr des Verdrusses, den fiebrigen Wahn der Lust und den Trost der frühen Morgenstunden: den Raum, in dem im

Geheimen eines der vielen misslungenen Kinder des Fortschritts heranwuchs, das das Licht mit dem Prisma eines einzigen Auges auf seiner breiten Stirn zerlegte, gerade ein Jahr und ein paar Monate alt war, nichts von seiner Andersartigkeit ahnte und mit der Vorfreude im Schuppen schlief, ganz früh am nächsten Morgen sein Auge zu öffnen und gleich seinen Freund zu suchen, der um diese Zeit schon im Garten umherging und Kräuter für die Tees suchte, mit denen er den riesigen Mann seiner Schwester heilen wollte.

Polyphem erwachte sehr früh am Morgen, wie alle Kinder seines Alters, und spielte erst einmal ein Weilchen allein in seiner Kammer, bis Consuelo ihn holen kam und ihn in die Waschkammer trug, wo sie ein warmes Bad für ihn bereithielt. Sie badete ihn, wickelte ihn in ein großes Tuch und nahm ihn zum Ankleiden mit. Dann lief das Kind los, um Jerónimo zu suchen, wusste schon, wo es ihn finden konnte und breitete weit die Ärmchen aus, wenn es ihn sah, rief laut nach ihm und warf sich ihm in die Arme. Auch für Jerónimo war dies der glücklichste Augenblick des Tages. Er hob das Kind in die Höhe und küsste es, und dann frühstückten die beiden im Morgensonnenschein des Gartens und spielten mit dem Hahn.

Wenn Polyphems Mutter später erwachte, kam sie im Morgenmantel aus ihrem Zimmer herab, um den starken Kaffee zu trinken, den Consuelo bereithielt und der für sie der Trost der immergleichen Morgen war. Dann trat sie in den Hof, und für gewöhnlich vermied sie die quirlige Zuneigung ihres Sohnes, nahm ihn nur auf den Arm, trug ihn in ihr Zimmer und zog ihm die Kleider an, die Consuelo für ihn ausgesucht hatte. Nach einer Weile brachte sie ihn Jerónimo zurück und beachtete ihn den restlichen Tag über nicht weiter. Das Kind hatte bald gelernt, mit diesen Handlungen seinen Bedarf nach Zuneigung zu decken, um später keinen Mangel mehr zu spüren. Selten nur fiel ihr ein, ihm einen Kuss auf die Wange zu drücken, womit sie ihn, ohne es zu ahnen, mit Gefühlen auflud, die die schlechte Behandlung an anderen Tagen erträglicher machte.

»Als Mutter eines Kindes, das anders ist, muss man selbst ganz sicher auch anders sein ... man muss sicher größer sein«, rief Jerónimo der jungen Frau oft in Erinnerung. »Und um den Müttern andersartiger Kinder gute Ratschläge zu geben, muss man selbst Mutter eines andersartigen Kindes sein!«, antwortete sie einmal und erhielt dabei die Unterstützung eines Teils der anderen Mädchen, die ihre Antwort hörten.

Polyphems Mutter wusste, dass die anderen sie bemitleideten, aber sie meinte, dieses Mitleid zu verdienen, so wie sie meinte, dass auch das Kind es verdiente, denn obwohl der kleine Junge gelernt hatte, »Tante« zu den anderen Mädchen zu sagen, erhielt er nicht von allen die gleichen Zeichen vorurteilsloser Zuneigung, auch wenn sie sich mit jedem Tag mehr an seine augenscheinliche Besonderheit gewöhnten. Alle waren von der Notwendigkeit überzeugt, die Sache geheim zu halten, doch war diese inzwischen ein bei ihren Familienangehörigen schon mehr als bekanntes Geheimnis, denen es unter dem Siegel absoluter Verschwiegenheit erzählt worden war. So viel Vorsicht wäre wahrscheinlich gar nicht notwendig gewesen, denn die nicht gerade wenigen, die davon erfuhren, interessierten sich kaum dafür, es zu bestätigen, und wenn wirklich einmal die eine oder andere Mutter von dem anderen oder einen Mädchen das Kind sehen wollte, warf sie einen kurzen Blick in den Hof, sah es und ging manchmal sogar zu ihm, um ihm über den Kopf zu streichen, ohne dass dies das Geheimnis des alten Hauses in Gefahr gebracht hätte. Immerhin war Polyphem nicht das einzig Seltsame, das es zwischen jenen Wänden gab; die Leute hatten sich auch an Consuelos Mann gewöhnt, an ihren Bruder, an die merkwürdigen Kunden, die das Lokal besuchten ... an das Leben, so wie es eben war.

»Kindheit und Wahnsinn sind sich ähnlich« – dieser alte Satz bewies sich Consuelo Peor in den folgenden Monaten, wenn sie Jerónimo mit Polyphem auf dem Rücken wie verzaubert und sich mal auf Spanisch, mal auf Latein unterhaltend mit der Sorglosigkeit derjenigen durch den Garten laufen sah, die ihr Brot sicher haben. Oft hob Consuelo dann den Blick und sah vom Hof aus das versteinerte Gesicht der Mutter des Kindes, die die Szene vom Fenster ihres Zimmers im oberen Stockwerk aus beobachtete. Consuelo sah von weitem das unglückliche Gesicht des Mädchens, wollte einen Augenblick lang den Theorien Jerónimos glauben und wünschte sich, alle anderen wären auch davon überzeugt, dass das Kind »ein Zeichen unserer Zeit« war, um es so zu akzeptieren, wie es war, damit man es in die Sonne des Parks bringen und später in die Schule schicken konnte. Doch war ihr im Grunde klar, dass die Leute dumm genug waren, nur an eine einzige Version der Wirklichkeit zu glauben; das konnte man auf der Straße beobachten, wenn eine Frau sich verzweifelt bemühte, mit ihrem geistig behinderten Kind in den Bus zu steigen, um es zur Sonderschule zu bringen. Alle anderen verzogen das Gesicht mit einer Grimasse aus Abscheu und Mitleid, sie selbst genauso, bevor Polyphem geboren worden war. Seither fiel es ihr ganz leicht, diesen Frauen das Kind abzunehmen, während sie das Fahrgeld hervorkramten, oder es auf den Schoß zu nehmen, wenn kein Platz mehr frei war. Daran dachte Consuelo, während sie die frisch gewaschene Wäsche aus dem Plastikfass holte, sie auf die Wäscheleine aus Nylon hängte und mit hölzernen Wäscheklammern

feststeckte. Dann trocknete sie sich ihre Amazonenarme an
der Schürze ab, nahm das leere Fass und ging ins Haus,
ohne Gott zu fragen, weshalb er die Dinge für die Armen so
schwer machte. Polyphem vergnügte sich unterdessen damit, die Wäscheklammern einzusammeln, die Consuelo zu
Boden gefallen waren, und sie durch die Spalten zwischen
den Bodendielen seines Schuppens zu werfen.

FÜR GEWÖHNLICH NAHM JERÓNIMO nach dem Mittagessen sein Pappschild, verabschiedete sich und zog auf seine
Streifzüge los. In der »Avenida Central«, auf der Höhe der
2. Straße, dort, wo die Tafel von Radio »Monumental« ist
(und wo niemand je etwas Neues erwarten würde), nahm
er den Blindenstock aus der Tasche seiner Kutte, klappte
ihn auseinander, schloss die Augen und sah die »Plaza de la
Artillería« vor sich, umgeben von den alten Gebäuden der
Bank und der Artilleriekaserne. Er stellte sich an die Ecke,
blickte nach Süden und sah das dreistöckige Gebäude, wo
das »Handelsblatt« untergebracht war, gegenüber dem
Schweizer Uhrenladen an der ungepflasterten Straße, die
am Zaun des »Parque Central« endete. Dort waren immer
die gleichen Leute, die ihm Don Félix schon beim ersten
Mal beschrieben hatte: der Polizist mit der blauen Jacke
und den beigen Hosen, die bis zu den Knien in Stiefeln
steckten, die Frauen in langen Röcken, die Männer mit
Schlips und Kragen, von Pferden gezogene Kutschen und
das ganze Alltagsleben, das es schon seit den zwanziger,
dreißiger Jahren nicht mehr gab, aber das der alte Mann
noch so frisch in Erinnerung hatte. Jerónimo atmete tief
die saubere Luft jener Stadt ein und genoss in vollen Zügen ihre Ruhe. Unterdessen kam unweigerlich Don Félix,
und mit Cristalino entdeckte er Jerónimo leicht. Sie begrüßten sich und begannen ihren Spaziergang, der Blinde

führte den Hund an der Leine, und sie unterhielten sich angeregt, manchmal der Route der Straßenbahn folgend, manchmal in Gegenden der Stadt, die Jerónimo noch gar nicht kannte.

An diesem Nachmittag nahmen ihn die beiden über die 9. Straße zur Soledad-Kirche mit, ein Gebäude, das Jerónimo unzählige Male mit offenen Augen gesehen, das jedoch nichts mehr mit der wunderschönen alten Kirche zu tun hatte, seit schlechter Pfaffengeschmack darauf gekommen war, es in Pastelltönen anzustreichen wie den Geburtstagskuchen einer Fünfzehnjährigen, womit sie im ganzen Land die Kirchen ruinierten. Jerónimo war oft in dieser Gegend gewesen, aber eben mit offenen Augen, was einen deutlichen Unterschied bedeutete. Bei offenen Augen war die Straße der »Paseo de los Estudiantes«, mit einer Tankstelle am Anfang und einem unübersehbaren Meer von Autos, das bis zu einem Gebäude reichte, von dem man ihm erzählt hatte, dass es einmal ein Gefängnis gewesen war und seit einem Jahrhundert eine Schule beherbergte, oder umgekehrt. Doch bei geschlossenen Augen war die 9. Straße ein freundliches, ebenmäßig gepflastertes Sträßchen, gesäumt von großen Gärten und Parks, an deren Rändern viele Bäume und Zierpflanzen standen, von sauberen Gehsteigen und Häusern mit dicken Wänden aus Adobeziegeln, Ziegeldächern und breiten, holzgerahmten Fenstern, wie es Félix in allen Einzelheiten beschrieb. Für Jerónimo war es dann, als lichte sich plötzlich ein Nebelschleier vor seinen Augen und er entdecke wirklich, was er da alles hörte. Von Tag zu Tag verlor der Nebel an Boden, und Jerónimo behielt immer mehr Kleinigkeiten, lernte die Namen der Nachbarn, die Félix einst gehabt hatte und hob auch die Hand, um irgendeine Frau zu grüßen, die Félix von Weitem grüßte; Jerónimo erfuhr, dass die Frau dort in der

Nähe wohnte, immer eine weiße Bluse mit langen Ärmeln und einen dunklen Rock trug, ein ausladendes Hinterteil besaß und einen chinesischen Sonnenschirm in der Hand hielt. Ab da grüßte er sie auch dann, wenn er mit geschlossenen Augen, doch ohne den Blinden dort vorüberkam.

Die drei Freunde betraten die Kirche und setzten sich in eine der Bänke. Cristalino musste sich mit dem Boden begnügen, denn sie waren hier nicht in einem Park, und Félix fuhr mit seiner unerschöpflichen Beschreibung jener Stadt fort, wo die Blaskapelle von San José an den Samstagen im Pavillon des »Parque Central« ihre Nachmittagskonzerte aufführte, während um den Park herum in kleinen Gruppen die Jungen spazierten, in entgegengesetzter Richtung zu den Gruppen der Mädchen. Der Dirigent der Militärkapelle dirigierte in eleganter Uniform. Félix versprach, Jerónimo einmal zu einem der Konzerte mitzunehmen, wenn es nicht zu kalt wäre. So redete und redete er, und manchmal schlief er dabei ein Weilchen, während Jerónimo das Puzzle der Stadt weiter in seinem Kopf zusammensetzte und die Blaskapelle, die Ochsenkarren der Bauern auf der 8. Straße, die Eisfabrik in der »Avenida Central«, das América-Theater hinzufügte ... Gespenster, die im Takt zweier Stöcke auferstanden, des Stockes der Senilität und des Stockes des Wahnsinns, Geister, unter denen Jerónimo inzwischen eine gewisse eigene Bewegungsfreiheit erreicht hatte.

Eines Tages erzählte Jerónimo Don Félix von dem Kind.

»Ja, sieht er denn gut mit seinem einen Auge?«

»Besser als viele andere mit zweien.«

»Na, dann ist doch alles in Ordnung!«

»Eines Tages werde ich ihn dir vorstellen, wenn er ein bisschen größer ist ...«

Don Félix lebte bei seiner Nichte in einem winzigen Häuschen in der Nähe der Pazifikküstenbahn, im Südwesten von San José. Seine Nichte war ein »schlechtgelaunter Blaustrumpf«, wie er es ausdrückte, doch sie kümmerte sich seit ein paar Jahren um ihn und erlaubte sogar, dass sein Hund am Fußende seines Bettes schlief. Die Frau hatte den Beruf ihres Onkels übernommen: Sie verkaufte Lose an einem Stand gegenüber der Hauptpost, wo sie früh am Morgen mit einem Klapptisch und Klappstuhl, ihren Losen, einer Thermoskanne Kaffee, ihrem Onkel und seinem Hund Stellung bezog. Die beiden kamen allerdings erst mittags, und gemeinsam aßen sie auf den Stufen des Denkmals für Don Rafael Mora, genau unter dem nackten, fackeltragenden Engel, dessen männliches Glied, als die Statue enthüllt worden war, abgeschnitten werden musste, weil es die Vorstellung, dass Engel kein Geschlecht haben, in ernste Zweifel zog.

Don Félix' Nichte lernte Jerónimo eines schönen Tages kennen, als sie ihn zum Mittagessen einlud, um ihrem Onkel eine Freude zu machen. Er kam ihr vor wie ein seltsamer, doch harmloser Zeitgenosse. Das Einzige, was sie nicht verstand, war, weshalb er niemals die Augen öffnete, denn soweit sie es beobachtet hatte, hielten auch die Blinden ihre Augen immer geöffnet; dennoch hatte sie, als sie die Unterhaltung zwischen ihrem Onkel und dem neuen Bekannten hörte, keinen Zweifel an dessen Blindheit. Sie sprachen von denselben Dingen und erwähnten die gleichen verschwundenen Plätze San Josés aus den Erinnerungen der alten Leute. Sie redeten über die Nachbarn aus den alten Häusern und teilten ihr Erstaunen über die ungeheure Zunahme der Autos in der Stadt, wobei sie beide natürlich die niedlichen alten Wägelchen mit Glupschaugen meinten, Dächern aus Leinwand, schmalen Reifen unter den

eleganten Kotflügeln, Hupen aus Messing und Nummern-
schildern mit wenigen Zahlen: SJ170, SJ137, SJ164 …

Die eigentliche Überraschung gab es jedoch für Don
Félix' Nichte an dem Tag, als sie Jerónimo mit weit geöff-
neten Augen traf, ohne Blindenstock und mit so sicherem
Gang wie der Beste aller Sehenden. Sie hielt ihn an und
warf ihm vor, dass er ihren Onkel hinters Licht führe. Jerónimo schloss die Augen und fand bestätigt, dass es sich um
dieselbe Frau handelte, nur um einiges älter als die, die sein
blinder Freund ihm vorgestellt hatte. Schließlich begriff sie,
dass er derselbe harmlose Typ war, den sie kennengelernt
hatte, doch verrückt statt blind, vor allem, als Jerónimo ihr
mit Nachdruck erklärte, dass es sich um zwei völlig verschiedene Städte handelte und ganz erstaunt war, dass sie
meinte, es sei ein und dieselbe. Dabei war doch das, was
man mit offenen Augen sah, ganz hässlich und geschichts-
los. Die Frau fand es nicht nötig, ihre Entdeckung dem
alten Mann mitzuteilen, doch war sie fassungslos, als die
vier miteinander zu Mittag aßen und Jerónimo die Augen
nur einmal kurz öffnete, um ihr zuzuzwinkern.

Jerónimo sprach davon, dass die Städte, im Gegensatz
zu den Menschen, mit der Zeit jünger wurden. Er kannte
die Altstadt von Quito, Cuenca, Lima, Cartagena de Indias, Antigua Guatemala, Puebla und so viele andere Städte
mit großer Vergangenheit … Er hatte sie besucht und ihre
verschiedenen Alter kennengelernt, denn diesen Städten
war der ganze umgekehrte Weg auf der Haut geblieben,
durch den sie im Laufe der Jahrhunderte immer jünger
wurden. Doch fand er in San José nichts oder fast nichts,
was ihm gezeigt hätte, dass es einmal alt gewesen wäre; deshalb gelang es ihm nie, den Zusammenhang zwischen den
beiden Städten herzustellen, in denen er sich abwechselnd
bewegte. Manchmal blieb er stehen und betrachtete eines

der wenigen Gebäude, die die erste Hälfte des 20. Jahrhunderts überlebt hatten, ohne es zu erkennen und sah es eher an wie jemand, der ein »déjà vu« erlebt. Er ging dann mit dem Gefühl weiter, etwas Vergessenes hinter sich gelassen zu haben. Denn die Stadt San José hatte auf ihre Vergangenheit verzichtet, hatte ihre kleinen, baumbestandenen Parks in der Langeweile des Teers und der Monotonie des Asphalts ertränkt und mit der Gefräßigkeit von Termiten die vergilbten Seiten ihrer Architektur vertilgt, um nichts als die graue Fratze des Großstadtgewühls und die Hektik der Modernität auszuspeien.

Jerónimo stellte zwischen den beiden Städten nie eine Verbindung her; wenn er mit offenen Augen umherstreifte, konnte er nicht vermeiden, ein gewisses Schwindelgefühl des Fremden zu verspüren, der sich mit der Menge treiben lässt, vor allem um die Mittagszeit, wenn die hungrigen Angestellten der Büros ausschwärmten und die Restaurants und Marktstände überschwemmten. Um diese Zeit fühlte sich Jerónimo wie ein zufälliger Zeuge der neuen Zeit, die auf eine gewisse Weise, das spürte er, nicht allzu vielversprechend war.

Deshalb zog er es fast immer vor, zum Mittagessen in das Stundenhotel zurückzukehren, was seine Schwester ihm stillschweigend dankte, vor allem weil er es dann übernahm, Polyphem sein Mittagessen zu füttern: Er setzte ihn in einen hohen Stuhl mit eingebautem Tischchen, band ihm das Lätzchen um, holte irgendein Spielzeug herbei, um ihn zu unterhalten, und gab ihm Löffelchen für Löffelchen die Mahlzeit, die Consuelo ihm zubereitet hatte. Das Kind sagte beinahe immer, dass es nicht essen wolle, und verteilte die Hälfte seines Breis über Jerónimos Kutte, was für den unwahrscheinlichen Fall, dass es jemand hätte wissen wollen, die gelben Flecken von Süßkartoffelbrei in seinem

Schoß erklärt hätte. Doch besaß Jerónimo eine unendliche Geduld und brachte ihn nach und nach dazu, seine Mahlzeit zu essen, indem er ihm auf Latein uralte Geschichten erzählte, die der Mutter die Laune verdarben, wenn sie gerade dazukam und hörte, wie das Kind an den Lippen des Alten hing und ihm in derselben Sprache Fragen stellte.

»Als ob er nicht schon so seltsam genug wäre, bringt man ihm auch noch bei, wie einer von den alten Pfaffen zu reden …!«

Doch konnte die Sache nicht mehr aufgehalten werden: Mit ungefähr drei Jahren war das Kind mit einer überraschenden Schnelligkeit zweisprachig geworden, und seine Mutter konnte sich nur noch darüber klar werden, dass sie selbst ihm nicht einmal das costaricanische Spanisch beigebracht hatte, viel weniger noch das Latein. Immerhin hatte sie, während sich das Jahr ein paarmal um Polyphems Garten drehte, trotz des anstrengenden und fruchtlosen Versuchs, ihr Kind zu verdrängen, gelernt, Tanzen zu gehen und die billigen Kinos zu besuchen, um alberne Filme zu sehen, hatte mit anderen Worten gelernt, ihr Dasein trotz alledem zu ertragen und dieselben Dienste anzubieten wie ihre Kolleginnen.

WÄHREND DIESER ZWEI fast gleich ablaufenden Jahre hatte Jerónimo geholfen, die schlechte Verdauung seines Schwagers zu behandeln; mit Kräutertees und Wassertherapien, wie sie die alten römischen Ärzte verordneten, und den Umschlägen aus Tonerde, von denen Consuelo rein gar nichts hielt, war sie nach und nach besser geworden. Langsam begann der riesige Mann, sich wohler zu fühlen. Anfangs wollte Consuelo die Fortschritte ihres Mannes nicht so recht glauben, doch als sie sah, dass es ihm besser ging und er auch nach anderen Speisen verlangte, fasste sie mehr und mehr Vertrauen und mischte sich nicht mehr in die Heilmethoden Jerónimos ein, die vor allem darin bestanden, die vielen bunten Pillen abzusetzen, die ihn in einen nachtwandlerischen Zustand der Schläfrigkeit versetzten, der auch die Angst so müde machte, dass sie nicht mehr kam. Jerónimo hatte es geschafft, seine Abhängigkeit auf ein Minimum von einer halben Tablette zum Mittagessen und einer ganzen am Abend zu reduzieren. Dennoch wusste der Mann nie, wo er sich befand, noch wer genau Jerónimo war. Consuelo erkannte er, weil sie das Einzige war, was nach seinem Unfall übrigblieb; alles andere, das Haus, in dem sie gelebt hatten, die Menschen, die sie kannten, seine Arbeit, die wenigen Verwandten, alles war verschwunden, um einem großen, alten Hause voller Menschen Platz zu machen, in dem er sich wie mit einem Passierschein bewegte, ohne irgendetwas von dem zu begreifen, was um ihn her geschah. Der Mann konnte seine Aufmerksamkeit mehr oder weniger auf das lenken, was sich in seiner Nähe bewegte: seine Frau, das Kind, obwohl er noch nicht seine Andersartigkeit bemerkt hatte, auf Jerónimo, wenn der sich neben ihn setzte, um ihm seine Zaubertränke einzuflößen, auf die Mädchen, die sich beim Mittagessen neben ihn setzten, auf den Letzten Hahn von Gestern, wenn er inmitten eines Feuerwerks aus Federn seinen Triumphschrei gellen ließ ... Dann lächelte er leicht, und manchmal lachte er sogar richtig, und Consuelo Peor sah ihn beinahe misstrauisch an, denn obwohl sie es noch nicht mit genügender Klarheit wusste, um es sich vor Augen zu führen, ahnte sie im tiefsten Innern ihres Herzens, dass sie nicht auf eine eventuelle Heilung ihres Mannes hoffen durfte.

Dies geschah nur durch Gefühle ohne Worte, denn Worte allein hätten es ihr niemals gestattet, auch nur den Hauch eines Zweifels über ihren Wunsch nach einer solchen Heilung zu verspüren. Die Worte, hätte sie von ihnen Gebrauch gemacht, würden sie nur dazu gebracht haben, zu dieser Möglichkeit ein eindeutiges »Ja« auszusprechen, mehr noch, zu bekräftigen, dass sie Gott jeden Tag darum bat, er möge sich ihres Mannes erbarmen und ihn wieder zu dem machen, der er früher gewesen war. Doch weil sie es nur so dachte, nur mit dem Herzen, ließ ihr die Abwesenheit der Worte einen kleinen geheimen Raum, um in ihrem Bauch ein Kribbeln zu spüren, wenn sie sich vorstellte, ihr Mann bewege sich wieder frei durch sein Leben, stünde früh auf, um zur Arbeit zu gehen, lerne neue Menschen kennen und schließe neue Freundschaften, als verschlucke ihn die Welt mit einem Gähnen wieder, nähme ihn ihr weg und setze ihn wieder in Gang.

Doch um dies denken zu können, hätte sie es erst ganz in Worte kleiden müssen, was sie sich niemals zugestand, nicht einmal am Tag seines endgültigen Zusammenbruchs, als sein Blick gefror und seine Zunge verstummte. An diesem Tag nahm sie all seine Kleider, trug sie zum Waschtrog und wusch sie langsam, unendlich langsam, Stück für Stück, ohne zu weinen; sie hängte sie in die Sonne und cremte alle seine Schuhe ein. Als die Wäsche trocken war, wusch sie sie noch einmal, langsam, unendlich langsam, und putzte auch die Schuhe noch einmal. Das tat sie über mehrere Tage, ohne mit irgendjemand zu sprechen oder mit jemand ihre Trauer über diesen Lebendtod zu teilen, den sie jetzt würde tragen müssen, wie man nicht einmal den Tod in seiner ganzen Herrlichkeit erträgt.

Jerónimo war seit jeher und auf ewig unfähig, den stillen Konflikt zu bemerken, in den er seine Schwester stürzte. Er konnte nicht weiter sehen als bis zu der Notwendigkeit, das zu heilen, was er krank fand, sei es in Mensch oder Tier, denn er ging von dem Prinzip aus, dass alles geheilt werden konnte. Das dachte er sogar noch von der Stadt bei offenen Augen, zweifelnd und manchmal auch beinahe gleichgültig zwar, doch konnte er nicht umhin festzustellen, dass einiges oder besser gesagt: vieles noch am Leben war zwischen jenen ungeschlachten Bauten mit ihrem in den dauernden Nebel der Autoabgase eingehüllten Straßennetz. Unter all dem lag eine pochende Welt, die bewies, dass es noch möglich war, diesem Betongebilde das Leben zurückzugeben: das verborgene Leben, das sich nicht vom Asphalt erdrücken ließ, die Vegetation, die heimlich auf den Vordächern der Häuser wuchs, auf den alten Mauern, am Fuß rostiger Dachtraufen, winzige Gärten, die in den Spalten von Zwischenwänden blühten, mit winzigen Blumen, die die eiligen Augen der Autofahrer nie bemerkten, Pusteblumen, deren Samen bereit waren, beim geringsten Lufthauch loszufliegen, rosa Wunderblumen mitten im grauen Rauch. Dann die Ratten der Kanalisation, die den Untergrund zu einem wirren Netz von Gängen machten, in dem sie sich bewegten und reproduzierten, trotz des totalen Krieges, den ihnen die Stadt erklärt hatte. Die Kakerlaken, die sorglos über die Gehsteige zu spazieren begannen, sobald es dunkel wurde. Er beobachtete sie und folgte ihnen manchmal, bis sie zwischen den Spalten des Gehsteigs, in den Gullys oder unter den Metalltüren der Gebäude verschwanden. Und das allein sah er schon, wenn er mit gesenktem Blick umherlief. Wenn er den Blick jedoch um sechs Uhr abends hob und bewegt sah, wie Hunderte von Schwalben sich auf den Elektroleitungen niederließen, um dort zu übernachten, dann war er noch mehr davon überzeugt, dass noch nicht alles verloren war, denn solange es Vögel gab, gab es auch Hoffnung, so sicher war er, dass die Hoffnung an den Flügeln der Vögel hing und sich so von einem Ort zum anderen mitnehmen ließ, was für die Menschen ein Glück war, denn ein kräftiger Flügelschlag mitten im Flug verstreute sie unversehens überall hin und auch auf jene, die sie am wenigsten erwarteten, und er, der sorgfältig auf die kleinsten und unwichtigsten Dinge achtete, bemerkte oft, wie das gehetzte Gesicht eines Passanten plötzlich von einem Lächeln erhellt wurde und er seinen Schritt verlangsamte, ohne erkennbaren Grund: Kein Zweifel, dass dieser Person unverhofft ein Stückchen Hoffnung auf den Kopf gefallen war, ob er sie nun verdient hatte oder nicht. So ging, wie er glaubte, die Bestäubung der Hoffnung vonstatten. Weshalb also nicht versuchen, die Dinge wieder ins Lot zu bringen?

Consuelo hatte ihm zugehört wie immer, nur antwortete sie diesmal:

»Dann wissen die Vögel aber sicher nicht, was sie da auf ihren Flügeln tragen, denn wenn sie es wüssten, dann flögen sie sicher auf Flügelspitzen, um nicht den bösen Menschen Hoffnung zu geben oder sich über den Undankbaren auszuschütteln.«

»Nein, Consuelo, natürlich wissen die Vögel es nicht. Ist dir nicht klar, dass sie, wenn sie es wüssten, nur über den kleinen Jungen und Mädchen fliegen würden? Und darin besteht also das Wunderbare, dass es jedem in jedem Augenblick geschehen kann.«

»Und wenn es keine Vögel mehr gäbe?«

»Dann gäbe es auch keine Hoffnung mehr ...«

Und Consuelo, die so unbeugsam war wie eine Eingebung, begann, in ihrem Herzen eine unerklärliche Traurigkeit zu spüren. Sie sah auf ihren Mann, der wie hypnotisiert in den Garten hinausblickte, sah ihren Bruder an, der sie ansah, sah Polyphems Mutter am Fenster stehen, sah den Letzten Hahn von Gestern arglos mit seinen Flügeln schlagen, die sicher an allem schuld waren. An diesem Nachmittag, bevor der Betrieb losging, zog sich Consuelo um, legte ihren Seidenschal über und ging zur Beichte.

Bei ihrer Rückkehr fand sie die Chefin fast wahnsinnig vor, weil schon viele Leute gekommen waren und von den Appetithappen weit und breit noch nichts zu sehen war. Consuelo zog sich ihre riesige Schürze über und begann zu kochen. Sie hatte Glück: An diesem Abend kam die Calypso-Band und verscheuchte mit ihren Rasseln die Traurigkeit.

DIE MÄDCHEN VERTRIEBEN SICH OFT DIE ZEIT DAMIT, durch die Dielenspalten des oberen Stockwerks die Kunden zu beobachten. Sie ließen sich auf alle viere nieder, spähten durch die Ritzen, zeigten auf die Gäste und erzählten sich lachend, dass der und der sich zwischen den Beinen kratzte, ein anderer sich in der Nase bohrte, der hier schneller kam, als er ging, und jener andere die Krätze am Hintern hatte. Und so unterhielten sie sich über alles herrschende Elend, während sie sich zurechtmachten und darauf vorbereiteten, hinunterzugehen. Wenn es dann langsam Zeit dafür wurde, liefen sie nackt oder in ihrer Unterwäsche hin und her, mit kurzen Negligés darüber, suchten irgendwo einen Lippenstift, dessen Farbe zu ihrem Nagellack passte, liehen sich für eine Nacht ein Paar Schuhe aus, redeten, während sie sich die Zähne putzten, mit dem Mund voller Zahnpastaschaum und begrüßten die, die jetzt erst kamen, weil sie nicht im Bordell wohnten und zu Hause erzählten, dass sie Empfang irgendeines Hotels arbeiteten, von acht Uhr abends bis sechs Uhr morgens.

Es dunkelte unter dem flüchtigen Geruch von verschüttetem Nagellackentferner und feuchter Wäsche mit eingesticktem Monogramm, die sie auf die Stangen der Duschvorhänge in den drei, vier Gemeinschaftsbädern hängten, und unter den Streitereien, weil mehr als eine zu lange brauchte, um sich die Beine und den Ausschnitt des Bikinihöschens zu rasieren, und eine schrie, dass schon ihr Glatzkopf da sei, der auf dem Kopf genauso aussähe wie in der Hose, und die anderen sollten sich ja keine falschen Vorstellungen machen, denn er käme nur wegen ihr, worauf sich eine andere umdrehte und ihr »Vielfraß« hinterherrief, und dann gab es Krach und die anderen mussten die beiden trennen, damit ihre Frisuren nicht durcheinandergerieten, jetzt, wo sie nach unten gehen mussten. Und dann ging es auch schon los, fast alle blieben den ganzen Abend über in der Bar des Bordells, ein paar, die »besser aussehenden«, wie sie sagten, gingen in die teureren Bars weiter im Zentrum, um Ausländer aufzugabeln, die in Dollars bezahlten, alte Gringos, junge Japaner und unternehmungslustige Unternehmer, die nicht abstiegen, bevor sie nicht auch noch den letzten Tropfen losgeworden waren, und wohlhabende Einheimische, die wie die Ausländer zahlten. Sie liefen zu Fuß zu den Bars, trafen dort ihre Verabredungen und fuhren dann mit dem Mann, wenn es sich um einen Einheimischen handelte, im Taxi oder in seinem Wagen in irgendein Motel am Stadtrand, wenn es sich um einen Ausländer handelte, in sein Fünf-Sterne-Hotel, wo die Angestellten an der Rezeption sich dabei amüsierten vorherzusagen, dass die Ticos entweder anfingen, die Tarife in Dollars zu zahlen, oder aber sie müssten die Sache bald selbst in die Hand nehmen ...

Während der Woche kam es oft vor, dass eine aus dem Bordell ihren halbwüchsigen Sohn ins Haus gelaufen kommen und sich im Hof verstecken sah; nach einer Weile schauten ein paar Polizisten herein und gingen wieder. Die Jungen verließen den Hof dann nicht mehr, duckten sich in irgendeine Ecke und rauchten ein Stück Crack. Am nächsten Morgen lagen sie dann unter dem Vordach des Hauses, und wenn ihre Mütter schließlich davon Wind bekamen, schimpften sie sie aus und heizten ihnen gehörig ein: »Herumtreiber, siehst du denn nicht, dass ich hier hart für dich arbeite? Das solltest du auch mal machen, anstatt dieses Dreckszeug zu rauchen ...«, bis der Bursche die Nase voll hatte und mit dem Versprechen abzog, nie mehr zurückzukehren, doch nicht ohne eine starke Tasse Kaffee zum Frühstück getrunken zu haben, sonst nichts, denn der Stoff nahm ihnen den Appetit. Dann verschwanden sie für mehrere Tage oder manchmal sogar Wochen und wohnten in bunt zusammengewürfelten Haufen in den alten Häusern, die in den Hinterhöfen der neuen Gebäude stehengeblieben waren, oder an Plätzen, wo sich niemand vorstellen konnte, dass dort ein menschliches Wesen wohnte. Dort verbrachten sie die Tage damit, Crack zu rauchen, aßen fast nichts und schliefen in einem Haufen am Boden, in der Dunkelheit, die feucht war von ihrer eigenen Pisse, und auch noch bei Tageslicht, denn selbst so etwas einfaches wie einen Vorhang anzubringen war ihnen zu viel, wenn nicht sogar gefährlich, weil es den Verdacht wecken konnte, dass das Loch bewohnt sein könnte und die Polizei auf den Plan rief. Viele andere kamen zu spät und mussten sich irgendwo ein Plätzchen suchen, und wenn es unter den Bodendielen der Häuser war, zwischen den verrotteten Pfosten, die diese eher aus einer Laune des Schicksals als durch ihre Standfestigkeit aufrecht hielten, einfach so auf dem Boden oder unter Säcken, die sie irgendwo auf dem Markt besorgten.

Wenn die Besitzer merkten, wozu die Häuser geworden waren, meldeten sie es der Polizei, und dann machte eine weitere Razzia Schluss mit den kläglichen Behausungen, die sich die Jungs organisierten. Einige Zeit später, als die Gewalt ihrer Aktionen zunahm, beschlossen die Besitzer, die verlassenen Häuser niederreißen zu lassen, um dieser Art von Insektenplage keinen Unterschlupf mehr zu lassen, und San José erlebte einen weiteren Angriff auf seine Vergangenheit. Ganze Häuserblocks wurden in Trümmergrundstücke verwandelt, wo nicht einmal mehr das Unkraut wachsen wollte, die jedoch so gut gelegen waren, dass es nicht lange dauerte, bis sie zu Preisen gekauft wurden, die um ein Vielfaches über denen aus der Zeit lagen, als sie noch die alten Häuser beherbergten.

Doch war dies ein anderes Leben, das den Mädchen des Bordells zwar nicht unbekannt war, vor dem sie jedoch ihre schon »entgleisten« Söhne nicht bewahren konnten. Sie hofften nur, dass die Jüngsten unter ihnen nicht auch dort landeten, auch die Töchter nicht, die oft viel zu früh den Weg ihrer Mütter einschlugen, obschon nur selten im selben Bordell.

Mit seinen geheimen Mixturen schaffte es Jerónimo, die Burschen, die ihn darum baten, in wenigen Tagen von ihrer totalen Abhängigkeit zu befreien, und dann versöhnten sie sich wieder mit ihrer Mutter, wenn sie eine hatten, und kehrten nach Hause zurück, wenn sie eines besaßen. Öfter jedoch geschah es, dass sie nach ein paar Tagen wieder der alten Abhängigkeit verfallen waren. Unter Jerónimos resigniertem Blick gingen sie wieder auf die Straße, für gewöhnlich, um im Tausch für ein paar Steine Crack oder einen Bruchteil des Wertes des Gestohlenen etwas zu stehlen. Dann ging er zu ihnen, legte den Arm um sie und fragte sie, warum sie dieses Zeug denn rauchten. Einmal antwortete ihm einer, er rauche es, weil seine Mutter ihn schlüge, und auf die Frage, weshalb seine Mutter ihn schlüge, antwortete er, weil er Crack rauche. Jerónimo sprach oft mit seiner Schwester über seine Misserfolge, doch vergaß er niemals, dass es deshalb so ausging, weil die Medizin, die er ihnen anbot, nur ihren Körper zu heilen vermochte, während ihre Seelen immer wurmstichiger wurden. Manchmal hörte Polyphems Mutter diesen Gesprächen zu und unterbrach auf ihre Weise:

»Ach, was wollen Sie denn, Pater Jerónimo? Diese Gören liebt doch noch nicht mal Gott!«

»Das heißt also, du glaubst noch an Gott, nicht wahr?«

»Ach was, man soll nicht glauben, aber das Glauben auch nicht lassen, aber manchmal scheint es fast so, als tue er des Guten zuviel, wie bei mir, die er gerettet hat, und sehen Sie mich doch jetzt … Besser wäre ich gestorben, als so ein verqueres Kind zur Welt zu bringen!«

Sie hatte Jerónimo in der Beichte erzählt, dass ihr Vater, als er von ihrer Schwangerschaft erfuhr, sie schlug, bis sie blutend am Boden lag. Als sie wieder zu sich kam, lag sie auf der Ladefläche des Kleinlasters, mit dem er in die Stadt fuhr, um Dünger für die Saaten zu kaufen. Er hatte sie einfach aufgeladen und mit den Säcken zugedeckt, die er immer dem Großhändler zurückbrachte. An irgendeiner Straßenecke hielt der Mann an, befahl dem Mädchen abzusteigen und ließ es dort stehen, mit nichts weiter als dem, was es auf dem Leib trug, und so, über und über mit dem Staub der Säcke bedeckt und bis oben hin voller Pflanzengift, lief es ein paar Meter und brach am Eingang des Bordells zusammen. Das Weitere wussten alle. Indem er viel über dies alles nachdachte, war Jerónimo dem Mädchen gegenüber nachgiebiger geworden, auch wenn es so voller Hass von allen himmlischen Chören sprach. Oft zog es Jerónimo dann vor, einfach das Thema zu wechseln:

»Ich weiss nicht, ob Gott diese Burschen liebt oder nicht … Eigentlich weiss Sie schon, was Sie tut. Vielleicht will Sie ja nicht nur fleißige Ameisen in ihrem Garten sehen …«

Das einzige Vorurteil, das Jerónimo sich gegen die Burschen leistete, hatte mit Polyphem zu tun: Um nichts auf der Welt ließ er zu, dass sie sich ihm näherten, er bekam Panik bei der Vorstellung, sie könnten ihn von den bösartigen Steinen kosten lassen, die sie rauchten, und die sie auch ihm einmal zu probieren gegeben hatten, aus Spaß, nicht, um ihm Schaden zuzufügen. Mit allen möglichen Wundergeschichten verführten sie Jerónimo dazu, es einmal zu versuchen. Jerónimo wollte den Rauch nicht durch den Mund einatmen, sondern nur durch die Nase, denn er misstraute den selbstgebastelten Geräten aus Metall, die die Burschen zum Crackrauchen benutzten. Der bittere Geruch der Droge knallte gegen die Wände seines Hirns, die Nase begann ihm zu bluten, er bekam einen Schwächeanfall und fiel bewusstlos zu Boden. Die Jungen erschraken und ließen ihn unter dem Vordach liegen, wo er am nächsten Morgen von seiner Schwester gefunden wurde, wie er davon phantasierte, den Hintern des Teufels gerochen zu haben, in einem Griechisch, das höchstens noch der verkommenste aller Achäer in seinem übelsten Suff gesprochen haben mochte.

Um sich zu reinigen, unterwarf sich Jerónimo diesmal dem strengsten Fasten seines Lebens, und dennoch konnte ihn niemand davon überzeugen, dass er mit diesem schlimmsten Atemzug, den er je getan hatte, sein Leben nicht wenigstens um ein paar Jahre verkürzt hatte. Für einige Tage ging sein Atem langsam und rasselnd, und ein paar mehr noch fühlte er sich am ganzen Körper zittrig, denn irgendetwas am Grunde seines Hirns schien noch einmal nach einem solchen Schlag zu verlangen, doch er widerstand unter Aufbringung allen Willens.

»Polyphem soll das nie erleben!«, entschied er, als er wiederhergestellt war, und verbot den Jungen für immer den Zugang zum Innenhof des Hauses. Sie, die ihn trotz alledem mochten, achteten sein Verbot und entschuldigten sich sogar bei ihm, weil sie sich nicht hatten vorstellen können, dass ihrem Freund etwas so sehr schaden könne, woran sie so sehr gewöhnt waren. Auf jeden Fall vermieden sie von da an, es noch einmal zu versuchen. Er lief danach jedes Mal, wenn er von der Droge hörte, vor Zorn rot an und erzählte seine bittere Erfahrung, als erlebe er sie noch einmal und erinnere sich nicht nur daran.

»Oft legen sich zwei Rücken aneinander, um die unendliche Entfernung zu überwinden, die zwischen ihrer Brust besteht«, schrieb Jerónimo auf sein Schild, als er, vollständig genesen, nach seiner bitteren Erfahrung wieder losging, um durch die Straßen zu ziehen.

DEN RESTLICHEN TEIL DIESES JAHRES, Polyphems dritten Lebensjahres, verbrachte Jerónimo damit, die Stadt aus dem Munde von Don Félix zu erben. Er lernte den südwestlichen Bezirk kennen, vor allem die Gegend um den Bahnhof der Pazifikküstenbahn, wo die gleiche Straßenbahnlinie vorbeikam, die auch die »Avenida Fernández Güell« entlangfuhr. Dort standen immer viele Kutschen mit ihren Kutschern und angeschirrten Pferden und warteten auf die Reisenden, die mit dem Zug aus Puntarenas ankamen und die Gehsteige an den Häusern hinter Mauern mit kleinen Säulen und Blumenkübeln an den Ecken entlangliefen, denn die Menschen von damals verstanden das Leben ohne Blumen nicht. Dies war es, was Jerónimo ganz besonders an der Unterhaltung mit Don Félix gefiel, dass er stehenblieb, ihm in allen Einzelheiten die Gärten der Häuser zeigte und den Namen jeder Pflanze nannte, ihre Blütezeit und jede Menge faszinierender Kleinigkeiten, die Jerónimo in der hastigen Sprache des modernen San

José nicht mehr fand, wo die Menschen »unserer Zeit«, wie er sagte, sich schon an die asphaltierten Plätze und den leblosen Geruch künstlicher Blumen gewöhnt hatten.

Aus irgendeinem Grund, den sie niemandem zu erzählen brauchte, hatte die Nichte von Don Félix an diesem Nachmittag, kurz nach der gewohnten Stunde der Rückkehr nach Hause, etwas zu erledigen, und sie bat Jerónimo, für ein Weilchen auf ihren Onkel aufzupassen. Sie sorgte dafür, dass der alte Mann warm genug gekleidet war und trug Jerónimo auf, nicht zu lange damit zu zögern, die Augen zu öffnen, wenn irgendetwas geschähe. Denn wenn sie auch nicht wusste, wie jene Stadt aussah, durch die die beiden spazierten, so wusste sie doch, dass im San José der normalen Menschen geklaut, gestoßen, umgefahren und eine endlose Zahl von Kalamitäten mehr begangen wurde, was ihn so sehr erschrecken ließ, dass er die Lider noch fester zusammenpresste, damit nicht eine dieser furchtbaren Gefahren durch einen Spalt zwischen seinen Wimpern in seine verzauberte Stadt eindringen konnte.

An diesem Nachmittag nahmen Don Félix und Cristalino Jerónimo zum Pavillon im »Parque Central« mit, zum Konzert der Blaskapelle von San José. Sich mit ihren Blindenstöcken vorwärtstastend gelangten sie zum Park, passierten die Tore in der Umzäunung und setzten sich an einen Platz, den Jerónimo noch nicht kannte: den Brunnen mit dem Cupido, der auf dem Hals eines Schwanes reitet, der sich gerade in die Lüfte erheben will. Dort nahmen sie neben anderen Herren mit Hut, Schlips und Kragen Platz, bis das Konzert begann; dann gingen sie zum Pavillon. Dort waren schon die Musiker der Militärkapelle in ihren Uniformen versammelt und warteten mit ihren verbeulten Blasinstrumenten darauf, dass der Hausmeister die lange Reihe von Notenpulten von der Kette befreite und sie unter ihnen verteilte; unterdessen ordneten sie die Stöße ihrer Partituren und stimmten ihre Instrumente so gut wie möglich. Diejenigen, die nach dem Gehör spielten, übten wie die Reiter ihren rhythmischen Takt, damit sie rechtzeitig aufsitzen und den Dreivierteltakt der bekanntesten Walzer an die Kandare nehmen konnten, denn schließlich ist die Musik ja eine nahe Verwandte geflügelter Pferde.

Jerónimo freute sich über die kleinen Jungen in kurzen Hosen, Jacke und Mütze, die zu den Becken liefen, um mit ihren Fäusten daraufzuhauen oder in den Abgrund des Tubaschalllochs zu schauen, während sein Spieler noch rasch ein paar Fingerübungen darauf vollführte. Don Félix pfiff die Stücke mit, die die Kapelle spielte, und sang Jerónimo mit Mühe die Liedtexte ins Ohr, während er den Rhythmus mit seinen zittrigen Händen andeutete. Die Leute hörten stehend zu oder gingen in der Nähe des Pavillons spazieren, während die strammen Märsche und die eingängigen Melodien der Volksweisen erklangen, und Jerónimo stützte den blinden Alten und schuf dabei in seinem Kopf die Musik und auch den Pavillon, der erbarmungslos abgerissen worden war, um an seinem Platz den geschmacklosen Zementklotz entstehen zu lassen, den Jahre später der lächerliche Tyrann Nicaraguas dem Land geschenkt hatte. Draußen blieben die Passanten stehen, um das merkwürdige Schauspiel zweier Blinder zu betrachten, die zum nicht mehr vorhandenen Pavillon hinschauten und kaum hörbar Melodien pfiffen, inmitten hastiger Menschenmengen, die über die Straßen drängten, nach Taxis riefen, Autos auswichen … so schnell wie möglich dem Arbeitstag zu entfliehen versuchten, all dies inmitten von Benzingestank und dem unbarmherzigen Gehupe des infarktgefährdeten Verkehrs.

Dort fand sie die Nichte, die, ohne es zu ahnen, das alte

Bild verwischte, das auf die Milchglasscheiben der Vernunft gemalt zu sein schien. Behutsam, um ihn nicht zu erschrecken, fasste sie ihren Onkel an der Schulter und stieß auch Jerónimo leicht an. Nachdem sie die beiden aus ihrem Zauber zurückgeholt hatte, nahm sie den Alten mit nach Hause. Sie verabschiedeten sich mitten im »Parque Central« von Jerónimo, der, während er den dreien nachsah, noch mehr als einen Akkord in seinem Kopf vernahm. So schloss er noch einmal die Augen, hörte das Konzert zu Ende und ging dann ruhig und mit offenen Augen durch die Straßen der Stadt nach Hause.

In seinem Garten konnte sich Polyphem unterdessen nicht entschließen, ins Bett zu gehen. Längst hatte er gelernt, sich selbst den Schlafanzug anzuziehen; doch dieser Abend war noch hell, und er lag rücklings auf der Innenveranda und hielt einen Schmetterling in der Hand. Er hatte ihn vorsichtig gefangen und beobachtete ihn jetzt, ohne ihm mit seinen kleinen Händen oder seinem großen Auge Schaden zuzufügen, sah ihn nur an, als wolle er den Schmetterling aller Schmetterlinge fangen, war versunken in Flatterflug und Flügelform, die Vergangenheit in Raupenform ... nur Schmetterling, durchscheinender Schmetterling, Schmetterling wie Wasser ohne Färbung ... nur Schmetterlingsprisma, nur von der Farbe, die sein einziges Auge ihm geben wollte. Jerónimo beobachtete ihn ohne einen Laut, um ihn nicht aus seiner Verzauberung aufzuschrecken, doch das Kind spürte seine Nähe: Es stieß ein »Éeeeh!« aus, ließ den Schmetterling los und lief auf Jerónimo zu. Nachdem er sich seinem Freund in die Arme geworfen hatte, stellte er fest, dass er den Schmetterling nicht mehr hatte, spähte nach oben und sah ihn über das Dach des alten Hauses entschwinden. ›*Illa fugavit*‹, dachte er; nach einem Augenblick wandte er Jerónimo sein Auge zu und sagte: »Weg ist er«, wobei er die kleinen Arme hob und die Handflächen nach oben drehte. Jerónimo lächelte.

Das Kind würde bald sein viertes Lebensjahr vollenden, es beherrschte inzwischen die lateinische Sprache genauso gut wie Spanisch. Die Zeit war gekommen, dass es auch das Griechische und die anderen Fächer zu lernen begann, die seine grundlegende Bildung ausmachen sollten: Naturwissenschaften, Grammatik und Rhetorik, Musik, Mathematik, Medizin, Astronomie und all das, was Jerónimo meinte, ihm von dem beibringen zu können, was er, seinem Schicksal überlassen, in den Bibliotheken der Klöster gelernt hatte, wo man ihm mehr aus Barmherzigkeit als aus irgendeinem anderen Grunde ein Dach über dem Kopf und einen Bissen Brot gegeben hatte, während all der Jahre, in denen er die Geduld der Ordensleute strapazierte. Sie hatten ihn als jungen Mann von zweiundzwanzig, dreiundzwanzig Jahren aufgenommen, als er für eine normale Ausbildung schon nicht mehr taugte, bis er schließlich bei den Franziskanern landete, die zwar Wölfe zu zähmen imstande sind, doch seinem Leiden auch nicht beikommen konnten. Dort hatte er alle seine Kenntnisse gewonnen, nur war er bei seinen Studien nicht weiter gekommen als bis zum 16. Jahrhundert unserer Zeitrechnung. Was er von der heutigen Welt wusste, hatte er in seinen Grundschuljahren und den ersten Oberschuljahren gelernt, doch war seither so viel Zeit vergangen, dass dieses Wissen ihm längst eine Last geworden war, so etwas wie ein Ärgernis.

»Die Welt ist eine Scheibe«, sagte Jerónimo zu Polyphem in der ersten Stunde eines Unterrichts, der immer im Tone einer gemurmelten Unterhaltung abgehalten werden sollte. »Eine Scheibe, um die sich die sieben Kreise des Himmels legen. Sie besteht aus Himmel, Erde, Meer und allen Sternen; man nennt sie *mundus*, weil sie sich immer in Bewegung, *in motu* befindet, ohne jemals zu ruhen.«

»Jerónimo, wie ist denn der Himmel?«

»Der Himmel ist wie ein ziselierter Becher, der die Sterne eingraviert trägt. Gott hat ihn mit ganz hellen Lampen geschmückt und dem Licht der Sonne und des Mondes erfüllt und mit den wunderbarsten Sternbildern verziert.«

»Jerónimo, ist Gott ein einziges Auge?«

»Ja ... die Pupille ist überall und die Iris nirgendwo.«

Wie immer am Sonntagnachmittag war das Haus so gut wie leer. Consuelo leistete ihrem Mann nach dem Mittagessen, wenn ihn die Müdigkeit zu einer mehrstündigen Siesta zwang, noch eine Weile Gesellschaft; dann widmete sie sich der sorgfältigen Reinigung des Zimmers, das die beiden bewohnten. Doña Elvira wanderte bis zur Kaffeestunde träge im Haus umher. Einige der Mädchen gingen noch vor Mittag weg und kamen erst gegen Abend wieder; manche hatten das Haus schon sehr früh oder gar schon am Samstagabend verlassen und kamen erst am Montag zurück.

Polyphems Mutter nutzte diese Einsamkeit, um lange in der Plastikwanne des Badezimmers zu baden, die die gesamte Woche über ungenutzt blieb, weil niemand an den Arbeitstagen Zeit hatte, sie zu füllen. Sie begann ihr Ritual damit, dass sie sich in ihrem Zimmer entkleidete, schön langsam, so, als kenne sie die Eile ihres Berufes nicht; erst die Bluse und den Büstenhalter, dann die Jeans und den Slip, Strümpfe trug sie seit dem Tag nicht mehr, als Doktor Evans ihr erklärt hatte, dass schwarze Strümpfe den Augen schaden, und zwischen dem nackten Fuß und Strümpfen anderer Farbe zog sie es vor, nur ihre braune Landmädchenhaut in die Schuhe zu zwängen. Sie setzte sich auf den Bettrand, sah in das Stückchen Himmel hinauf, das ihr zustand, und ließ sich widerstandslos hypnotisieren. Sie löste ihr Haar und bändigte es mit der großen, breiten Bürste, deren extravagante Form sie immer noch überraschte; sie bürstete ihr Haar erst zur einen, dann zur anderen Seite und schließlich nach hinten, um es in einem Schwung nach vorn zu werfen, indem sie den Kopf niederbeugte. Dabei wurde es dunkel im Zimmer, und durch die Strähnen fielen nur einzelne Lichtstreifen. Sie wiegte den Kopf von links nach rechts, um sich mit den Lockenspitzen die Brustwarzen zu kitzeln, und spürte, welche Lust es ihr bereitete, als sie sich aufrichteten und die Höfe, die so dunkel waren wie ihr schwarzes Haar, erschauerten und sich zusammenzogen. Als sie einen leichten Schwindel fühlte, richtete sie sich wieder auf, legte sich lang auf den Rücken, hob ein Bein in die Höhe und senkte es wieder, hob das andere und senkte es, besah sich ihre Arme, Hände, Finger, die langen Nägel, öffnete die Beine wie eine Schere und befühlte das eher spärliche Schamhaar, wobei sie daran denken musste, wie jung sie noch war. Doch wies ihr Gesicht schon Schatten unter den Augen auf und zwei steile Falten zwischen den Augenbrauen. Sie weinte jetzt weniger.

In Gedanken versunken wickelte sie sich in ein großes Tuch und ging barfuß zum Badezimmer, das Gefühl genießend, das nur ein Holzboden den Füßen gibt. Im Badezimmer schloss sie sich ein, hängte das Tuch an einen Nagel, der vor ewigen Zeiten dort für diesen Zweck eingeschlagen worden war, und setzte sich in die noch leere Wanne. Das Plastik des Wannenbodens war rauh, wenn es noch nicht nass war, und sie ließ sich ein Weilchen zum Spaß das kurze, kurvige Stückchen zwischen Wannenrand und -boden hinunterrutschen, um zu spüren, wie ihr Hinterteil dabei hüpfte. Dann erst öffnete sie den Wasserhahn, und das kalte Wasser ließ sie erschauern; warmes Wasser gab es nicht für die Wanne, doch sie mochte es so lieber, denn es erinnerte sie an das kalte Wasser der Teiche, wo ihre Kindheit vielleicht immer noch badete. So schloss sie die Augen, um die Erinnerungen deutlicher werden zu lassen, bis das kalte Wasser sie aus ihren Träumen riss und sie unter die heiße Dusche trieb. Im warmen Wasser war es leichter zu weinen, weil es ihr ein Gefühl gab, als zerschmelze sie.

Das Einzige, was sie aus ihrer Selbstvergessenheit reißen konnte, war das Klopfen der Chefin an der Badezimmertür, wenn sie meinte, dass es Zeit sei, den Hahn zu schließen. Dabei rief sie, das Mädchen solle nicht so viel Strom verbrauchen, doch wartete sie immerhin so lange, bis sie dachte, das Mädchen habe genug geweint, um eine weitere Arbeitswoche durchzustehen. Wenn Polyphems Mutter die Dusche verließ und in ihr Zimmer zurückging, fühlte sie sich ein bisschen versöhnter mit der Welt. Auf dem Bettrand sitzend, trocknete sie sich zu Ende ab, beeilte sich jetzt jedoch ein bisschen mehr dabei. Sie zog den Büstenhalter und den Slip an und setzte sich auf den Hocker vor dem Schminktischchen, um sich mit dem Föhn die Haare zu trocknen, sich die Fußnägel zu schneiden und zu lackieren, sich die Augenbrauen zu zupfen und die Wimpern zu tuschen, alles Fertigkeiten, die sie durch genaue Beobachtung, Versuch und Irrtum gelernt hatte. Wenn sie schließlich unten im Speiseraum auftauchte, hatten in der Küche die Vorbereitungen für das Sonntagsgeschäft schon begonnen. Es war noch relativ früh, doch aß sie lieber um diese Zeit schon, denn es bekam ihr nicht, mit vollem Magen zu arbeiten. Einmal hatte sie sich sogar übergeben müssen, gerade noch an der Brust des Kunden vorbei und auf den Boden. Sie hatte sich mit dem Bettüberwurf abgewischt, und der Kunde war furchtbar böse geworden, hatte sie geohrfeigt, sie aufs Bett geworfen, sein Geschäft beendet und sich laut schimpfend davon gemacht.

An diesem Nachmittag machte sie das große Zugeständnis, persönlich dem Kind zu essen zu geben. Von der Tür aus, die von der Küche auf den Hof hinausging, rief sie es herein. Der Junge war gewohnt, dass ihn die Mutter, wenn sie ihn zu ungewohnter Stunde rief, nur für irgendetwas bestrafen wollte, egal was, weshalb es eine Weile dauerte, bis er kam. Beim zweiten Rufen kam er ängstlich und sagte, beinahe weinend:

»Mami, ich habe gar nichts getan, ich schwörs dir bei der ungezählten Zahl der Fische!«

Sie kümmerte sich nicht um die Angst des Jungen, hob ihn einfach in die Höhe, trug ihn in die Küche, setzte ihn auf sein hohes Stühlchen mit dem Tischchen davor und gab ihm zu essen. Die Gegenwart Consuelos beruhigte ihn, auch wenn er weiterhin verwirrt blieb.

An diesem Nachmittag bemerkte sie eine seltsame Rötung im Auge ihres Sohnes. Consuelo erklärte ihr, dass das Kind seit fast einem Jahr an Bindehautentzündung litt. Von Zeit zu Zeit brach sie aus, und sein Auge erglühte wie ein roter Sonnenuntergang.

»Das macht nichts, Mami, Jerónimo behandelt mich immer mit Kamillenspülung …«

Wie immer ließ das Kind ein paar Brocken auf dem Teller, die es selbst dem Letzten Hahn von Gestern hinwerfen ging: Als es in die Küche zurückkehrte, bog seine Mutter schon um die Ecke zum Hausflur … Nur Consuelo war noch da. Das Kind dachte: ›Illa fugavit‹ und sagte: »Weg ist sie«, wobei es die Ärmchen mit nach oben gewandten Handflächen in die Höhe hob.

Unerbittlich kam die Stunde seines Eingesperrtseins: kurz nach sechs, wenn »von jetzt auf gleich« ein Kunde kommen konnte, wie die Mädchen zu sagen pflegten; Polyphem wusste das und wehrte sich schon seit einiger Zeit nicht mehr dagegen, sondern fügte sich in sein Schicksal und ging allein zum Schuppen, öffnete ihn, knipste das Licht an, schloss die Tür hinter sich, zog sich aus und schlüpfte in seinen Pyjama. In der Schuppenkammer musste er sich nicht sofort schlafen legen; dort verbrachte er lange Stunden damit, in den Bilderbüchern zu blättern, die er geschenkt bekam, oder mit Autos oder Plastiksoldaten zu spielen, wobei er auf einer Strohmatte lag, die ihm Consuelo gekauft hatte, damit er nicht mit dem kalten Boden in Berührung kam, und mit Sopranstimme die gregorianischen Gesänge sang, die Jerónimo ihm beizubringen begonnen hatte. In der kleinen Kammer stand das Bett des Kindes, ein Feldbett aus wer weiß welcher längst vergessenen Epoche des Hauses, ein Nachttischchen und ein riesiger Kleiderschrank mit einem großen Spiegel zwischen den beiden Türen, so alt wie das Haus selbst. Wenn das Kind schließlich müde wurde, bewahrte es in den Schubladen unten im Schrank seine Spielsachen und Bilderbücher auf, schlug die Bettdecke zurück, um schnell hineinspringen zu können, knipste das Licht an der Tür aus und lief schnell zum Bett, um zwischen die Laken zu schlüpfen. Wenn sich sein Auge an die Dunkelheit gewöhnt hatte, vertrieb es sich die Zeit damit, nach dem Lichtschein zu spähen, der vom Haus herüberdrang und durch die Ritzen der Schuppenwände fiel. Niemand konnte genau wissen, wie Polyphem die Welt aus seiner einäugigen Sicht sah; auf den ersten Blick schien es keinen Unterschied zwischen seiner Wahrnehmung und derjenigen jedes gewöhnlichen zweiäugigen Sterblichen zu geben, obwohl Doktor Evans immer wieder betonte, das menschliche Hirn habe eine zweiäugige Struktur, und die

Tatsache, dass das Kind überlebt habe, ändere überhaupt nichts an diesem Ergebnis Tausender Jahre von Versuch und Irrtum der geduldig arbeitenden Natur.

ALBERTO EVANS, DER SOHN VON DOKTOR EVANS, war ebenfalls Arzt, allerdings durch Entscheidung seines Vaters. Er war ein Mann von gut fünfzig Jahren, der wie ein gut Vierzigjähriger aussah. Er war in Mexiko ausgebildet worden, und dort lebte er seither auch, hauptsächlich aus zwei Gründen: einmal, weil er eine Mexikanerin geheiratet hatte; und dann, weil er es seinem Vater nie verziehen hatte, so willkürlich über den Beruf seines Sohnes entschieden zu haben. Dennoch verlor er nie die Angewohnheit, ihm zu schreiben, angeblich, um medizinische Kenntnisse auszutauschen, und dieser Tatsache verdankte Evans auch die ungewöhnlich große Sammlung medizinischer Zeitschriften, die er in seiner ehemaligen Praxis aufbewahrte. Alberto Evans kehrte in jenen Jahren vor allem deshalb in sein Heimatland zurück, weil die Briefe seines Vaters eine Senilität zu zeigen begannen, die der Pflege bedurfte: Seit fast vier Jahren schrieb er immer wieder über den Fall eines Zyklopenjungen, der als Kind eines leichten Mädchens auf die Welt gekommen war und im Hinterhof eines alten Hauses lebte. Alberto meinte seiner Frau gegenüber, dass es sich um einen ungewöhnlichen Trick seines Vaters handeln könne, ihn zur Rückkehr zu bewegen. Seine Frau war es, die ihn schließlich zur Reise überredete. Die beiden kamen für ein paar Wochen und blieben schließlich ganz da.

Der Sohn fand bei seiner Rückkehr tatsächlich den alten Mann der Fotos aus den Briefen, doch bewirkte der persönliche Kontakt eine Versöhnung, die dem Mann keine andere Alternative ließ als die, in das Land seiner Geburt zurückzukehren, nur mit seiner Frau, denn seine Kinder waren schon erwachsen und hatten nicht die geringste Absicht, in ein Land zu ziehen, das ihnen überhaupt nichts sagte.

Nach einigen Tagen der Eingewöhnung in seinem Elternhaus, ein paar Spaziergängen durch eine Stadt, die ihm völlig unbekannt vorkam, und nachdem er seine Versetzung an das Kinderkrankenhaus organisiert hatte, sprach Alberto Evans seinen Vater auf den Fall des Kindes mit einem einzigen Auge mitten auf der Stirn an. Evans holte einen ziemlich dicken Aktenordner aus der Schublade seines Schreibtisches, in dem er alle Daten über Polyphems Entwicklung festgehalten hatte. Eine stille, sorgfältige und vor allem geheime Arbeit, anfangs mit selbst angefertigten Zeichnungen, später mit Fotos illustriert, die er selbst mit einer Kamera gemacht hatte, die er eigens für diesen Zweck erwarb. Alberto Evans verstummte angesichts der Beweise, allerdings mehr noch wegen der Natürlichkeit, mit der der Alte ihm von dem Fall berichtet hatte.

»Papa! Aber ... weshalb hast du mir denn nicht gesagt, dass das alles wirklich so war?«

Evans murmelte nur ein paar Flüche.

Allein unter dem Siegel absoluter Verschwiegenheit kamen Alberto Evans und seine Frau in das alte Haus, zuerst mit der Ausrede, Doña Elvira persönlich kennenlernen zu wollen, die sie seit Jahren schon von den brieflichen Erzählungen des Vaters her kannten. Sie brachten ein paar mexikanische Andenken und Kuchen für den Kaffee mit. Doktor Evans stellte sie vor, und sie unterhielten sich so lange, bis zufällig Jerónimo dort auftauchte. Die Geschwister Peor wurden vorgestellt, gleichfalls zum Erstaunen von Alberto Evans, denn er hatte auch der Geschichte von dem Verrückten in Mönchskutte keinen Glauben schenken wollen. Der Arzt verhielt sich zurückhaltend, so, wie es sein Vater ihm bedeutet hatte, um nicht das Misstrauen Jerónimos hervorzurufen und den Zugang zu dem Kind zu verlieren. Er setzte sich etwas abseits mit ihm zum Gespräch und zweifelte bald nicht mehr an seinem verdrehten Verstand, doch mehr noch überraschten ihn die Kenntnisse der Naturheilkunde, die der Kräuterkundige besaß. Alberto Evans hatte sich, vielleicht um sich von seinem Vater abzusetzen, auf Homöopathie spezialisiert, und es gab keinen Punkt, in dem er anderer Meinung gewesen wäre als Jerónimo, von der Art und Weise, wie er die Vergiftung der Mutter behandelt hatte, bis zur Behandlung der typischen Kinderkrankheiten Polyphems, einschließlich der Bindehautentzündung, die chronisch geworden zu sein schien. Als der Augenblick gekommen war, in den Hof zu gehen, um ihn sich anzusehen, war jeglicher Widerstand Jerónimos gebrochen. So gingen sie alle hinaus, Doña Elvira in der stillen Hoffnung, dass aus diesem Zusammentreffen die Lösung für ihr Problem entstünde, das Kind in ihrem Hof zu haben. Jerónimo suchte den Jungen und fand ihn im hinteren Teil des Gartens, wo er dabei war, mit einem Glas, dessen Deckel durchlöchert war, Eidechsen zu fangen. Er hob ihn hoch und trug ihn wie ein stolzer Großvater zu den Besuchern. Alberto Evans und seine Frau standen einen Augenblick lang wie gelähmt, schließlich lächelten sie und stellten sich dem Jungen vor. Polyphem suchte, wie jedes Kind seines Alters, zwischen Jerónimos Beinen Schutz und wollte nicht »Guten Tag« sagen, bis Consuelo sein Händchen nahm und ihn sanft heranzog. Alberto Evans, der Kinderarzt, zauberte einen Bonbon aus der Tasche, gab ihn dem Kind und begann auf diese Weise, sein Vertrauen zu gewinnen. Dann holte er seinen Arztkoffer aus dem Wagen und zeigte ihn dem Kind, damit es sah, dass keine Spritze darin versteckt war und dass niemand vorhatte, ihm eine

Impfung zu verabreichen, wie das sein Vater hinter dem Rücken Jerónimos immer getan hatte.

Indem sie spielten und der Junge dies und das ausprobieren und auch das Herz des Erwachsenen durch das Stethoskop schlagen hören durfte, schaffte es Alberto Evans, das Zyklopenkind abzuhören, und zu seiner Überraschung stellte er fest, dass alles an seinem Platz war und völlig richtig funktionierte, bis auf das einzelne Auge mitten auf der Stirn. Sein Erstaunen wuchs noch, als er hörte, wie sich der Junge auf Latein mit Jerónimo verständigte; nicht nur war offensichtlich nicht das Mindeste verkehrt an ihm – bis auf das Auge –, er war anscheinend auch noch besonders intelligent. Polyphem konnte zählen, etwas auswendig hersagen und wusste eine unendliche Zahl von Geschichten und Fabeln zu erzählen, wie die von dem großen Zyklopen, der ein Hirte in Sizilien gewesen war, einen perversen Mann namens Odysseus gefangen hielt und eine wunderschöne Nymphe namens Galatea geheiratet hatte. »Das waren meine Urahnen! Und sie sahen genauso aus wie ich, und sie machten die Blitze für Jupiter!«

Jerónimo wusste sich vor Stolz kaum zu lassen. Nach einer Weile ging der Junge den Letzten Hahn von Gestern holen, um ihn den Besuchern zu zeigen. Er musste ihn quer durch den Hof verfolgen, weil es Hähnen kein besonderes Vergnügen bereitet, vorgestellt zu werden, vor allem nicht in der demütigenden Haltung, in der er schließlich kam: mit dem Kopf nach unten und den Krallen fest in Polyphems Händen. Während Polyphems Verfolgungsjagd meinte der Arzt eine leichte Schwierigkeit des Jungen zu entdecken, seinen Blick zu konzentrieren; mehrfach warf er sich über den Hahn und verfehlte ihn um einige Zentimeter … nichts Ernstes natürlich! Schließlich hatte er den Hahn ja gefangen, genauso wie er Eidechsen fing und

Schmetterlinge und, etwas schwieriger, einen Ball, den man ihm aus der Nähe zuwarf.

Alberto Evans hörte den Geschichten des Kindes zu, während er es vorsichtig entkleidete, um die Untersuchung zu Ende zu führen. Jerónimo zwinkerte kaum mit den Augen, um auch ja keine noch so winzige Einzelheit zu verpassen. Der Arzt maß Polyphems Körpergröße und fand, dass er eher ein wenig größer war als die meisten Kinder seines Alters; dann wog er ihn und stellte fest, dass sein Gewicht normal war, maß seine Temperatur, nahm seinen Blutdruck … Zum Schluss wollte er das Äuglein ein wenig genauer in Augenschein nehmen, das der einzige Unterschied zwischen Polyphem und dem Rest der Menschheit zu sein schien. Zuerst vermaß er es; es hatte nicht die Größe von zwei zusammengenommenen Augen, sondern war nur etwas größer als ein normales Auge, obwohl er zu diesem Zeitpunkt der Untersuchung seine Hand für keine Definition von Normalität mehr ins Feuer gelegt hätte. Es war ein wunderschönes, schwarzes Auge, tief wie ein Abgrund. Beim Spiegeln des Augenhintergrunds überkam den Arzt ein Schwindelgefühl, als stünde er auf dem Balkon der Wirklichkeit, ohne die Gewissheit, dass das zerbrechliche Geländer der Wimpern ausreichen würde, ihn zu halten, wenn er sich von der verführerischen Einladung des Balkons in die Tiefe ziehen lassen würde; das Auge war ein kreisrundes Tor, die kaleidoskopische Dimension des Kosmos. Bis auf die Bindehautentzündung schien das Auge trotz seiner Vereinzelung besser zu funktionieren als alle Augenpaare, die der Arzt bis dahin mit seinen Apparaten je untersucht hatte; die einzige Art, seine Funktionsweise zu untersuchen, waren improvisierte Tests wie das Kind auf einer graden Linie laufen zu lassen, ihn einen Tennisball nach einem Gegenstand werfen zu lassen oder ihm das Mikadospiel beizubringen, was ihn zu dem Schluss gelangen ließ, dass das Gehirn des Kindes tatsächlich normal funktionierte und der Lauf der Evolution nicht unbedingt dadurch beeinflusst wurde, dass giftige Substanzen ihre bösartige Wirkung auf die Menschen ausübten. Das Gehirn des Kindes war in der Lage, ohne die normale Wahrnehmung auszukommen, die es niemals kennengelernt hatte. Dennoch wagte es der Arzt nicht, irgendetwas zu prognostizieren. Fürs Erste ließ er es dabei bewenden, sich mit seinem Staunen all denen zuzugesellen, die Polyphem bis dahin kennengelernt hatten. Er versuchte keine weiteren Informationen zu bekommen, sondern beschränkte sich darauf, das Kind aus vernünftiger Entfernung zu beobachten, mehr oder weniger, wie der alte Evans es ihm empfohlen hatte, ohne sich in die systematische Erziehung einzumischen, die der Bettelmönch ihm angedeihen ließ.

»Bevor es das Meer gab, die Erde und den Himmel, die Kontinente, war das Chaos, Polyphem. Das Universum begann, sich von der Mitte aus nach oben und nach unten gleichermaßen auszudehnen. Die Teile der Mitte stehen in umgekehrter Beziehung zu den unteren Teilen, denn die Mitte verhält sich in Bezug auf das Untere so wie dieses in Bezug auf das Obere, und so ist auch alles andere.

Die Welt, die wir bewohnen, ist in vier Teile geteilt: die Ökumene, das heißt, den bewohnbaren Teil, die Antipoden, die Periöken und die Antöken.«

Jerónimo malte einen Kreis mit einem »T« darin und erklärte: »So sieht die Ökumene aus: Über der waagerechten Linie des ›T‹ liegt Asien, auf dessen anderer Seite sich das Paradies auf Erden befindet; links von der senkrechten Linie des ›T‹ liegt Europa und rechts davon Afrika. In der

Mitte ist das ›Mare Nostrum‹. Die drei anderen Kontinente sind Massen, deren einzige Funktion darin besteht, die Scheibe im Gleichgewicht zu halten.«

Polyphem hörte den Erklärungen aufmerksam zu und versuchte, jene Form zu verstehen, in der er selbst angeblich lebte.

»Die Antipoden tragen ihren Namen, weil sie gegenüber der Ökumene liegen, deshalb sind die Wesen, die dort leben, auch anders. Du wirst sehen: Die Wesen der Antipoden sind so, wie der Name sagt, das heißt mit den Füßen nach oben; sie sind also Monster und monströse Wesen, einige wegen der ungeheuren Größe ihrer Körper, die die normale Größe der Menschen weit übertreffen, andere, weil sie im Gegenteil von ganz kleinem Wuchs sind, wie die Zwerge, die die Griechen ›Pygmäen‹ genannt haben, denn sie messen nur eine Elle; wieder andere besitzen nur einige außergewöhnlich große Teile, wie einen unförmigen Kopf oder überflüssige Glieder, wie die mit zwei Köpfen, drei Händen, oder die Kynodonten, die Doppelreihen von Zähnen tragen.«

Jerónimo sprach langsam und wiederholte sich oft, damit das, was er erzählte, auch ganz klar wurde, vor allem beim Thema der andersartigen Wesen, denn von hier aus sollte das Kind seine Andersartigkeit begreifen lernen. Die Bewohner der Ökumene, das hieß: die Menschen hatten, wie Jerónimo aus hochgelehrten Büchern wusste, die am Äquator unbarmherzig brennende Sonne besiegt und es geschafft, ihn zu überqueren, um in andere Bereiche der Welt zu reisen.

»Doch leider wollten sie die anderen Wesen ausrotten, die sie auf ihrem Weg trafen, ihnen das Gold wegnehmen und den katholischen Glauben beibringen, und so taten sie in jenen Jahren nichts anderes als sie zu ängstigen, zu quälen, zu töten und ganz und gar auszurotten, durch viele neue, nie gehörte und gesehene oder gelesene Arten der Grausamkeit. So entvölkerten diese Männer durch ihre Grausamkeiten und furchtbaren Taten dieses Land und füllten es mit rationalen Wesen ...«

Jetzt veränderte sich jedoch etwas in der Welt, meinte er: »Die Antipoden kommen langsam wieder hervor, so, als wollten sie die Welt zurückfordern, die ihnen geraubt wurde.« Er sah ja selbst täglich im Fernsehapparat mehr und mehr Fälle von Antipoden, die in den verschiedenen Gegenden des Landes zur Welt kamen und die Leute genauso zum Staunen und Erschrecken brachten, wie das immer der Fall gewesen war, wenn unter den Menschen ein anderes Wesen zur Welt kam.

»... Andere, die Pränumerias genannt werden, wenn nur der Kopf oder ein Bein auf die Welt kommt. Und wieder andere, die zum Teil ihr Wesen verändern, wie die, die einen Löwen oder einen Hundekopf tragen, oder den Körper, wie es Pasiphae geschah, die den Minotaurus gebar, was die Griechen heteromorph nannten ...«

Die Welt, in der Jerónimo sich bewegte, widerlegte nicht etwa seine alte Wissenschaft, sondern bewies sie ihm tagtäglich neu: in der Theorie von den Büchern bis zu der medizinischen Fachzeitschrift, die ihm Evans geschenkt hatte und in der man ausführlich über das Thema der Kinder von Tschernobyl geschrieben hatte, die in Kuba behandelt wurden; und in der Praxis durch die genaue Beobachtung der Welt, die ihn umgab.

»... Andere, die gemischten Geschlechts sind und die die Griechen Androgynoi oder Hermaphroditai nennen, weil in ihnen beide Geschlechter auftreten; sie besitzen die Brüste von Frauen und das Glied eines Mannes und können zeugen und gebären. Heutzutage werden sie Transvestiten genannt, und sie laufen meistens nachts durch die Straßen ...«

Jerónimo hatte den Alltag der Transvestiten etwas besser kennengelernt, seit eine Gruppe von ihnen eine Wohnung in der Nähe des Hauses gemietet hatte. Er kam oft dort vorüber und sah sie auf dem Balkon im ersten Stock sitzen; sie grüßten ihn, und er grüßte zurück, bis sie ihn eines nachmittags einluden, hereinzukommen. Jerónimo trat ein und nahm die Einladung zum Tee an; so lernte er sie eine nach dem anderen kennen, und von da an ließ er nie allzu viele Tage vergehen, ohne sie zu besuchen. Sie waren sechs und lebten in den vier Schlafzimmern und dem Wohnzimmer, das sie auch als Schlafzimmer hergerichtet hatten. Dort verbrachten sie die Tagesstunden und warteten auf den Abend, um zum Arbeiten hinaus auf die Straße zu gehen. An einer Wand des Esszimmers hing ein riesiges Bild von Jesus als Transvestit, nackt und gekreuzigt, nach römischer Sitte; mit seinem Glied und schwellenden Brüsten, feinen Gesichtszügen und mit echtem Karminrot geschminkten Lippen und demselben schmerzgepeinigten Ausdruck wie jeder andere Gefolterte. Eine Kohlezeichnung, die eine von ihnen mit großem Geschick angefertigt hatte. Jerónimo sah sich das Bild lange an, und er machte nie auch nur die geringste Bemerkung darüber, denn er dachte, dass jeder das Recht habe, an das zu glauben, was ihm am meisten ähnlich sei. Ab und zu kam eine von ihnen nackt aus dem Badezimmer, und Jerónimo besah ihn sich genau aus seinem Blickwinkel eigentlichen Wahnsinns. Er fand, sie glichen den Mädchen aus dem Bordell, bis auf den kleinen androgynen Unterschied. Abgesehen davon kleideten sie sich genauso sorgfältig, lackierten sich die Fingernägel, färbten sich die Haare, schminkten sich und hatten Kinder, wie er feststellen konnte, als er eines Tages zu Besuch kam und einer von ihnen seiner Tochter bei den Hausaufgaben half und ihm sein Wissen genauso weitergab, wie Jerónimo es mit Polyphem tat.

Jerónimo unterrichtete das Kind, wie er es immer getan hatte, nur wurde er jetzt systematischer dabei. Seine Aufnahmebereitschaft für neue Kenntnisse verdankte Polyphem zwei Dingen: den Jahren, in denen er Jerónimo zugehört hatte, und seinem Alleinsein, der Tatsache also, dass er bis dahin den Garten zu seiner Welt hatte machen müssen und das alte Haus zu den Grenzen seiner Freiheit. Er hatte nur mit Erwachsenen Kontakt gehabt, und die Kinder der anderen Mädchen hatte er nur von Weitem gesehen, durch die Spalten der Wände seines Schuppens. Persönlich hatte er keine anderen Kinder kennengelernt, außer auf der Mattscheibe des Fernsehapparats seiner Mutter, zu dem er einen äußerst begrenzten Zugang besaß. Deshalb war die Welt Jerónimos für ihn ganz einfach: Die Welt.

Der hatte in seiner Eigenschaft als Hauslehrer die Aufgabe übernommen, einen Schreibtisch zu bauen, mit einem passenden Stuhl dazu und einem Loch für die Tinte, und er benutzte die Federn, die der Letzte Hahn von Gestern verlor, um Schreibfedern zu basteln. Er selbst machte auch die Tinte aus einer Mischung von Pflanzensäften und brachte dem Kind bei, sein Latein mit den gotischen Buchstaben der alten Bücher zu schreiben, weshalb Schönschreibübungen schon bald zum Stundenplan der beiden gehörten. Aus rostigen Eisenstücken, von denen es im Hof mehr als genug gab, bastelte er ein Pult für die Bücher, aus denen abgeschrieben werden sollte, und er brachte dem Jungen geduldig bei, Miniaturen aus der Ilias zu zeichnen; die Odyssee zensierte er, sobald das Kind lesen gelernt hatte, denn er fürchtete, es könnte die Wahrheit über den Zyklopen aus Sizilien herausfinden.

So eifrig kümmerte sich Jerónimo um Polyphems Erziehung, dass er seine Streifzüge durch die doppelte Stadt San José beträchtlich einschränkte. Jetzt zog er nur noch abends los, oder ab und zu einmal am Tag, um sich mit Don Félix zu treffen. Bei einer dieser Gelegenheiten, an einem Feiertag, beschloss die Nichte des Blinden, sie zu einem Ausflug in den »La-Sabana«-Park mitzunehmen. Sie bestieg mit ihnen den Bus, nicht ohne mit dem Fahrer darüber zu streiten, ob der Hund auch mitfahren dürfe, und Don Félix nutzte die Gelegenheit, um Jerónimo in allen Einzelheiten zu erklären, wie die Straßenbahn funktionierte. In »La Sabana« angekommen, zeigte der Blinde ihnen das alte Flughafengebäude, das dort lag, und am hellichten Morgen beobachteten sie, in einer Menge aus Menschen stehend, die alle wie für einen Ausflug aufs Land gekleidet waren, die Ankunft der »Spirit of St. Louis« und sahen zu, wie Charles Lindberg unter dem Beifall der Menge aus der Maschine stieg. Jerónimo kehrte mit sonnenverbranntem Gesicht und sehr beeindruckt von der kleinen Maschine zurück, die er nicht mit den Flugzeugen in Verbindung bringen konnte, die er alle Tage sah und in denen er ein paarmal gereist war, das erste Mal, als er das Land verlassen hatte, und dann, als man ihn mit schon beinahe zwanzig Jahren von Südamerika aus nach Puebla in Mexiko schickte, weil sein besonderes Talent für die klassischen Sprachen ihm das Privileg verschaffte, seine Ausbildung in Mexiko zu beenden, wo er zum ersten Mal erfuhr, was scharfes Essen hieß und sich damit von der Zungenspitze bis zum entgegengesetzten Ende seines Körpers in Brand setzte, dem hinteren Ausgang des menschlichen Klangapparats, wo er die schlimmsten Klagelaute seines Lebens ausstieß.

In Puebla war es auch, wo die Laufbahn des jungen Seminaristen, der bis dahin nie an seiner Vernunft hatte zweifeln lassen, jäh an ihr Ende gelangte, zwischen den Tausenden von Bänden der Palafoxiana-Bibliothek, unter den vergilbten Seiten der Bücher auf den Regalen des dritten oberen Stockwerks. Nach ein paar Jahren ununterbrochenen Lesens und langen Spaziergängen durch die aristokratische Stadt, bei denen er laut Verse rezitierte, um sie sich einzuprägen, nach andauerndem Fasten, weil er sich nicht einmal mehr die Zeit zum Essen nahm, fand man ihn eines Tages, wie er halb bewusstlos die traurigen Verse eines anderen Verbannten stammelte, dessen Büste die prunkvolle Bibliothek schmückte. Man trug ihn nach unten und brachte ihn in seine Klosterzelle, wo sich sein Zustand in den folgenden Monaten der Pflege aber nicht besserte. Schließlich kamen zwei seiner Lehrer und brachten ihn nach Südamerika zurück, wo er sich nur langsam körperlich erholte, man jedoch mit Schrecken feststellte, dass von Tag zu Tag weniger von der Klugheit des einst so gescheiten jungen Mannes übrig war.

Jetzt frischte er seine Kenntnisse in den unterschiedlichen Fächern auf, die das Kind lernen sollte:

»Unter den Insekten, Polyphem, sind es die Bienen, die den ersten Rang einnehmen und es verdienen, vor allen anderen bewundert zu werden: Sie sind die einzigen unter ihnen, die zum Wohle des Menschen erschaffen wurden. Sie sammeln den Honig, diesen süßen, sanften und ganz und gar gesunden Saft. Wenn sie bei einem ihrer Ausflüge von der Dunkelheit überrascht werden, dann fliegen sie auf dem Rücken weiter, um ihre Flügel gegen den Tau zu schützen.«

»Woher holen die Bienen denn den Honig, Jerónimo?«

»Der Honig kommt aus der Luft und erhält seine ganze

Kraft aus der Stellung der Sternbilder, vor allem wenn Sirius am hellsten strahlt, aber niemals vor dem Aufgehen der Plejaden, kurz vor Sonnenaufgang; er ist eine Art Himmelsschweiß, Sternenspeichel oder Saft der Lüfte, die sich in ihm kristallisieren.«

»Consuelo meint aber, er stammt aus den Blumen.«

»Die Blätter und Kräuter nehmen ihn in sich auf, doch der beste Honig stammt immer aus dem Herzen der schönsten Blüten. Die Bienen sammeln ihn in ihren Utrikuli und speien ihn später wieder aus. Wenn sie vollbeladen sind mit ihm, vertrauen sie sich den günstigen Winden an; wenn ein Gewitter sie von ihrer Bahn abzubringen droht, dann beschweren sie sich selbst mit einem Steinchen zwischen den Beinen oder auf dem Rücken …«

Diese Unterrichtsstunden begannen allmorgendlich mit einem mehrfachen Rundgang durch den Garten, bei dem die Themen der Lektionen festgelegt wurden: Grammatik, Rhetorik und Logik, Anatomie, Mathematik und Musik. Hinzu kam noch die Schönschreibstunde, die Kalligraphie. Sie fand für gewöhnlich im Schuppen statt, wo Polyphem am Schreibtisch saß und Jerónimo davor auf und ab ging. Eine Weile wurde unterrichtet, dann wurde mit Autos gespielt.

Unterdessen bemerkte niemand im Hause jemals die peripatetischen Lektionen Jerónimos, und auch nicht die glockenhelle Sopranstimme, mit der das Kind die gregorianischen Gesänge anstimmte, die sie beide am meisten mochten und die direkt aus der pneumatischen Notenschrift des alten Messbuchs gelesen wurden, das Jerónimo zusammen mit zwei Dutzend seiner wichtigsten Bücher im Koffer mitgebracht hatte, als man ihn schließlich für immer aus dem Priesterseminar nach Hause schickte.

POLYPHEM LERNTE EINE WELT MIT WÜSTEN KENNEN, durch die die Menschen auf Kamelen ritten, mit Städten aus Marmor und schwarzen Schiffen, die den weiten Ozean überquerten, mit Einhörnern und Faunen, die durch die Wälder sprangen; eine Welt, die nicht mit der äußeren übereinstimmte, die er auch kennenzulernen begann, indem er durch die Ritzen der Zinkblechplatten spähte, die den Garten vor dem Ansturm der Straße schützten. Das Kind legte sein abgrundtiefes, schwarzes Auge an die Löcher und sah die vorbeihastenden Fußgänger, manchmal nur wie bunte Striche, die vorüberhuschten, manchmal ausführlicher, wenn er einen auf der anderen Straßenseite entdeckte und ihm mit seinem Auge so weit folgte, wie es ihm die Länge und Breite des Spaltes erlaubte. Er tat dies heimlich, als ahne er, dass ihm die Welt da draußen strikt verboten war; er nutzte dazu die Zeiten, wenn Jerónimo seine Ausflüge machte, und er versteckte sich dabei im Gebüsch, das aus Vorsicht auf einem zwei bis drei Meter breiten Streifen auf dieser Seite des Zauns nie geschnitten wurde. Wie eine im hohen Gras verborgene Zikade sang das Kind manchmal ganz leise vor sich hin, während es das seltsame Leben auf der anderen Seite des Zauns betrachtete. Polyphem hatte auch die faszinierenden Neonlichter der Straßenreklamen entdeckt, als er spät am Abend, wenn er dachte, dass niemand, nicht einmal Jerónimo, ihn mehr suchen würde, die Straße beobachtete. Dann erlaubte er sich einen etwas weiteren Ausblick und lugte durch die größeren Löcher, immer auf der Hut vor der geringsten Gefahr, entdeckt zu werden, denn er war sich inzwischen seiner Andersartigkeit ein bisschen bewusster, auch wenn er noch nicht die Probleme ahnte, die sie mit sich brachte. Wenn er Kinder bemerkte, begann sein Puls schneller zu schlagen, und seine Neugier wuchs; er besah sich genau ihre Gesichter und staunte über ihre zwei Augen. Immer mehr war er besessen davon, ein Kind vorbeikommen zu sehen, nur ein einziges, das nur ein Auge auf seiner Stirn trug und mit dem er sich identifizieren konnte. Dies und nichts anderes hätte ihm geholfen, seine unselige Andersartigkeit zu verstehen. Er war jetzt fünf Jahre alt.

Wie seit jeher nahm sich Consuelo ab und zu ein bisschen Zeit, um in den Hof hinauszugehen, ihn zu holen und sich mit ihm auf dem Schoß in einen der Schaukelstühle zu setzen, die auf der überdachten Veranda des Innenhofs standen. Dort wiegten sich die beiden, während ihr das Kind die Geschichten erzählte, die es von Jerónimo lernte. Sie hörte ihm dann nur zu, streichelte ihm über die Wangen und Haare und dachte ganz leise, damit das Kind auch nicht einmal ihre Gedanken hörte: ›Du armer, unglücklicher kleiner Kerl, was kannst du denn dafür? Als hätten sie dich dafür bestrafen wollen, dass du geboren worden bist ...‹ Und dabei drückte sie ihn fest an sich, gab ihm einen Kuss auf die Wange und sagte laut: »Aber hier haben wir dich ja alle ganz lieb!« Dann setzte sie ihn wieder auf den Boden und schickte ihn spielen, denn sie hatte immer mehr als genug zu tun an diesen regnerischen Nachmittagen, während die Mädchen schliefen oder Dame spielten, jedes mit einem Glas schwarzen Kaffees neben sich und die Haare mit mehreren Dutzend Klemmen zu einem Bienenkorb aufgesteckt, um sie zu glätten.

Consuelo kochte ihnen Pudding aus jungem Mais mit Sahne und ging dann schauen, ob ihr Mann auch davon wollte; sie fand ihn wie immer in seinem Sessel sitzend; mit einer Decke über den Beinen schaute er zu, wie sich der Himmel über dem Garten entleerte. Consuelos Mann hatte seit Kurzem begonnen, ein paar einzelne Silben zu stammeln, »ja, nein, hmm«, die wie ein Hinweis darauf waren, dass es doch noch etwas Lebendiges in jener Hülle eines Mannes gab, seit seine Seele sich gehäutet hatte. In diesem Jahr suspendierte ihm Jerónimo die Abendtablette und beruhigte ihn vielmehr mit Schlafkräutertees, die Consuelo zuzubereiten lernte; doch ging die Heilung langsam vonstatten, meinte der Kräutermönch, ohne auch nur daran zu denken, den Begriff »irreversibler Schaden« zu verstehen.

Consuelo kehrte mit leerem Teller zurück und zeigte ihn den Mädchen mit dem Stolz von jemandem, der eine Trophäe herumzeigt. Dies war die Trophäe des Wettlaufs, den sie seit einigen Jahren gegen Tod lief. Die Mädchen beglückwünschten sie: »Wirst schon sehen, Jerónimo macht ihn dir wieder ganz gesund ...« »Ja, ja, Consuelo«, sagte eine andere, »bald knöpfst du dir wieder die Bluse zu, wenn du aus eurem Zimmer kommst.« Und eine dritte meinte, jetzt ohne scherzenden Ton: »Vielleicht musst du dir wirklich überlegen, was du machen willst, wenn dein Mann wieder ganz gesund ist, denn sicher will er nicht weiter hier leben, unter alten Weibern.« »Alten Huren«, korrigierte sie eine andere mit schwarzem Humor.

Consuelo senkte den Blick und dachte eine Weile nach, bevor sie antwortete: »Nein, auf keinen Fall! Dieses Haus hat sich schon viel zu sehr an mich gewöhnt! Ich glaube nicht, dass es sich von jemand anders putzen oder aufräumen lassen will, denn Häuser gewöhnen sich ja auch an die Menschen, die sich um sie kümmern, und dann kann man machen, was man will, die Fußböden wollen nicht mehr blitzen, und das ganze Haus kann sogar gefährlich werden – gefährlich!«

»Consuelo ... warum arbeitest du denn nicht ab und zu mit uns zusammen?«

»Bist du verrückt, meine Kleine? – Ich tauge nicht zu dem Geschäft …«

ES REGNETE WIE BEINAHE IMMER, regnete heftig und hartnäckig auf das Zinkblech und die Ziegel, die fast ein Jahrhundert tropischer Regengüsse überstanden hatten; und auf den Ziegeln wuchs grünes Moos, das in der Trockenzeit verdorrte, und auf diesem Moos, in der Nähe der Dachränder, wuchsen Büschel bunter Blumen und Farne wie waghalsige Seiltänzer hart am Rand des Abgrunds, in den sich das Regenwasser stürzte, um in die geborstenen Rinnsteine der Innenveranda zu fallen, an den endlosen Nachmittagen voller schwarzem Kaffee und längst aufgegebenen Hoffnungen. Das eintönige Geräusch des Regens auf dem Zinkblech überdeckte das Getratsche der Mädchen; jede von ihnen wusste auswendig, was die anderen machten und wie sie es machten; sie kannten die Körper der anderen genauso gut wie ihre eigenen, und keiner davon konnte ihnen fremd vorkommen, weder in seinen Vorzügen noch in seinen »Fehlern«: ein behaartes Muttermal auf einem Rücken, Kindheitsnarben, zellulitisgezeichnete Hinterbacken oder herausfordernde Hüften und hochaufgerichtete Brustwarzen. Nur Polyphems Mutter besaß, trotz der Geburt des Jungen, noch immer ihren Jungmädchenkörper, auch wenn die Züge ihres Gesichts schon in die entgegengesetzte Richtung wiesen. Die anderen verspürten eine Mischung aus Vergnügen und Rührung, sie wie eingezwängt in diese Mädchenhaut zu sehen, mit ihren kleinen, spitzen Brüsten, vorstehendem Po und wenig Schamhaar, das wegzurasieren war, mit ihren inzwischen einundzwanzig Jahren, in winzigen Höschen und durchsichtigen Hemdchen, nachdem es sie so viel Überwindung gekostet hatte, ihren Körper anderen zu zeigen, ob das nun ihre Kolleginnen waren oder die Männer, die sich immer noch darum balgten, sie zu vernaschen. Sie gewöhnte sich daran, einen hübschen Körper zu besitzen, dass die anderen Mädchen ihr sagten, sie wisse ja gar nicht, was sie da habe, dass man sie befingerte, an alles gewöhnte sie sich, außer daran, die Mutter Polyphems zu sein. Und gerade das war das Einzige, das sie niemals zu sein aufhören würde, denn seit dem Tag der Geburt des Kindes sah sie sich selbst nur noch so, als die Mutter Polyphems, trotz aller Geheimhaltung, trotz der Tatsache, dass das Kind mehr den Geschwistern Peor gehörte als ihr.

»Jerónimo, weshalb bitten Sie nicht Gott darum, dass er mir den Kleinen gesund macht? Warum nicht? Vielleicht mag er mir ja ein Wunder tun ...«

»Von welchem Wunder redest du, Weib? Wovon denn gesund machen? Siehst du denn nicht, dass die Kinder normalerweise zwei Augen haben? Das Wunder ist also schon geschehen und besteht darin, dass Polyphem nur eines hat. Gott weiß, was Sie tut, und Ihre Werke kann niemand rückgängig machen, aus gutem Grund.«

»Aber der Doktor Evans meint, dass es nicht Gott war, sondern die Menschen, die meinen Kleinen so gemacht haben.«

»Was für die monströsen Geburten gilt, die unter uns stattfinden, gilt auch für einige monströse Menschen, denn Gott schuf alle Dinge und weiß, wo und wann es richtig ist, irgendein Wesen zu erschaffen, und Sie weiß auch, auf welche Weise oder mit welchen Unterschieden Sie die Schönheit dieses Universums zu bilden hat, doch der, der das nicht zu verstehen vermag, fühlt sich beleidigt, wenn er nur ein einzelnes Teil sieht und meint, es sei eine Fälschung, weil er nicht die Bedeutung und Beziehung kennt, die es besitzt, und nicht weiß, welchem Zweck es dient. Hör also endlich auf, so albern zu sein und das Wunder in der Normalität zu suchen.«

Doch an den Nachmittagen voller Regen und schwarzem Kaffee mit Häppchen aus Tortillas mit geschmolzenem Käse hatte sie auch gelernt, zu rauchen, Dame zu spielen, die Geheimnisse auszuplaudern, die ihr die Kunden unter dem Siegel der Verschwiegenheit erzählt hatten, die Spitznamen weiterzugeben, die die Männer für sie erfanden, Decknamen, Kriegsnamen, Kinderspiele: »Tänzerin«, »Meine Braut«, »Sommersprosse« … zufällig erfundene Namen, die ein paar Wochen galten, solange es einem Kunden gefiel, eine Zeitlang immer dasselbe Mädchen zu engagieren: »Küsschen«, »Sadistin« … und alle lachten, und die geheimen Namen wurden zur Kinderlaune im Munde der Mädchen, die sie sich weder ernst noch im Spaß weitererzählten.

Polyphem, der gelernt hatte, vor Fremden das Weite zu suchen, bewegte sich unter den Mädchen ziemlich frei und zwanglos. Er rannte über die Flure des alten Hauses, schlitterte auf seinen Strümpfen und ließ sich dann laut krachend auf den Hintern fallen, inmitten von Gelächter und spitzen Schreien, an die im Haus schon alle Welt gewöhnt war. Ab und zu kam er in die Küche und verlangte nach seiner Tortilla mit Käse und seinem Becher Kaffee, den er hinter dem Rücken Jerónimos trank. Wie jedes zweisprachig aufwachsende Kind war es für Polyphem kein Problem, die Sprache je nach Situation zu wechseln: Wenn er sich auf den Boden warf, um mit Murmeln oder Autos zu spielen, sprach er mit sich selbst Latein, wenn er mit den Mädchen redete, vor allem seiner Mutter, tat er das auf Spanisch. Nur mit Jerónimo konnte er ohne Unterschied in beiden Sprachen sprechen, in einem Kauderwelsch, das seine Mutter nicht selten störte. Consuelo riet ihr dann immer, sie solle ihren

Sohn doch in Ruhe lassen und den beiden nichts sagen, sie müsse verstehen, dass das Kind niemanden sonst habe, mit dem es seine Kindheit teilen könne. Wenn Doña Elvira auftauchte, wurde Polyphem ernst; irgendwie spürte er, dass seine Anwesenheit ihr lästig war, doch senkten sich auch die Stimmen der anderen, denn die Chefin war ja keine von ihnen, obwohl ihre Mutter vor vielen Jahren dem Vaterland im selben Regiment gedient hatte. Ihr gehörte nun einmal das alte Haus, sie wohnte darin im besten Zimmer und saß an der Kasse, sobald Abend für Abend das Geschäft begann.

Die Mädchen bezahlten Consuelo gesondert dafür, dass sie ihnen einmal in der Woche die Kleider wusch. Die Unterwäsche wusch jedes von ihnen selbst im Badezimmer und hängte sie in ihrem Fenster oder am Kopfende ihres Bettes auf, damit sie am Abend, wenn die Arbeit begann, trocken war. Für gewöhnlich war das aber nicht der Fall, und die Kunden amüsierten sich über eine zum Wäscheständer umfunktionierte Kleiderschranktür oder eine von Wand zu Wand gespannte Wäscheleine. Manche der Mädchen gingen sogar mit den intimsten Dingen achtlos um.

»Gestern hat mich einer gefragt«, erzählte ein Mädchen beim Essen, »ob das, was da in der Ecke läge, eine Damenbinde sei, und ich hab' ihm geantwortet, nein, du Dummerchen, das ist doch ein Scheck von der Blutbank!«

Und alle lachten schallend und unbeschwert das Lachen dieser kurzen Atempause inmitten des zähen Stroms der Zeit, in dem die Zukunft ein unbestimmter Ort im Einerlei immergleicher Tage war. Wenigstens die Nächte entfalteten sich prächtig wie Pfauenräder, und dann konnte alles geschehen, von gar nichts bis zum Tod, der dem Nichts so sehr gleicht.

Eine andere erzählte jetzt, dass bei der letzten Prozession plötzlich ein Kunde aufgetaucht sei: »Der sah mich mit meinem frommen Gesicht und fing gleich an, mir Anträge zu machen. Ich hab ihm gesagt, das wäre doch Sünde, die Jungfrau erwarte mich doch und er solle nicht so respektlos sein. Darauf hat er geantwortet, die Arbeit sei doch auch heilig und eine größere Sünde sei es, sie auszuschlagen, und so hat er mich schließlich überzeugt – und ich hab ihn im Stehen bedient, mit dem Rücken an einen Baum gelehnt, Arbeit ist Arbeit. Dabei hatte ich aber gehörig Angst, dass da irgendwo dieser Homöopath herumstriche ...«

»Dieser Psychopath!«, korrigierte sie die Chefin kopfschüttelnd.

»Wenn ich nicht drüber reden kann, werd ich verrückt«, meinte eine andere mit vollen Backen kauend und das Kaffeeglas auf halber Höhe haltend, und alle stimmten insgeheim zu, während sie ihre Kollegin wegen ihrer goldeingefassten Zähne hänselten.

»Dafür geb ich mein Geld gern aus«, gab die schnippisch zurück. »Was man in seine Zähne steckt, ist das Einzige, was man mit ins Grab nehmen kann.«

Polyphems Mutter dachte an die Zeit, als sie immer still gewesen war und nie etwas gesagt und sich in ihrem Zimmer verkrochen hatte, aus Angst vor ihrem Kind, Angst vor den Kolleginnen, Angst vor der Stadt, Angst davor, zu reden. Die Angst vor den Kunden hatte sie bis jetzt nicht verloren.

»Sie führen sich manchmal wie die Hunde auf und beißen einen sogar ...«

»Die nennt man Kynocephalos«, erklärte Jerónimo, der in diesem Augenblick hereinkam, »weil sie einen Hundekopf tragen, und durch ihr Bellen zeigen sie, dass sie mehr vom Tier als vom Menschen haben.«

»Jerónimo muss immer so gescheit daherreden!«, rief eines der Mädchen und ging auf ihn zu, um ihn in den Arm zu nehmen, doch Polyphem hatte Jerónimo auch schon gehört und kam angerannt, laut seinen Namen rufend. Jerónimo gab ihm einen Kuss, und die beiden setzten sich auf den Boden der Veranda, um mit Murmeln zu spielen, während die Frauen in ihrer Unterhaltung fortfuhren, bis es Zeit wurde, aufzustehen und »sich den Gefallen zu tun«, wie sie es nannten. Polyphem ging ohne Widerrede in seinen Schuppen, denn er war ja schon daran gewöhnt.

Consuelo begann, den Tisch abzuräumen und den mageren, kleinen Mädchen Anweisungen zu geben, die, verhärmt wie die Büßerinnen, um fünf Uhr nachmittags kamen, um in der Küche zu arbeiten und erst um zehn Uhr wieder gingen, wenn Consuelo unerbittlich die Küche schloss und schlafen ging. Die Mädchen erhoben sich langsam eins nach dem anderen und gingen nacheinander die Treppe hinauf, um sich umzuziehen und zurechtzumachen, ein Bad zu nehmen, wenn sie es nötig hatten, sich die Gesichter zu schminken, all dies im Rhythmus des Herzstolperns allzu vieler Tassen Kaffee.

»Hierher kommen alle möglichen Leute, wir sind schließlich ein ordentliches Haus«, wiederholte Doña Elvira oft im Gespräch mit den Stammkunden, bei dem sie sich für gewöhnlich über die Theke mit der Registrierkasse lehnte und zu ihrem Gesprächspartner an irgendeinem der Tische hinüberschrie, gegen den Lärm der Musikanlage und das Rasseln des Ventilators, unter dem Lichtgeflimmer der Kasinokugel, die sie an die Decke hatte hängen lassen, und inmitten der Unterhaltungen der anderen Kunden, dem Klappern der Teller und Gläser, dem Geschrei und Gelächter bei den Showeinlagen der Mädchen, der feindseligen Stille, die eintrat, wenn ein paar Polizisten auf ihren Streifengängen hereinkamen. Bei all dem redete sie unablässig, die Arme auf die Glasplatte der Theke gestützt, unter der in einzelnen Fächern Zigarettenschachteln lagen, Zigarrenkisten mit feinen nicaraguanischen Zigarren, Flachmänner mit Whisky, Wodka und anderen geistigen Getränken, Tücher mit dem Bild der Engelsbasilika und anderen Souvenirs, die die Kunden manchmal kauften. Die Chefin redete genauso locker über Politik und Religion, wie sie jedes Jahr im Mai in ihrem Zimmer Rosenkranzgebete organisierte, an denen auch Consuelo und die Mädchen teilnahmen, man musste sie nicht lange bitten. Jedes von ihnen besaß seinen eigenen Rosenkranz und hatte mit Reißzwecken Jungfrauenbildchen ans Kopfende ihres Bettes geheftet oder Heiligenfiguren aus Gips in irgendeiner Ecke ihres Zimmers stehen. Manche schafften es sogar, vor dem Schlafengehen ein wenig zu beten, so betrunken sie auch sein mochten und solange noch ein Funken Verstand in ihnen war, bevor sie sich den verschwommenen Träumen einer weiteren Liebesnacht ohne Leidenschaft auslieferten. Polyphems Mutter trank dabei immer nur sehr wenig, den einen oder anderen mit Schuldgefühl vermischten Schluck, hatte man ihr doch bis auf die Knochen eingebläut, dass der Alkohol böse war, weshalb ihr nichts anderes übrig blieb, als ihr Schicksal ohne Narkose zu überstehen und die Arbeitsnacht so klar im Kopf zu beenden, wie sie sie begonnen hatte. Manchmal, nicht immer, blieb sie noch eine ganze Weile wach; dann überkam sie ihre ganze Erziehung, und sie strengte sich an zu beten, wobei sie sich bei allem, was sie sich den ganzen Tag über anhörte, beinahe vorkam, als tue sie etwas unrechtmäßiges, obwohl ihr im Grunde die Ambivalenz ihres halbherzigen Unglaubens mehr schadete als ihre selbsterklärte Verderbtheit. Die Chefin kannte dies alles schon zur Genüge, wie sie alle anderen Einzelheiten und Umstände des Gewerbes kannte. Sie kannte den Alltag der Mädchen und lachte über die Fernsehsendungen, die großspurig ankündigten, »die Wahrheit über die Straßenmädchen« zu berichten und verzerrten, verdrehten und vor allem unterschlugen, was die Mädchen mit dem Rest der Menschheit teilten. Was sie nachts auf der Straße oder in den Stundenhotels taten, das wusste schließlich jeder, dachte sie, doch niemand filmte sie, wie sie an einem freien Tag zu Hause frühstückten oder an einem ruhigen Regennachmittag eine Klatschzeitung lasen, wie sie telefonierten oder eine schlechte Nachricht bekamen. Die Chefin war nie besonders gut gelaunt, doch behandelte sie die Mädchen mit dem Verständnis von jemandem, die das Gewerbe aus eigener Erfahrung kennt.

Zu Beginn dieses Sommers war es auch, dass der riesige Mann Consuelos die Sprache wiederfand. Seine Zunge schmerzte noch wegen der mangelnden Übung, doch hatte er es inzwischen geschafft, den Faden zu spinnen, mit dem er den einen oder anderen Satz reihen konnte. Während der ersten Tage sagte er: »Onsuelo, hab' Unger«; dann erinnerte er sich daran, dass er »Mama« zu seiner Frau gesagt hatte, und die »Ms« fielen ihm leichter als andere Konsonanten. Jerónimo schien es geschafft zu haben, und wieder einmal staunten die beiden Doktor Evans, vor allem der alte, der eine Heilung des Mannes nie für möglich gehalten hätte. Im Gegenteil hatte er Consuelo immer gesagt, wenn sie die Medikamente absetzte, würde ihr Mann noch am selben Tag seine Stabilität verlieren und sterben, weil die Organe aufhören würden zu arbeiten. Das sagte er ihr, wenn sie sich über die Magenbeschwerden aufregte, die die Tabletten ihrem Mann verursachten, und die der Arzt sie ihm nicht mit Milch geben ließ. »Die Milch ist für kleine Kälber«, sagte der Alte, wenn er sie das Verbot überschreiten sah.

Doch weder verschlechterte sich der Zustand von Consuelos Mann noch starb er gar: Jerónimos Mittel hatten ihn innerhalb von drei Jahren aus der Abhängigkeit geholt, und jetzt erlangte er die eine oder andere einfache Körperfunktion zurück. Er begann zu sprechen, ganz wenig, doch hörte er auf, von seinem Zimmer in den Garten zu gehen. Er wusste nicht, wo er sich befand, und würde nie die Frage stellen, von der Consuelo nicht sicher war, ob sie sie ihm beantworten wollte, wenn es nicht unbedingt notwendig war. Consuelo war ihrem Bruder dankbar, doch zum ersten Mal in endlos langen Jahren wirkte sie nervös, vergesslich, wie abwesend. Das Einzige, was sie beruhigte, war, dass ihr Mann das Zimmer nicht verlassen wollte. Und er kam über Monate nicht heraus und begnügte sich mit Jerónimos Besuchen und der zeitweiligen Gegenwart Consuelos. Polyphem sah er ab und zu durch die halb geöffnete Tür, der Kleine schaute nur kurz herein, denn jetzt, wo er sprach, fürchtete sich das Kind vor dem ungeschlachten Mann.

Oft fuhr Jerónimo durch die halboffene Tür mit seinem Unterricht fort, wenn er seinen Schwager behandelte:

»Die Völker haben den Tieren in ihrer jeweiligen Sprache Namen gegeben. Auf Latein heißt es *animalia* oder *animantia*, weil sie eine *anima*, eine Seele besitzen, vom Geist beseelt sind. Vierbeiner sind natürlich die Tiere, die auf vier Füßen laufen, sieh mal, so ungefähr ...«

Und Jerónimo ließ sich mit akademischem Ernst auf alle viere nieder, um zu zeigen, wie die Vierbeiner liefen. Polyphem lachte laut los und schwang sich seinem Lehrer auf den Rücken; weiter kamen sie an diesem Morgen mit dem Unterricht nicht, denn bis kurz vor dem Mittagessen spielten sie die verschiedenen Tierarten durch. Der Letzte Hahn von Gestern sah sich plötzlich von einem Fuchs mit seinem Füchslein verfolgt und konnte nur noch laut krähend davonflattern. Die Mädchen kamen beinahe um vor Lachen, als sie am späten Vormittag über einen der Flure des Hauses eine Hydra mit zwei Köpfen kommen sahen, einem großen und einem kleinen, dem Köpfchen des Kindes, das neben dem Kopf seines Lehrers aus dem Halsloch der Kutte schaute, wobei die beiden lauthals fauchten, wie wohl auch eine wirkliche Hydra gefaucht haben mochte.

Polyphem schlief jetzt nicht mehr nach dem Mittagessen, sondern setzte sich auf ein Bänkchen, um mit Consuelo zu plaudern, während sie das Geschirr abwusch und wegräumte. Die Plastiksachen gab sie dem Kind, damit es sie mit einem Geschirrtuch abtrocknete: Währenddessen redete er ununterbrochen und erzählte die Gedanken und Einfälle der Kinder seines Alters, von denen er sich jetzt nicht nur durch das schöne, schwarze Auge auf seiner Stirn unterschied, sondern auch durch das altertümliche Wissen, das er beigebracht bekam. Abgesehen davon spielte er wie alle anderen Kinder auch, weinte und war ungezogen, wenn er nicht essen wollte, führte Selbstgespräche, kletterte die Stangen hoch, an denen die Wäscheleine befestigt war, bekleckerte sich mit Saft oder wartete sehnsüchtig darauf, dass Consuelo von irgendeiner Besorgung in der Stadt zurückkehrte, eine Packung Eis in der Hand, und fragte, wer davon etwas wolle, worauf der Knabe aus vollem Hals rief: »Iiiiiiiiich!«

»Die Ägypter waren die Ersten, die sich mit Astronomie beschäftigten. Die Chaldäer mit Astrologie und ihrem Zusammenhang mit der Geburt. Abraham brachte die Astrologie nach Ägypten, und die Griechen sagen, es war ein Atlant. Die Türen des Himmels sind ihrer zwei: Orient und Okzident, denn durch die eine erscheint die Sonne und durch die andere verschwindet sie wieder ...«

»Jerónimo, kann man die Sonne mit einer Kaffeekanne voll Wasser löschen?«

»Das kommt ganz darauf an, wie groß die Kanne ist ...«

DEM UNWIDERSTEHLICHEN RUF DER STRASSE FOLGEND, machte sich Jerónimo auf einen seiner Streifzüge, mit seinem Schild und dem zusammengeklappten Blindenstock in der Tasche seiner Kutte, für den Fall, dass er Lust bekäme, durch die Stadt mit den holprigen Bürgersteigen aus Pflastersteinen zu spazieren.

Auf einer Bank am Platz der Kulturen fand er Don Félix, selig schlafend; an seiner Seite lag Cristalino, gleichfalls schlafend, so als müsse er ihn noch in seinen Träumen führen. Der Alte träumte eine Erinnerung: Auf dem See im »La-Sabana«-Park spielten zwei Jungen mit Schwimmkörpern, die sie sich an die Füße gebunden hatten, sodass sie über das Wasser laufen konnten. Plötzlich verloren die Jungen das Gleichgewicht und fielen kopfunter ins Wasser; mit dem Kopf unter der Wasseroberfläche kämpften sie verzweifelt darum, sich aufzurichten, doch erlaubten ihnen ihre Schuhe nicht, mit dem Kopf über die Wasseroberfläche zu gelangen. Die beiden ertranken.

Cristalino träumte: eine Wand ... Menschen, die schnell von einer Seite zur anderen liefen ... eine Wand ... Don Félix ... eine Wand ...

Jerónimo klappte seinen Stock auseinander, setzte sich auf die Bank, hob den Kopf des Hundes, legte ihn sich in den Schoß und schlief auch ein Weilchen neben ihnen, als wolle er sie irgendwo im Traum finden. Als sie erwachten, begrüßten sie sich und betrachteten ein Weilchen das gegenüberliegende Gebäude: die Universität von Santo Tomás.

EINES TAGES NACH DEM MITTAGESSEN, als er sich in der größten Mittagshitze unbeaufsichtigt sah, ging Polyphem zum Spielen in seinen Garten, den alten, in den fünf Jahren völlig zugewachsenen Innenhof. Gedankenverloren lief er zwischen den Büschen hinter dem Haus umher, auf der Suche nach etwas, das ihn unterhalten könnte, und fand auch, was er suchte: Hinter einem dicken Wust aus Schlingpflanzen mit kürbisähnlichen Früchten verbarg eine Trennwand eine kleine Tür, durch die hindurch nur ein Kind schlüpfen konnte, ein Erwachsener jedoch höchstens unter großen Schwierigkeiten. Die Tür war seit jeher mit einem Riegel, einer Kette und einem Vorhängeschloss gesichert, wobei alle diese Teile durch die Alchemie des Rostes zu einem einzigen Klumpen geworden waren.

Der Junge versuchte mit allen Mitteln, das Schloss zu öffnen, hatte jedoch keinen Erfolg, bis er herausfand, dass das Holz, an dem der Riegel befestigt war, von den Termiten schon so zerfressen war, dass ein kräftiger Ruck an der Kette genügte, um sie mitsamt dem Vorhängeschloss zu Boden gehen zu lassen, und so tat er auch. Dann stieß er die Tür auf, bis sie ganz offenstand. Es war der Eingang zu einem Gang, der tief in das große, alte Haus hineinführte, dunkel, schmal und voll von Gegenständen. Polyphem lief in sein Zimmer, um die Taschenlampe zu holen, die seine Mutter ihm einmal geschenkt hatte. Damit stellte er sich in den Eingang und leuchtete in den Gang. Alle Arten von altem Plunder bildeten eine Leibwache des Hausinneren. Das Kind begann nach und nach herauszuholen, was es da fand: alte kleine und große Bügeleisen mit einem eisernen Hahn vorn am Bug, die noch ihren hölzernen Griff trugen, vorsintflutliche Haushaltsgeräte, alte Grammophonplatten, Maschinenteile …

Der Junge holte in monatelanger Arbeit eins nach dem

andern hervor, brachte sie ans Tageslicht und setzte sich auf den Rasen, um sie dort mit dem Lappen zu reinigen, den er von Consuelos Aufnehmer stahl; er kratzte den Rost von Messern und den Schimmel von den Herrenhüten, die noch einigermaßen in Ordnung waren.

Die versteckte Tür war so klein, dass sie nur zu etwas Illegalem gedient haben konnte, und tatsächlich gelangte Polyphem, nachdem er sich mühselig seinen Weg gebahnt hatte, in einen kleinen Raum voller Flaschen und Holz-fässer; viele der Flaschen waren noch voll und mit einem wachsbedeckten Korken verschlossen. In dieser Kammer hatte man zu Anfang des Jahrhunderts geschmuggelten Schnaps versteckt; sie hatte sich in der zweiten Ausgabe des Gebäudes befunden, das auf den Resten eines ande-ren, älteren errichtet worden war. Wahrscheinlich war das erste nicht so groß gewesen, sondern eher ein kleines Häuschen aus Lehm und Rohrgeflecht, aus der Zeit des Krieges von 1856. Von ihm waren nur noch die Wände und die Raumeinteilung übrig geblieben, die man be-nutzte, um ein größeres Haus zu bauen, das schließlich zu Küche und Salon des jetzigen Gebäudes wurde. Polyphem zerbrach eine der Flaschen, um zu sehen, was darin war, doch die Flüssigkeit verflog sofort, als sie mit der Luft in Berührung kam; das wenige, was er noch riechen konnte, roch säuerlich und verursachte Übelkeit. Er vergaß die an-deren Flaschen und holte nur ein paar Dinge heraus, die zweifellos zur geheimen Schwarzbrennerei benutzt worden waren.

Das Kind erzählte niemandem von seinem Geheimnis, nicht einmal Jerónimo, sicherlich, weil es instinktiv bei je-nen Ausflügen in die Höhle der Wunder eine gewisse Ge-fahr spürte. Die Gegenstände nahm es mit in sein Zimmer und versteckte sie in den unteren Schubladen des riesigen

Kleiderschrankes, und so gelangte Polyphem ohne die geringste Ahnung und Absicht zu einem wahrhaften Antiquitätenlager in seinem Zimmer, in dem man alles finden konnte, von Küchengeräten bis Waffen, von denen er noch nie etwas gehört hatte oder hören sollte: Vorderladerpistolen und Spannbüchsen englischer Bauart samt ihren Gurten voll riesiger Patronen, Messingferngläser aus Deutschland, Dolche mit Horngriffen, Scheren, die sich, weil sie so viele Jahre nicht mehr gebraucht worden waren, nicht mehr öffnen ließen, und eine kleine Eule aus Bakelit mit stechenden roten Glasaugen und einem Hornkamm in ihrem Innern: das Wahrzeichen von General Volio.

Da fand er einmal eine Singer-Nähmaschine mitsamt ihrem Holzgestell, das von den Termiten und der Feuchtigkeit schon ganz zerfressen war, und die er, weil sie so schwer war, nicht herausbrachte, ein anderes Mal eine Hupe aus Messing und noch mehr alte Autoteile, Koffer voller Münzen und Geldscheine, die eines numismatischen Museums würdig waren, verstümmelte und deformierte hölzerne Heiligenfiguren, Fotografien, die sorgsam in Zellophanpapier aufbewahrt worden waren, eine Windrose mitsamt ihrem Hahn und den Initialen der vier Windrichtungen, die irgendwann einmal ein hohes Dach im San José des 19. oder des beginnenden 20. Jahrhunderts geziert haben mochte.

Der Junge spielte mit diesen Dingen, wenn man ihn Schlafen schickte, doch bewahrte er sie immer sehr sorgsam wieder auf, damit ihn niemand fragte, woher er denn dies alles habe, und man ihm das Unterhaltsamste verbot, das er je in seiner abgeschlossenen Welt gefunden hatte.

Weil er immer mit seiner Taschenlampe arbeitete, wurde Polyphem einmal nicht gewahr, dass es draußen schon gedunkelt hatte. Er merkte es erst, als es im Labyrinth hell zu werden begann: Durch tausend Ritzen zwischen den Holzlatten fiel das Licht aus dem Inneren des Hauses. Er konnte hören, wie Consuelo nach ihm rief, um ihm zu essen zu geben und ihn ins Bett zu schicken. Schnell lief er hinaus und ging zu ihr, aß, zog sich seinen Pyjama an und tat so, als ginge er schlafen. Doch kaum war er allein, betrat er wieder seinen Tunnel und begann, durch die Ritzen zu spähen, zuerst in Jerónimos Zimmer. Der war schon nach Hause gekommen und las im Schein einer Kerze eines seiner Bücher, eine Angewohnheit, die er nicht verlor, obwohl er gleichzeitig auch das elektrische Licht eingeschaltet hatte. Dann die Waschküche mit ihren Trögen, dann links zwischen den eng gesetzten Trennwänden hindurch die Küche, wo Consuelo gerade begann, das Essen für die nahenden Freierscharen zu kochen; gleich darauf folgte der Gang zum Schankraum, dann der Schankraum selbst, und Polyphem, der kaum zwischen den Trennwänden im Innern des Hauses hindurchpasste, hielt inne, um das zu beobachten, was ihm eigentlich strikt verboten war, das nächtliche Treiben dort drinnen. Die ersten Kunden nahmen die besten Tische in Beschlag. Wieder ging er hinaus, diesmal um ein Fernrohr zu holen, das er unter all den Sachen gefunden hatte; er hatte es poliert und seinen Gebrauch entdeckt, indem er damit zum Loch im Zaun hinausschaute. Er hatte gelernt, es auseinanderzuschrauben und wieder zusammenzusetzen, und es wurde ihm zu einem idealen Hilfsmittel, wenn er zwischen den Blechplatten hindurch die Straße beobachtete. Er trat wieder in den Tunnel und schlich durch die engen Gänge, durch die kein Erwachsener je gepasst hätte, bis er wieder beim Schankraum angelangte. Neue Kunden waren gekommen und tranken und unterhielten sich, ohne zu ahnen, dass ein kleines Auge sie mit dem Eifer desjenigen beäugte, dem die Welt verboten ist; er sah, wie sie Bier auf Bier tranken, wie sie die kleinen dazugereichten Häppchen aus Kichererbsen, Schweineschwarte und Fleisch mit Sauce verschlangen, sah die kleinen Plastikteller, die er jeden Tag trocknen helfen musste. Er sah Doña Elvira hinter der Kasse Geld zählen, sah Consuelos Gehilfinnen Flaschen und Häppchen bringen, hörte die Musik aus den Lautsprechern, hörte die Gesprächsfetzen, ohne viel zu verstehen, und zielte mit dem Fernrohr auf die Gesichter der Unbekannten: ältere Männer mit Geheimratsecken und dicken Brillengläsern, jüngere Männer, der eine oder andere schon etwas grau. Und er sah, wie seine Tanten am Arm der Männer die Treppe hinaufgingen und allein wieder herunterkamen, einschließlich seiner Mutter …

»Du musst wissen, Polyphem, zwischen ›Wunder‹ und ›wundersam‹ besteht der Unterschied, dass sich die Wunder vollständig verwandeln; so heißt es zum Beispiel, dass in Mazedonien einmal eine Frau eine Schlange zur Welt gebracht hat. Wundersam ist etwas, das nur eine leichte Veränderung erleidet. Doch soll man nicht glauben, Gott habe sich geirrt, als Sie diese Wesen schuf, denn Sie ist die Schöpferin aller Dinge und weiß, wann und wo es richtig ist, ein Wesen zu schaffen oder nicht. So spricht man auch von den ›Blemmias‹, die, wie es heißt, ohne Kopf geboren werden und die Augen und den Mund auf der Brust tragen, oder ohne Hals, mit den Augen auf den Schultern. Am Ende der Welt gibt es andere, die kommen ohne Nase zur Welt und haben ein völlig ebenes Gesicht; wieder andere haben eine so vorstehende Unterlippe, dass sie sich damit zum Schlafen und zum Schutze gegen die Sonne das Gesicht bedecken können. Noch andere haben einen so kleinen Mund, dass sie ihre Nahrung nur durch einen Strohhalm zu sich nehmen können. Andere mit Namen ›Panotius‹ haben so große Ohren, dass sie ihren ganzen Körper bedecken, ihr Name stammt aus dem Griechischen, ›pan‹ bedeutet alles und ›ota‹ Ohr.«

SEIT SEINER ENTDECKUNG ERWARTETE POLYPHEM ungeduldig die Stunde des Schlafengehens, um sich ins Labyrinth der Eingeweide des alten Hauses zu begeben. Bald entdeckte er, dass es bequemer war, auf den kleinen, fünfzig bis siebzig Zentimeter hohen Mauern aus Adobeziegeln zu laufen, die vom ersten Bauwerk übriggeblieben waren, als zwischen ihnen und den Holzwänden, die an ihnen befestigt waren; so kletterte er am Eingang auf die Mauer und stieg zwischendurch nur herunter, um die Richtung zu wechseln. Der Lieblingsplatz seiner Beobachtungen war jedoch der große Raum, wo er manchmal die Einteilung der Lebewesen bewiesen zu finden meinte, die ihn Jerónimo lehrte. Dort sah er riesige Männer eintreten, oder winzig kleine, fast wie Kinder mit Bart oder Schnauzer. Oder er besah sich lange einen Einarmigen, der keine Hemmungen hatte, seine Versehrtheit zu zeigen. Polyphem identifizierte sich mit jenem »Wundersamen«, dessen Veränderung nur leicht war, wie es auch die Theorie Jerónimos besagte. Er besah sich ihn mit seinem mitfühlenden Auge und dachte, so wie er selbst nur ein einziges Auge besaß, hatte jener eben nur einen Arm, Punktum. Es machte ihn froh, einen anderen Antipoden dort herumlaufen zu sehen, und seine Beobachtung lehrte ihn, dass es vielleicht nicht mehr Antipoden als Menschen gab, doch mindestens genauso viele. Einer der Herren, die oft zu Besuch kamen, hatte keinen einzigen Zahn mehr im Mund und trank seine Getränke ausnahmslos mit einem Strohhalm.

»Man erzählt sich auch von einer Spezies wildlebender Männer, die man ›Faune‹ oder ›Satyre‹ nennt; das sind kleine Männer mit krummer Nase, Hörnern auf der Stirn und Bocksbeinen. Andere, die man ›Connaturationem‹ ruft, haben an einer Hand zu viele Finger und an der anderen zu wenig, und an den Füßen genauso. Und dann gibt es ›Sirenen‹, von denen es heißt, dass sie oben Frauen und unten Fische sind und mit ihren herrlichen Stimmen über das Meer singen; mit ihren Stimmen locken sie, so sagt man, unvorsichtige Seeleute an, und lassen ihre Schiffe an den Felsen zerschellen. Tatsächlich ist es aber so, dass die Seeleute so von diesen wunderbaren Stimmen verzaubert werden, dass sie den Kurs nicht mehr beachten und manchmal auf die Felsen fahren, doch nicht alle, denn sonst würde man ja von der Existenz dieser Wesen nichts wissen, über die die Lotsen berichten, die sie zwar hörten, doch ihren Kurs darüber nicht verloren.«

Unter den zahllosen rätselhaften Dingen, die Polyphem Tag für Tag in seinem Labyrinth fand, gab es auch eine Leiter, die ihm ihren Zweck offenbarte, als er eines Abends im Salon einen Mann sah, der sich eines ähnlichen Exemplars bediente, um eine Glühbirne auszuwechseln. Durch die Anstrengung mehrerer Abende gelang es dem Kind, die Leiter, die in der Nähe des Eingangs lag, wieder einigermaßen gradezubiegen. Dann schleifte er sie an eine der inneren Trennwände und richtete sie Stück für Stück auf, bis er sie auf die Höhe des oberen Stockwerks gebracht hatte. Dort bestanden die Wände nicht mehr aus Adobeziegeln, sondern zwischen den einzelnen Zimmern stellenweise nur noch aus einer einzigen Schicht von Brettern. Polyphem schaffte es, durch einen Spalt zwischen den Brettern zu spähen und sah den Boden, die Füße der Möbel und das Bett, auf dem gerade eines der Mädchen sich sein täglich Brot im Schweiß ihres Körpers verdiente. Weil es nicht sehr hell im Zimmer war, konnte Polyphem die Figur nicht genau erkennen. Er sah einen Körper mit zwei Köpfen, manchmal einen mit langen Haaren, dann wieder einen anderen mit kurzen. Man konnte so etwas wie die Schatten von bis zu vier Armen und vier Beinen ausmachen, und das Wesen musste Schmerzen haben, denn es stieß aus seinen zwei Mündern Klagelaute aus und wälzte sich im Bett auf eine Weise hin und her, die das Kind vermuten ließ, dass etwas von einer Schlange in ihm sein musste, und manchmal schien es, als versuchten die Münder, sich gegenseitig zu fressen ... Polyphem erschrak ein wenig und beschloss, nicht mehr ins obere Stockwerk zu gehen, und von da an kam er nicht mehr in die Zimmer der Mädchen, außer in Begleitung von einer von ihnen, und er ließ es nie mehr zu, dort allein gelassen zu werden.

»Ich habe sagen gehört, dass es einen König gab, der mit drei Körpern zur Welt kam, und von anderen Wesen, bei denen die Natur den Mann mit dem Pferd vereinigte, die heißen Kentauren, denn sie sind halb Mensch, halb Pferd. Es gibt auch die sogenannten ›Astomos‹, eine Spezies von Menschen ohne Münder, die sich vom Duft der Blumen ernähren, und dann gibt es einen ›Homo ore et collo gruis‹, das heißt einen Menschen mit dem Hals und Schnabel eines Kranichs, und den ›Homo elefantino‹, der einen Elefantenkopf trägt ...«

Eine Zeit lang betrat das Kind die Höhle nicht mehr; nur während des Tages ging es ab und zu hinein, um irgendeinen Gegenstand für seine Sammlung zu suchen. Eines Nachmittags fand es eine Taschenuhr an einer Kette voller Grünspan und einen Revolver.

»Die Menschen entdeckten die Antipoden im Jahre vierzehnhundertzweiundneunzig; und im darauffolgenden Jahr zogen sie los, um ihr Gebiet zu bevölkern.«

Jerónimo erinnerte sich an all das, was er irgendwann

einmal in wer weiß welchem Buch gelesen hatte. In seinen Geschichtsstunden erinnerte er sich und rekonstruierte:

»Sie kamen zu einer großen und sehr glücklichen Insel unter den zahllosen anderen, die es auf der Erde gibt. In diesem Land der Antipoden schuf Gott unendlich viele Wesen ohne Schlechtigkeit noch Falschheit, die keine vergänglichen Güter besaßen noch besitzen wollten, die schlichtesten, geduldigsten, friedlichsten und ruhigsten Wesen überhaupt, ohne Streit oder Lärm, ohne Groll oder Hass, ohne Rachsucht ... Sie waren die seligsten Wesen der Welt. Große Wesen von schönem Wuchs, mit zusammengebundenen Haaren, so dick wie Pferdeschwänze, mit breitem Kopf und breiter Stirn und von der Farbe der Kanarienvögel ... Friedlichere Wesen konnte es nicht geben, mit einer Art zu reden, die die freundlichste und angenehmste der Welt war, Wesen, die immerzu lachten ...«

So erinnerte sich und rekonstruierte er, der Geschichtslehrer Jerónimo. Und Polyphem lernte eine Welt kennen, die von jedem neuen Wort getragen wurde, das frisch aus dem Mund seines Lehrers drang, um in sein Nest zu fallen, wo Jerónimo es wiegte wie ein riesiges Ei, aus dem eines Tages eine neue Wirklichkeit entstehen würde.

Wenn Polyphems Erziehung im Hause kaum bemerkt wurde, dann auch deshalb, weil niemand sie von den alltäglichen Spielen zu unterscheiden vermochte, mit denen Jerónimo das Kind schon immer unterhalten hatte. Polyphem erzählte die Geschichten, die er lernte, den Mädchen, Consuelo und manchmal auch seiner Mutter, und obwohl es war, als hörten sie Jerónimo reden, sah niemand einen Widerspruch zwischen dem, was der Alte redete, dem, was das Kind wiederholte, und der Welt, die aus dem alten Haus bestand, einer Welt, in der die Phantasie ohnehin über jede offizielle Wirklichkeit hinausging, denn genau hierin bestand ja das Geschäft.

»Hier wird dem Kunden verkauft, was er zu kaufen meint, damit er wirklich das kauft, was ihm verkauft wird«, hatte die Chefin einmal gesagt, in bester Laune, weil der Abend ein gutes Geschäft gebracht hatte. So galten die verworrenen Geschichten Jerónimos genauso viel wie die Phantasien und Perversionen all der Kunden, die gern dafür bezahlten, eins der Mädchen auf allen vieren auf dem Bett schnurren zu lassen wie eine Katze, um sich später vormachen zu können, die Kleine habe es nur für sie getan und nicht, weil sie ihr ein Geschenk versprochen hatten, ein Geschenk, das natürlich niemals kommen sollte, weil es einmal mehr ein Geschenk war, das sich der Kunde selbst machte und das wie immer darin bestand, sich selbst Versprechen machen zu hören, die sie, die Mädchen, nur glauben konnten, wenn sie nicht aus lauter Angst vergaßen, wie unerfüllbar das Versprochene war, genauso wie sie es sich erlaubten, sich nach etwas zu sehnen, so sehr nach etwas zu sehnen, dass es weh tat, und gleichzeitig wussten, dass diese Sehnsucht keine Erfüllung in sich trug, sondern nur eine Vorstellung ihrer Phantasie.

»... Busch und Baum sind verwandte Dinge, denn aus dem einen entsteht das andere; wenn man Samen auf die Erde wirft, wächst erst ein Busch, und der wird dann ein Baum. Der Gemüsegarten wird so genannt, weil dort immer etwas wächst, denn während die anderen Felder nur einmal im Jahr Frucht tragen, bleibt der Gemüsegarten niemals ohne Früchte. Man sagt, der Erste, der Ochsen zum Pflügen benutzte, habe Homogiro geheißen. Manche meinen, Osiris habe diese Kunst erfunden, andere, dass es Triptolemus war ...«

Consuelo setzte sich manchmal dazu, um dem Unterricht ihres Bruders zu lauschen. Auch wenn ihr die Unterrichtsstunden verrückter vorkamen als das, was ein Kind lernen sollte, traute sie sich nicht, mit ihm darüber zu streiten, außer sie hörte etwas, für das man nicht besonders gebildet sein musste, um zu begreifen, wie sonderbar das war, was Jerónimo da lehrte, vor allem auch, wenn sie ihn dazu noch ansah und mit Schrecken feststellte, dass er es sagte, ohne mit der Wimper zu zucken. Es schien eher so, als lese er seine Kenntnisse direkt aus irgendwelchen übertriebenen Büchern, als lese und rezitiere er mit Hilfe eines vorzüglichen, wenn auch schon ziemlich der Kontrolle seines Besitzers entglittenen Gedächtnisses. Auf jeden Fall musste ihr Bruder etwas von dem allen wirklich wissen, denn immerhin hatte er bewiesen, dass seine Einfälle die Mutter des Kindes gerettet hatten, mehr als einem der Mädchen wieder die Seele in den Leib zurückgebracht hatten, wenn sie furchtbar betrunken gewesen waren, mehr als einem ihrer Kinder dem Tod entrissen hatten, wenn sie wegen zu viel Crack fast gestorben wären, und ihren Mann erfolgreich vom Abgrund der Aufgegebenen wegholten, an den ihn die Ärzte gebracht hatten. Natürlich dachte Consuelo nicht einmal im Traum daran, den Geschichten von den »Skiopoden« Glauben zu schenken, »...Wesen eines bestimmten Landes, die nicht mehr als ein Bein haben, das sie nicht beugen können, und die bemerkenswert schnell sind, die man so nennt, weil sie sich im Sommer, zur Stunde der Siesta, rücklings auf den Boden werfen und sich vom Schatten ihres riesigen Fußes bedecken lassen ...«

Wenn Consuelo ihren Bruder wegen solcher Übertreibungen zur Ordnung rief, brauchte dieser, der sie schon an das Wort »Zyklop« gewöhnt hatte, sie nur auf das einzige Auge Polyphems hinzuweisen, um die Wahrheit all dessen zu belegen, was er gelernt hatte und nun weitergab.

UM DIESE JAHRESZEIT WAR ES AUCH, dass Consuelos riesiger Mann sich wieder aus seinem Zimmer wagte. Er kam langsam und vorsichtig heraus und gelangte zur Küche, wo Consuelo gerade dabei war, das Frühstück zu bereiten. Als sie ihn hereinkommen sah, war sie einen Augenblick lang wie gelähmt, doch sie reagierte schnell, wie sie es seit Jahren schon tat. Sie nahm ihn beim Arm und half ihm, sich auf eine der Bänke am Tisch zu setzen. Dann kochte sie ihm einen Kamillentee und brachte ihm Reis und Bohnen mit einem Spiegelei, geröstetes Brot mit Schmand und eine halbe Tasse schwarzen Kaffee. Der Mann frühstückte langsam und besah sich dabei genau jede Einzelheit in der Küche und im Esszimmer; er schien nur den kleinen Innenhof hinter der Küche wiederzuerkennen, und eine lange Weile schaute er dort hinaus und lächelte leicht dabei. Dann fuhr er fort, sein Essen zu verzehren, so geduldig, als käue er es wieder, bis plötzlich Jerónimo und Polyphem auf der Veranda auftauchten. Polyphem blieb abrupt stehen und suchte in Jerónimos Armen Zuflucht. Der hob ihn in die Höhe und näherte sich dem Mann mit derselben Natürlichkeit wie immer. Sein Schwager war an ihn gewöhnt, wusste jedoch nicht genau, weshalb, obwohl ihm Consuelo schon mehrfach erzählt hatte, dass es ihr Bruder war. Er hatte sich daran gewöhnt, von ihm behandelt zu werden, alles hinunterzuschlucken, was er ihm vor den Mund hielt, und auch an die Massagen, die er ihm zweimal die Woche verabreichte; aber wer der Mann war, wusste er noch immer nicht genau. Er hörte Consuelo von ihrem Bruder sprechen, doch erst, seit sein Bewusstsein Lebenszeichen von sich gab. Früher, während all der Jahre, als er noch bei Verstand gewesen war, hatte er nie etwas von einem Schwager gehört, Consuelo erwähnte ihn nie, wie auch kein anderes Familienmitglied, und wenn sie es tat, war sie dabei so wortkarg, dass es der Aufmerksamkeit ihres Mannes nicht bedurfte. An diesem Morgen wurde ihm durch wer weiß welche verborgenen Abläufe in seinem Kopf klar, dass dieser milchige, magere Mann, der Consuelo so wenig glich, der Schwager war, von dem er früher nie gehört hatte. Der Mann grüßte Jerónimo mit einem linkischen Lächeln, begleitet von einem Kopfnicken, ließ dabei jedoch das Kind nicht aus den Augen. Polyphem hielt seinerseits die Arme fest um Jerónimo geschlungen und sein Äuglein auf den Mann gerichtet, den er nur mit abwesendem Blick erlebt hatte und unfähig, auch nur ein halbes Wort auszusprechen.

Der Mann zeigte auf Polyphem und fasste sich dann langsam an die Stirn, und zwar nicht etwa, weil er ihn vorher nicht gesehen oder nicht bis zum Überdruss Consuelo von dem Kind erzählen gehört hatte. Er hatte sich bisher nur nicht klar genug in seinem Kopf gefühlt, um selbst die Dinge wahrzunehmen. Jetzt musste er sich erst mit seinen eigenen Mitteln über etwas klarwerden, was er eigentlich schon seit Langem wusste.

»Erzähl ihm mal, wie du heißt«, drängte Jerónimo das Kind und drehte es wieder dem Tisch zu, ohne es jedoch auch nur zum Lächeln zu bringen. So begann er ihr altes Singspiel:

»Polyphem hat keine Zunge mehr, Polyphem hat keine Zunge. Die Kynephalos haben sie gefressen ...«

Da streckte Polyphem die Zunge heraus, um zu zeigen, dass er einfach keine Lust hatte zu reden. Diese Geste gefiel dem Mann, und er zeigte es mit dem besten Versuch eines Lachens, der ihm seit Jahren gelungen war. Das Lachen des Mannes nahm dem Kind die Scheu: »Ich heiße Polyphem Peor ...«

Consuelo und Jerónimo waren ganz gerührt, weil das

Kind noch nie diesen Nachnamen genannt hatte, tatsächlich war ihm noch nie gesagt worden, dass es überhaupt einen solchen besaß, noch hatte seine Mutter ihm den ihren gegeben.

»Der Herr da ist der Mann von Consuelo.«

»Ja, ich weiß«, war das Einzige, was Polyphem antwortete.

Eine solche Anstrengung ermüdete den Mann schnell, und er musste sich bald in sein Zimmer zurückziehen. Consuelo wusste nicht, wohin mit ihrem Erstaunen und ihrer Angst. Von allem, was sie ihm in all der Zeit nicht gesagt hatte, war das, was ihr zu erzählen am schwersten fiel, der Ort, an dem sie seit beinahe fünfzehn Jahren lebten, worüber sie bisher auch nie hatte reden müssen. Von diesem Morgen an begann sich Consuelo jedoch unablässig Sorgen zu machen wegen der Erklärung, die sie ihrem Mann würde geben müssen, wenn es ihrem Bruder tatsächlich gelang, ihn ganz zu heilen.

»... Die Arbeit macht die Menschen wohlhabend und reich an Viehherden, Polyphem, und eines Tages wirst du ein Hirte werden, das ist nämlich auch ein Beruf für Zyklopen.«

»Wirst du mir denn auch Schafe dafür herbringen?«

»Ja, mein Kind, ich bringe dir sanfte Schafe und bockige Ziegen, wenn du erst mal ein Mann bist, und dann wirst du arbeiten, damit der Hunger dich verabscheut und Gott großzügig deine Scheuer füllt; denn der Hunger ist der unzertrennliche Begleiter der Faulheit.«

»Wann werde ich denn ein Mann sein?«

»Wenn du groß bist. Dann wirst du dafür sorgen, dass deine Schafe ihr Futter in sauberen Ställen fressen, und du schüttest ihnen auf den harten Boden eine dicke Schicht Stroh und Arme voller Laub, damit die Kälte dem Vieh nicht schadet, bis der pralle Sommer wiederkommt. Den Ziegen gibst du grüne Madroñozweige und viel frisches Wasser, und du kümmerst dich genauso gut um sie, auf dass du ebensolchen Gewinn von ihnen hast.«

Polyphem erzählte allen, dass er Hirte werden würde, wenn er groß wäre. Doña Elvira stellte Jerónimo bei der erstbesten Gelegenheit deswegen zur Rede. Was sie bisher mit ihm erlebt hatte, ließ ihr nicht den geringsten Zweifel, dass dieser Verrückte imstande wäre, ihr den Innenhof mit Ziegen zu füllen, und beim alleinigen Gedanken daran bekam sie eine Migräne, die sie einen ganzen Nachmittag ins Bett zwang. Jerónimo erklärte ihr, dass bis dahin noch viel Zeit ins Land gehen werde, doch wenn der Augenblick käme, dann würde er wirklich Vieh besorgen.

»Darf man erfahren, wann dieser Augenblick sein wird?«

»Natürlich! Wenn der Bart seine Wangen bedeckt.«

Doña Elvira beruhigte sich. »Es stimmt, dass ein Verrückter so gut wie hundert ist«, murmelte sie nur und drehte ihm schon wieder den Rücken zu.

»Die Lämmer sind die Tiere, die am besten ihre Mütter erkennen. Sie kennen sie so gut, dass ein kleines Lamm, das sich in einer großen Herde verirrt hat, sofort das Blöken seiner Mutter von dem der anderen unterscheidet. Der Ziegenbock ist ein sehr laszives Tier, immer bereit, die Ziege zu bespringen, und weil er so sinnenfroh ist, schielen seine Augen. So heißblütig ist seine Natur, dass der Diamant, den man weder mit Feuer noch mit Eisen bearbeiten kann, sich nur in seinem Blut auflösen lässt ...«

»Jerónimo bringt mich noch um vor Wut«, meinte Doña Elvira zu Consuelo, als sie die Ratschläge hörte, die er dem Kind für seine Zukunft als Hirte gab. Doch inzwischen gab es nur noch wenig, was Consuelo Peor von den Einfällen ihres Bruders nicht zum Lachen fand.

»Alles, was er sagt, hat er irgendwo gelesen, Señora.«

»Das müssen ziemliche Idioten sein, die so einen Quatsch aufschreiben!«

»Ach, Señora, seien Sie lieber still, damit er Sie nicht hört!«, antwortete Consuelo und bekreuzigte sich vor lauter Angst, ihr Bruder könne sich hinsetzen und zu erklären beginnen, aus welchen gelehrten Büchern er all das gelernt hatte. »Wenn er Sie hört und herkommt und zu erklären anfängt, dann könnten Stunden vergehen, ohne dass wir zum Arbeiten kommen.«

»Jerónimo ist völlig verrückt«, flüsterte der alte Evans seinem Sohn zu, als sie an diesem Samstag kamen, um Consuelos Mann mit eigenen Augen zu sehen.

»Er mag ja verrückt sein«, flüsterte Alberto Evans zurück, »aber dumm ist er deshalb noch lange nicht …«

Consuelos Mann rührte langsam den Zucker im Kaffee um, so als staune er darüber, dass der Löffel genau die richtige Form dafür habe; ganz langsam, als rudere er im Kreis herum, um sich im winzigen Wirbel der Tasse über Wasser zu halten. Evans konnte sein Unbehagen kaum verbergen, er fühlte, dass »der Verrückte« seinen Stolz verletzt hatte: So viele Jahre hatte er den Mann behandelt, nur damit irgend so ein Wunderheiler kam und ihn mit Stechapfelsaft und Lindenblütentee heilte. Alberto nutzte das Beispiel, um seinem Vater zum tausendsten Male klarzumachen, dass der einzige vernünftige Weg der Wissenschaft der Weg zurück zur Natur war, zurück nach Hause, bevor die Chemieindustrie die Menschheit endgültig vergiftet hatte, um ihr hinterher das Gegengift verkaufen zu können und damit irgendetwas anderes kaputtzumachen.

Während der Mann gemächlich seinen Kaffee schlürfte, machte er Consuelo Zeichen, sie solle sich noch mehr um den Besuch kümmern. Ohne dass es ihr recht bewusst war, bestätigten sich Consuelos unbestimmte Ängste. Jetzt kamen zur Schufterei eines jeden Tages auch noch die zahllosen Wünsche ihres Mannes, bis sie schließlich nach zwei Monaten ein Fernsehgerät mit Fernbedienung kaufte, um mehr Zeit zu gewinnen. Sie brauchte jetzt länger für die Besorgungen und erledigte sie eine nach der anderen, nicht wie früher, wo sie alle Einkäufe auf einmal in zwei Taschen herbeischaffte. Jetzt nahm sie auch ihr Schultertuch mit und ging öfter in die Kirche als früher. Oft war sie auch abgelenkt und übelgelaunt, und wenn sie die Chefin wegen einer Verspätung bei irgendeiner der dringenden Hausarbeiten schalt, ging sie brummelnd davon: »Warum muss sie denn immer aller Welt Dampf machen? Als wüssten wir nicht, was wir zu tun haben!«

»Bald wirst du auch lernen, die Flöte zu spielen, Polyphem, denn du musst deine Herden mit süßen Klängen besänftigen, und gleichzeitig auch deine Seele beruhigen. Gehorsam werden dir deine Widder folgen, und mit ihnen ihre ganze Nachkommenschaft, doch wenn auf einer Seite die Flöte hängen wird, so wirst du auf der anderen die Hanfschleuder tragen, mit der du die Herden verteidigst ...«

Polyphem saß auf Jerónimos Knien und hörte zu, lauschte mit der Gelassenheit, nicht mehr Worte zu verstehen, als nötig waren, um seiner Phantasie Nahrung zu geben, während er mit den losen Zipfeln der Kutte spielte und die Anhängsel abpellte, die bei jedem Streifzug durch die Stadt daran kleben blieben. Da fand er zum Beispiel Flecken hartgewordenen Asphalts, und als er sie abzog, um nach ihrer Herkunft zu fragen, und erfuhr, dass es sich um den Stoff handelte, mit dem man die Wege bedeckte, hob er sie auf, um sie später in der Hand zu tragen, wenn er aus seinem Versteck nach draußen spähte. Jerónimo redete und redete über so viele Dinge, auch wenn das Kind auf seinem Schoß einschlief und Jerónimo das kleine Köpfchen an seine Schulter legte und ihm über die feinen, kastanienbraunen Haare strich, die schon die Ohren bedeckten und den Nacken herunterwuchsen. Manchmal brachte Jerónimo das schlafende Kind dann vorsichtig in sein Bettchen, ging in die Küche, um eine Handvoll Mais zu holen, trat in den Innenhof hinaus, nahm den Letzten Hahn von Gestern auf den Arm und gab ihm die Körner eines nach dem anderen; dabei redete und redete er über all die vielen Dinge, die jeder Hahn wissen musste, während sie unbeachtet im Garten umherspazierten, in den sie den Dschungel verwandelt hatten, der eigentlich dazu bestimmt gewesen war, ein Parkplatz zu werden.

»DA KOMMT EINE, DIE IST BETRUNKEN UND WEINT!«, unterbrach Polyphem an diesem Tag den Unterricht.

»Ich bin überhaupt nicht betrunken, du Rotznase!«, protestierte die Gemeinte. »Ich bin Doña Eresvida Bustamante Agujero, und niemandem zu Diensten!«

Eresvida, eine Frau in den Vierzigern, fiel Jerónimo um den Hals und brach in ein Schluchzen aus, das sie schon auf der Straße nur mit Mühe zurückgehalten hatte. Jerónimo ließ sie wie immer Rotz und Wasser heulen, machte Polyphem ein Zeichen, er solle für ein paar Minuten verschwinden, und fragte nach ein paar Minuten, warum sie denn so fürchterlich weine.

»Ach, Pater, ich wollte doch nur einfach hier hereinkommen, und da bin ich gestolpert …«

»Weil du wieder mal betrunken bist, stimmts?«

»Ja, Pater, ich hab ein bisschen getankt, aber was soll man machen …«

»Kein Problem, Vida, und was ist dann passiert?«

Darauf erzählte sie ihm in allen Einzelheiten, wie sie auf dem Bürgersteig hingefallen und mit dem Kinn auf die Bordsteinkante geschlagen war, worauf ihr künstliches Gebiss im Gully verschwand. Und dann weinte sie noch ein Weilchen weiter und zeigte Jerónimo ihr freiliegendes, von alten Entzündungen vernarbtes Zahnfleisch.

Jerónimo tröstete sie, so gut er konnte, während er darüber nachdachte, wie ihr zu helfen war. Als Erstes ging er auf die Straße hinaus, um zu sehen, ob er den Gully überreden konnte, Eresvidas Gebiss wieder herauszugeben; der Gully wollte aber nicht. Also ging er ins Haus zurück und setzte sich hin, um ihr aus einem Stück Yucca ein neues Gebiss zu schnitzen. Daran arbeitete er ein paar Stunden, bei denen ihm alle Hausbewohner interessiert zuschauten, während sie die zahnlose Frau gebührend bemitleideten.

Als die neue Prothese fertig war, künstlich und doch natürlich, zeigte sich jedoch, dass sie unmöglich auf den Kiefer der Empfängerin passen wollte: Sosehr man auch versuchte, sie ihr einzusetzen, rutschte sie doch immer wieder auf der einen Seite heraus, wenn sie auf der anderen zu sitzen schien, oder die Schneidezähne schauten so weit hervor, dass sie, ihren Taschenspiegel in der Hand, weinend klagte, kein Kunde würde sie jetzt mehr wollen, weil er Angst haben müsse, dass sie ihm wie ein Vampir das Blut aussauge. Die anderen lachten mitleidsvoll über dieses Bild des Schreckens. Consuelo sagte ihr, sie solle nicht noch mehr Zeit verlieren mit den verrückten Einfällen ihres Bruders und lieber ein ordentliches neues Gebiss bestellen, doch hatte sie so viel Angst vor dem Zahnarzt, dass sie vorzog, es weiter zu versuchen.

Als ihr das Yuccagebiss endlich passte, freute sie sich so darüber, dass sie fester zubiss, als empfehlenswert war, und plötzlich hatte sie den Mund voller weißer Stücke von der

Yucca, die von dem vielen Speichel schon weich zu werden begann. Jerónimo blieb nichts anderes übrig, als noch einmal zum Gully hinauszugehen, diesmal bewaffnet mit einem langen Stock mit einer Astgabel an der Spitze, dem gleichen Stock, mit dem sie in Polyphems Garten Limonen vom Baum holten. Draußen auf der Straße traf er seine Freunde, die Straßenkinder, und nutzte die Gelegenheit, sie um Hilfe bei der Rettungsaktion zu bitten. Sie hoben den Gullydeckel an, und Jerónimo ließ eins der Kinder kopfunter in den Schacht hinunter, wobei er es an den Knöcheln festhielt. Das Kind konnte nichts entdecken, es war zu dunkel dort unten. Sie schickten ein anderes Kind ins Haus, um eine Lampe zu holen, und ließen das erste Kind noch einmal hinunter. Es war auch jetzt nichts zu finden.

Jerónimo konnte das Kind nicht länger halten und gab es auf, an dieser Stelle weiterzusuchen. Er schickte die Kinder mitten auf die Straße hinaus, um die Autos umzuleiten, und hob den Deckel des Sammelschachts an, in dem das Abwasser aus allen Häusern zusammenlief. Er steckte den Kopf in das riesige Loch und leuchtete mit der Lampe umher, und tatsächlich entdeckte er in weiter Ferne, zwischen den Stäben eines Papageienkäfigs, der wer weiß wie dorthin gelangt war, das Lächeln von Doña Eresvida ohne seine Besitzerin, wie es sich angeregt mit den anderen Ferkeleien dort unten unterhielt. Jerónimo begann, die Eisenleiter hinabzusteigen, die in den Schacht hinabführte; was ihm am meisten zu schaffen machte, war, dass sie nicht bis ganz unten reichte. Als er es endlich schaffte, sich das Gebiss zu angeln, brachte er gleich den ganzen Käfig mit an die Oberfläche, denn in seiner unbequemen Haltung gelang es ihm nicht, den Biss zu lockern, der beide verband.

Wieder im Haus, stieß Doña Eresvida Freudenrufe aus, als sie ihn mit ihrem Gebiss in der Hand hereinkommen sah. Sie wollte es sich sofort wieder einsetzen, doch Consuelo bestand darauf, es erst einmal mit kochendem Wasser zu übergießen, was Eresvida wie eine eher unnötige Vorsichtsmaßnahme vorkam, nahm sie doch, wie sie selbst meinte, tagtäglich viel schlimmere Dinge in den Mund. Dennoch erhielt das Gebiss sein Reinigungsbad, aus dem es genauso gelblich wie immer wieder hervorkam. Als es abgekühlt war, ging Jerónimo von Neuem an die Arbeit, diesmal, um die Prothese von allen Belägen zu befreien, die sich seit Langem darauf angesammelt hatten. Er schnitt sich vom Limonenbaum ein paar Zweiglein und raute sie an der Spitze zu kleinen Pinseln auf; damit begann er geduldig Zahn für Zahn zu bürsten, bis er so freigelegt war, wie nur eben möglich. Das nahm eine ziemlich lange Zeit in Anspruch. Dann machte er sich mit einem Faden an die Zahnzwischenräume. Schließlich kam Consuelo auf die Idee, das ganze Gebiss noch einmal in Chlorwasser zu tauchen, woraus es so weiß wieder zum Vorschein kam, dass Eresvida es kaum mehr erkannte. Nach dieser Prozedur war sie den beiden Peor-Geschwistern so dankbar, dass sie ihnen jedesmal, wenn sie sie sah, ein strahlendes Lächeln schenkte.

Von da an reinigte ihr Jerónimo das Gebiss wenigstens einmal im Monat. Vida war fast immer betrunken, sodass Jerónimo sie nur bat, den Mund zu öffnen, ihr mit einer Hand einen leichten Schlag auf den Rücken gab und mit der anderen die herausfliegende Prothese auffing, die er ihr nach beendeter Reinigung auch eigenhändig wieder einsetzte.

UNGEFÄHR DREI WOCHEN SPÄTER hatte Consuelo einen Albtraum mit der Frage, die sie so sehr fürchtete:

»Consuelo, sag mir jetzt mal die Wahrheit: Wir wohnen hier doch in einem Puff, nicht wahr?«

»Weshalb so hässlich? Warum musst du es so nennen? Hier habe ich immer etwas zu tun gehabt, und Arbeit ist Arbeit. Hier haben wir ein Dach über dem Kopf und genug zu essen gehabt, und die Mädchen sind immer gut zu mir gewesen.«

»Die Huren!«

»Nein, die Mädchen! Huren sind sie für den, der dafür bezahlt, mit ihnen zu schlafen. Für mich sind sie immer die Mädchen gewesen, und sie haben mich immer gut behandelt. Außerdem sind sie eigentlich ganz anständige Menschen, sie verbergen wenigstens nichts.«

»Und du? Machst du vielleicht auch solche Sachen?«

»Das hat mir gerade noch gefehlt! Dass du mich nach all den Jahren, die ich wie ein Pferd geschuftet habe, als Hure beschimpfst, als sei es nicht schon hart genug gewesen, dich hier völlig nutzlos rumliegen zu haben und dir auch noch die Scheiße abwischen zu müssen, damit dir nicht der Arsch wund wurde. Jetzt kommst du mir auch noch mit so was, als sei es so leicht, heutzutage eine Arbeit zu finden, und willst wohl auch noch, dass ich das Haus weiter abbezahle. Und dann hast du auch noch die Stirn, mich zu fragen, ob ich vielleicht in der Gegend herumvögele! Wenigstens hast du früher nicht so genervt! Dabei macht es mir gar nicht so viel aus, dass du mich Hure nennst, denn hier habe ich gelernt, dass es völliger Quatsch ist, wenn es heißt, die seien ›schlechte Menschen‹. Im Gegenteil, sie sind gut, und es gibt sie nur deshalb, weil die Männer dafür bezahlen, denn wenn das nicht so wäre, dann würden sie längst was anderes machen ... Was ich nicht ertragen kann, ist, dass du mehr an dich selbst denkst als an mich, wenn du diese Frage stellst, denn nicht einmal hast du gefragt, wie ich es angestellt habe, dich und mich all diese Jahre durchzubringen, das fragst du mich nicht. Und wenn ich nun wirklich zur Hure hätte werden müssen?«

Die Unterhaltung artete zum ersten Ehestreit aus, den das alte Haus seit Menschengedenken erlebte. Danach redeten die beiden Eheleute nicht mehr miteinander, obwohl er auch weiter zu den Mahlzeiten im Esszimmer erschien und sie ihm seinen Teller vorsetzte, mit gewohnter Routine und ohne sich zu fragen, ob er es verdient habe oder nicht ...

UM DIESE ZEIT WAR ES AUCH, dass Polyphems Mutter, ohne es sich vorgenommen zu haben, auf eine Idee für das Kind kam, die sein Leben ganz und gar verändern sollte. In einem der Ramschläden, wo sie öfter einkaufte, hatte man ihr eine Baseballmütze geschenkt, wie sie auch von den Söhnen der anderen Mädchen getragen wurden. Die Mütze war oberhalb des Schirms durchbrochen, damit Luft hindurchdringen konnte. Polyphem war die Mütze viel zu groß, sie rutschte ihm auf die Ohren hinunter und bedeckte seine ganze Stirn, doch stellte er fest, dass er durch das kleine Netz aus Nylon über dem Schirm wunderbar sehen konnte, und er machte sich einen Spaß daraus, die Mädchen mit seinem von der Mütze bedeckten Gesicht zu erschrecken. Als Jerónimo nach Hause kam, begann er sofort, mit Polyphem zu spielen. Dabei geschah das, was immer vermieden werden sollte, es kamen nämlich ohne Ankündigung ein paar Fremde herein und sahen ein Kind mit seinem Großvater spielen. Polyphem trug seine Mütze, und den Fremden fiel nichts besonderes auf. Gleich darauf kam die Besitzerin gelaufen und komplimentierte die Besucher hinaus.

Jerónimo war jedoch nicht entgangen, dass Polyphem sich mit seiner Mütze in nichts von den anderen Kindern dieser Welt unterschied. Er sah einfach aus wie eines von ihnen, nur dass seine Mütze etwas zu groß geraten war, doch wirkte das eher niedlich. Jerónimo begann vor Aufregung zu zittern bei dem Gedanken, dass er ihn auf diese Weise nach draußen mitnehmen und ihm die Welt zeigen könnte. Er rief die Mädchen herbei, befragte sie, und alle waren der Meinung, dass so vom Auge nichts zu sehen war, seine Mutter eingeschlossen. Doch sprach er mit niemandem über seine Idee, Polyphem mit nach draußen zu nehmen. Nur mit Consuelo wollte er darüber reden, doch die hatte in diesen Tagen andere Dinge im Kopf.

Angesichts ihrer Gleichgültigkeit beschloss Jerónimo, das Risiko auf eigene Verantwortung einzugehen, und am nächsten Morgen nach dem Frühstück nahm er das Kind bei der Hand, setzte ihm die Mütze auf, schärfte ihm ein, sie auf keinen Fall abzusetzen, und verließ mit ihm das Haus. Polyphem war zu Tode erschrocken: Die Welt konnte einfach nicht so groß sein, wie sie vom Käfig seines Äugleins aus wirkte! Alles jagte ihm Angst ein, da waren plötzlich so viele Menschen, die um ihn herliefen und so viele Autos, dass er inständig darum bat, wieder umzukehren. Jerónimo hatte ihn noch nie zu etwas gezwungen. Sie waren erst ein paar Straßen weit gelaufen, doch beeilte er sich, dem Wunsch des Kindes Folge zu leisten, denn der Knabe begann schon zu weinen, vor lauter Verzweiflung darüber, dass die Welt ganz und gar nicht so aussah, wie er es aus Jerónimos Geschichten gelernt hatte.

Wie sie das Haus verlassen hatten, kamen sie auch wieder herein, ohne dass irgendjemand etwas davon bemerkte. Polyphem schloss sich sofort in seine Kammer ein und wollte sie für den Rest des Tages auch nicht mehr verlassen. In der Nacht bekam er Fieber, und Jerónimo sah sich gezwungen, ihn zum Schlafen in seine eigene Kammer zu holen.

Am nächsten Tag erzählte Polyphem Consuelo von seinem Ausflug mit Jerónimo, und sie bekam sofort einen furchtbaren Schrecken, verspürte jedoch gleichzeitig große Erleichterung, hatte sie doch immer schon für grausam gehalten, was mit dem armen Kleinen geschah. Sie stürzte los, um sich zu vergewissern, dass die Mütze tatsächlich das einzelne Auge auf seiner Stirn bedeckte. Dann schalt sie streng ihren Bruder aus, weil er diese Entscheidung getroffen hatte, ohne sie zu fragen, und sie akzeptierte nicht seine Rechtfertigung, er habe mit allen Mitteln versucht, sie zu fragen, ob es eine gute Idee wäre oder nicht, denn sie hätte doch niemals ihre Einwilligung zu einer solchen Verrücktheit gegeben. Schließlich stimmte sie aber doch zu, und sie fragten sonst niemand mehr und beschlossen nur, ein paar Wellblechplatten am Zaun zu lösen, damit sie zum Hof hinauskonnten, anstatt die Vordertür zu benutzen.

Ein paar Tage später versuchte es Jerónimo wieder, nicht ohne dem Kind lange Erklärungen geben zu müssen, die dieses jedoch nur zweifelnd hinnahm. Schließlich überredete Jerónimo Polyphem aber doch, setzte ihm die Mütze auf, und sie verabschiedeten sich von Consuelo. Die befeuchtete sich den Daumen mit Speichel, machte dem Kind das Zeichen des Kreuzes auf die Stirn und schärfte ihrem Bruder ein, dass er nicht wie sonst immer zerstreut in der Gegend herumlaufen könne, wenn er das Kind mitnähme, sondern ganz genau auf alles aufpassen müsse, und wenn Polyphem etwas passierte, dann würde sie ihm bei lebendigem Leibe die Haut abziehen und ihn in kleinen Häppchen am Abend den Gästen servieren. Jerónimo, der sie noch nie so hatte reden hören, versprach ihr, dass nichts Schlimmes passieren würde, und so war es beschlossene Sache, dass Polyphem die Welt draußen kennenlernen sollte;

dieser fühlte sich mit der Erlaubnis von »Mama Consuelo«, wie er sie nannte, viel sicherer und wollte selbst hinaus.

Als Erstes zogen sie los und suchten Don Félix und Cristalino. Sie fanden sie in der Nähe des Engels gegenüber der Hauptpost, wo sie auf einer Bank saßen und sich sonnten. Jerónimo, Cristalino und Don Félix begrüßten sich wie immer, und Jerónimo stellte Don Félix den Enkel vor, von dem er ihm schon so viel erzählt hatte. Der Alte zog den kleinen Jungen an sich und nahm ihn in den Arm, dann schob er seine zittrige Hand unter die Mütze, um mit seinen Fingerspitzen zu sehen, ob es stimmte, dass das Kind nur ein Auge hatte. Nach einem Augenblick zog er sie wieder hervor und nickte mit dem Kopf. Sonst sagte er nichts, sondern stellte Polyphem nur Cristalino vor. Polyphem hatte einen so großen Hund noch nie in Wirklichkeit gesehen, nur auf den Bildern in den Büchern.

Das Kind schaute in alle Richtungen und fragte nach allem, was es sah. Die Ampeln gefielen ihm besonders, am liebsten hätte es sich eine mit nach Hause genommen. Die vier gingen auf dem Bürgersteig, doch diesmal hatte Jerónimo seinen Blindenstock nicht auseinandergeklappt, was die Unterhaltung mit Don Félix ein bisschen erschwerte: Alle paar Minuten musste er stehenbleiben und die Augen fest schließen, um zu sehen, wo der alte Mann sich gerade befand, doch achtete er mehr auf die Entdeckungen, die das Kind machte. An allen Schaufenstern wollte der Junge stehenbleiben, vor allem vor denen der großen Warenhäuser, wo er ein paar Spielzeuge sah, die vielleicht das Einzige waren, was er wiedererkannte in der Welt hier draußen, die ihm bisher immer verwehrt geblieben war. Alle paar Augenblicke zog er Jerónimo an der Kutte, um ihm die Dinge zu zeigen, die die fliegenden Händler an ihren Ständen feilboten, die Plastikspinnen, die Autos zum Aufziehen, die

aufblasbaren Dinosaurier, die Wasserpistolen ... Er kannte
Pistolen aus dem Fernsehen und hatte ja selbst einige zwischen den alten Wänden des Hauses entdeckt.

»Jerónimo, wozu sind denn die Wasserpistolen gut?«

»Um den Schwalben zu trinken zu geben.«

»Aha ... und die echten Pistolen?«

»Um den Menschen zu sterben zu geben.«

An diesem Tag gingen sie nicht sehr weit, sie beschränk-
ten sich auf die »Avenida Central« und die »Plaza de la Cul-
tura«. Und sie blieben nicht lange weg. Um die Mittagszeit
kamen sie nach Hause, aßen, und das Kind schlief vor Müdigkeit und lauter Aufregung über so viel neue Dinge ein
bisschen. Als es wieder erwachte, versuchte es den ganzen
Nachmittag über, Consuelo alles zu erzählen, was es von
dem kleinen Nylonnetz aus gesehen hatte, hinter dem es
seinen Unterschied verbarg, mehr um die Welt vor ihm als
sich selbst vor der Welt zu schützen. Doch das hätte niemals
jemand so sehen wollen.

Bei ihrem vierten oder fünften Ausflug sah sie Polyphems
Mutter zwischen den Wellblechplatten hinausschlüpfen.
Sie schaute ihnen zu und fühlte, wie ihr von den Füßen
her eiskalt wurde, aber sie tat nichts, blieb einfach stehen
und sonnte sich unter den Tausenden winziger Staubteil-
chen, die den hellen Strahl sichtbar machten, der ihr am
Morgen die Stalaktiten schmelzen ließ, die sich durch das
andauernde Eindringen der Tränen in ihrer Seele bildeten.
Sie blieb einfach stehen, bis sie die beiden nicht mehr sah,
dann ging sie hinunter, um zu frühstücken. Consuelo hatte
gerade Kaffee gekocht; sie schenkte ihr direkt aus dem Alu-
miniumtopf ein, in den sie ihn auf alte Weise mit einem
Tuch filterte, denn Kaffee aus einer Kaffeemaschine hätte
keine von ihnen nicht einmal unter Androhung der Todes-
strafe trinken wollen. Dann schenkte sie sich selbst den

zweiten Becher ein und setzte sich zu dem Mädchen.

»Seit wann machen sie das schon?«

»Seit du dem Kleinen diese Mütze mitgebracht hast, die sein Auge so gut verdeckt,«

»Ist es denn nicht gefährlich?«

»Wenn etwas geschehen soll, dann geschieht es hier oder mitten auf der Straße, das können wir gar nicht verhindern. Gottes Wille geschehe.«

»Seltsam, Consuelo, seit ich sie vor einer Stunde habe verschwinden sehen, fühle ich mich irgendwie erleichtert ...«

Polyphems Mutter hatte nicht genügend Worte zur Verfügung, um Consuelo zu erklären, was sie empfunden hatte.

»Eins der Mädchen hat mich gerufen, als ich mich sonnte, und ohne zu lügen, Consuelo, als ich meinen Namen hörte« – sie machte mit Daumen und Zeigefinger ein Kreuzzeichen und küsste es –, »da fühlte ich zum ersten Mal in ich weiß nicht mehr wie langer Zeit, dass ich es war, die da gerufen wurde. Es klopfte an die Tür, und ich hörte, wie ich immer wieder gerufen wurde, es war, als hätte ich meinen Namen längst vergessen, und plötzlich wäre er mir wieder eingefallen: Maria! Maria!, nur ohne Nachnamen, denn als ich zu Hause rausgeworfen wurde, hat mein Vater mir gesagt, ich solle ja nie wieder die Nachnamen der Familie benutzen, und tatsächlich, ich schwöre, dass ich sie nur noch benutzt habe, als ich meinen Ausweis und den Schein vom Gesundheitsamt beantragt habe. Dann fiel mir ein, dass Polyphem sagt, er heißt Polyphem Peor, wie ihr, und da dachte ich, wer weiß, vielleicht heiße ich ja jetzt auch Maria Peor ...«

Consuelo schlürfte langsam ihren Kaffee und sagte nichts, um das Mädchen nicht zu unterbrechen, spürte jedoch instinktiv, dass dies so etwas wie der Schlussstein ihrer Resignation war, das endgültige Sich-Ergeben in ihr Schicksal.

INZWISCHEN HATTE POLYPHEM SCHON ENTDECKT, welcher Abgrund zwischen der Welt, die Jerónimo ihm beigebracht hatte, und der Welt bestand, die er nun mit seinem eigenen Auge sehen konnte. Offensichtlich stimmten sie nur zufällig in der einen oder anderen Kleinigkeit überein, doch weder war das Gebäude des Rechnungshofes die große Cheopspyramide, noch war das Denkmal von León Cortés der Koloss von Rhodos noch die Blumenkübel auf dem Platz vor dem Gericht die Hängenden Gärten von Babylon. Schnell musste er auch begreifen, dass er, wenn Don Félix von der »Plaza de la Artillería« redete, sich die Zentralbank vorstellen musste, genauso wie mit dem ganzen verschwundenen San José überhaupt, das unter Betonkästen und asphaltierten Parkplätzen begraben lag.

Polyphem ging gern in den »La-Sabana«-Park, denn er war sehr groß und besaß einen See mit einer Fontäne und viele Bäume zum Klettern, außerdem hatte er dort die Pferde der berittenen Polizei kennengelernt und war immer wieder von der Größe dieser Tiere und der Menge der Pferdeäpfel beeindruckt, die sie überall fallen ließen. Um zum »La-Sabana«-Park zu gelangen, mussten sie vom Stadtzentrum aus über die größte Straße der Stadt dorthin marschieren, doch machte dies Polyphem immer weniger aus, je mehr Übung er im täglichen Laufen bekam. Bald kannte er San José so gut, dass er sich auch dann noch zurechtfand, wenn die Anhaltspunkte die Geisterarchitektur der Stadt aus den Unterhaltungen zwischen dem freiwilligen und dem wirklichen Blinden waren, die zwar für das Auge des Kindes unsichtbar blieb, doch nicht unerreichbar war für seine Sprache, weshalb er sich mit der Leichtigkeit desjenigen an sie gewöhnte, der kein Problem darin sieht, dass ein Ort zwei Namen besitzt und dass man die gleichen Gedanken sowohl auf Spanisch als auch auf Latein ausdrücken kann. Mit den abwesenden Augen Jerónimos, den stummen Augen Cristalinos und den leeren Augen von Don Félix nahm Polyphem Besitz von der Stadt und mischte dies alles im Trichterauge auf seiner Stirn, das ihm eine weitere Version anbot.

Eines Morgens jedoch, als Jerónimo allein loszog, weil das Kind die Grippe hatte, sah er, während er seinen Blindenstock auseinanderklappte und die Augen schloss, die ganze verwunschene Stadt hinter seinen Augenlidern völlig aufgebracht und in Unordnung. Die kleinen Autos mit den mausgrauen Rücken flohen panisch auf der Suche nach einem sicheren Loch, die Menschen liefen hektisch hierhin und dorthin, und die Straßenbahnen schwankten auf ihren Gleisen. So schnell er konnte, tastete sich Jerónimo zum Platz gegenüber der Hauptpost, aber dort war Don Félix nicht, und so lief er zur Bank im Nationalpark. Jetzt mussten die Leute sogar vom Gehsteig auf die Fahrbahn ausweichen, um dem Blinden in der Mönchskutte Platz zu machen, der wie ein Verrückter quer über die Straßen rannte und die Autofahrer zwang, abrupt in die Bremsen zu steigen; so gelangte er im Park an, wo Don Félix mit seinen eben vollendeten neunundneunzig Jahren gerade gestorben war, als er sich an das Erdbeben von neunzehnhundertvierundzwanzig erinnerte.

Jerónimo schlug langsam die Augen auf, entspannte sich und sah mit offenen Augen in das friedliche Gesicht des alten Mannes, der sich immer noch an seinem Lieblingsort sonnte, von dem aus man die ganze Stadt sehen konnte. Er versuchte, Cristalino zu wecken, entdeckte jedoch, dass der sich mit seinem Freund davongemacht hatte, weil er ihn auf keinen Fall allein lassen wollte. Der Hund hatte seinen Kopf wie immer auf das Bein von Don Félix gelegt. Jerónimo umarmte die beiden, blieb einen Moment still bei ihnen sitzen – verfluchte Angewohnheit des Todes, nicht wenigstens einen Tag vorher ein Telegramm zu schicken –, fast ohne zu atmen, und spürte die Zärtlichkeit dieses wie Tisch und Bett miteinander geteilten Todes, den die beiden gerade vieräugig ausgeführt hatten, zwei Augen, die von außen nach innen, und zwei, die von innen nach außen ihr Licht empfingen, der Blinde und der Hund, denn sie hatten sich niemals trennen wollen, seit dem Tag, als sie sich zusammentaten, um sich die Welt im Helldunkel selbst zu erfinden. Dann richtete er sich wieder auf und betrachtete sie lange Zeit: Der Blinde hielt in der linken Hand seinen Stock, hatte im Gesicht ein kaum sichtbares Lächeln und den Kopf gegen die Rückenlehne der Zementbank gelehnt. Seine rechte Hand ruhte auf Cristalinos Kopf.

Jerónimo fühlte sich wie ein Waisenkind. Er klappte seinen Stock zusammen und nahm den von Don Félix, den er noch nie in Händen gehalten hatte, klappte auch diesen zusammen und steckte ihn in die Tasche seiner Kutte. Dann beugte er sich nieder und küsste den Kopf des Hundes, richtete sich wieder auf und küsste den Blinden, der jetzt nicht mehr blind war, auf die Stirn. Als er ein paar Straßenkinder vorbeikommen sah, winkte er eins von ihnen herbei. Das Kind kannte Jerónimo zwar nicht, aber ein merkwürdiges, doch angenehmes Gefühl ließ ihn tun, worum der alte Mann ihn bat: Das Kind lief zur Hauptpost, um die Nichte von Don Félix zu suchen, und als es sie gefunden hatte, sagte es ihr, sie solle schnell in den Park kommen, es sei dringend, ihr Onkel brauche sie. Doch sagte es nicht, dass der blinde Alte tot war; das war allerdings auch gar nicht notwendig. Sie klappte ihren Tisch zusammen, verstaute die Lotterielose in einer Handtasche, die sie nur zu diesem Zweck benutzte, und ließ alles in der Obhut einer befreundeten Kollegin. Als sie die Ecke des Parks erreichte, entdeckte sie als erstes Jerónimo, die Kapuze seiner Kutte über den Kopf gezogen und die Hände gefaltet, so als befände er sich in einer vertraulichen Unterhaltung mit jemandem, der überhaupt nicht zu sehen war. Sie berührte ihn sanft an der Schulter und holte ihn aus tiefer Meditation zurück. Die beiden toten Freunde wurden schon langsam steif. Jerónimo stand auf und nahm sie fest in den Arm, und da war es, dass sie wegen etwas zu weinen begann, das sie so sehr gefürchtet hatte, wie man nur das Unvermeidliche fürchtet. Die Polizei rief über Funk das Rote Kreuz herbei, und bald kam der Krankenwagen. Die Sanitäter horchten den Toten ab und stellten sofort fest, dass er eines natürlichen Todes gestorben war, aber dennoch nahmen sie den Leichnam mit, um den notwendigen Bericht zu schreiben, legten ihn auf eine Bahre und schoben ihn in den Krankenwagen. Seine Nichte stieg mit ihm ein, und Jerónimo blieb mit Cristalino auf der Bank zurück. Er nahm den Platz des Blinden ein und versank wieder in seine Gedanken, nachdem er sich den Kopf des Hundes aufs Bein gelegt hatte und seine rechte Hand auf den Kopf des Freundes.

Ein paar Stunden später tauchte Jerónimo wieder aus sich selbst heraus auf, und nachdem er ein Weilchen mit dem Hund geredet hatte, hob er ihn auf und ging los. Als ihm plötzlich klar wurde, dass er mit offenen Augen nicht wusste, wie er zum Haus von Don Félix kommen sollte, schloss er sie fest, holte seinen Stock aus der Tasche, den er tastend von Don Félix' Stock unterschied, und setzte langsam seinen Weg fort, ohne zu bemerken, wie die Passanten staunten, als sie einen Blinden in Mönchskutte vorbeikom-

men sahen, der einen riesigen toten Hund durch die Stadt
trug, und mehr noch, als sie bemerkten, dass der Blinde
heiße Tränen vergoss.

Jerónimo gelangte zum Haus von Don Félix; da dessen
Nichte noch nicht gekommen war, setzte er sich mit dem
Hund im Schoß auf die Treppenstufe vor der Tür und wartete, ohne zu merken, dass Stunde um Stunde verging, bis
endlich, schon sehr spät, der Krankenwagen kam und die
Leiche in einem bescheidenen Sarg brachte. Jerónimo öffnete die Augen und stand auf, um Platz zu machen, die
Nichte öffnete die Tür und führte die Sanitäter zum Bett
des Alten, wo sie ihn ablegten und verschwanden.

Während der endlos langen Nacht der Totenwache kamen nur wenige Leute, die Nachbarn ewiger Zeiten, ein
paar der Frauen, die Lotterielose verkauften, und sonst niemand. Jerónimo hielt noch den Hund im Schoß, und keiner
konnte ihn dazu überreden, in den Hof zu gehen und ihn
dort zu begraben. Am folgenden Tag zogen die Trauernden
zu einem ärmlichen Friedhof neben dem Arbeiterfriedhof,
wo sie die beiden Toten im selben Grab begruben, nicht
ohne lange Erklärungen abzugeben, damit die Totengräber
nichts davon weitersagten. Weil Jerónimo eine Kutte trug,
kam es niemandem seltsam vor, dass er das Begräbnis lei-
tete, obwohl niemand auch nur ein halbes Wort verstand,
denn alles, was er sagte, sagte er auf Latein. Am Schluss
umarmte Jerónimo lange die Nichte und flüsterte ihr ins
Ohr:

»Vergiss nicht, Doña Adelaida, dass der bleiche Tod genauso in die Paläste von Königen wie in die Elendshütten
geht, und lange Hoffnung zu haben verbietet uns mit seinem schnellen Schritt das kurze Leben ...«, augenschein-
lich ein Teil von dem, was er vorher auf Latein gesagt hatte.
Sie antwortete ihm: »Merkwürdig, jetzt fällt mir ein, dass

mein Onkel mir gestern gleich nach dem Aufstehen sagte: ›Bring mir eine Tasse Kaffee, heute will ich zum Garten von Josafat gehen!‹«

Jerónimo entfernte sich langsam, sehr langsam und verstand allmählich, dass er genau in diesem Augenblick zum ersten Mal in seinem Leben um einen Toten trauerte, denn vom Tod seiner Eltern hatte er nichts mitbekommen. Als sie starben, zog er unauffindbar durch fremde Städte, und als er zufällig seine Schwester wiederfand, hatte sie ihm nie etwas von der Vergangenheit erzählt, noch hatte er je danach gefragt.

Don Félix war gestorben, nachdem sie fünf, sechs Jahre gemeinsam durch die verschwundenen Gassen, die Geisterarchitektur von San José gelaufen waren, die nur Jerónimo ihre beiden Gesichter gleichzeitig zeigen wollte. Und so wurde er zum Waisenkind, begriff die Unwiederbringlichkeit des Todes und bedauerte es, nicht die Harfe oder die Leier schlagen zu können, um in die Unterwelt hinabzusteigen, um den blinden Alten mitsamt seinem Blindenhund wieder zurückzuholen. Er dachte an Orpheus. Auf dem Heimweg ging er ein Stück mit geschlossenen Augen und benutzte den Blindenstock von Don Félix.

Als er durch den Zentralpark kam, sah er einen jungen Mann von vielleicht fünfundzwanzig Jahren, der neben dem Schwanenbrunnen saß, in Anzug mit Uhrkette und mit einem Hut auf dem Kopf, und der Don Félix außerordentlich ähnlich sah, doch viel, viel jünger … Der junge Mann blickte zu ihm herüber, winkte zum Gruß mit der Hand und wandte sich dann wieder den Freunden zu. Jerónimo spürte, wie ihm etwas tief in die Glieder fuhr und öffnete die Augen: Der alte Pavillon war nicht mehr da, der Brunnen war nicht da, doch kam er gefasster zu Hause an. Er ging in den Innenhof und stellte fest, dass Polyphem dabei war, sein Mittagsschläfchen zu machen, und so lief er einfach mit dem Letzten Hahn von Gestern auf dem Arm auf den Wegen herum und erzählte ihm alle möglichen Dinge, während er ihm den Rücken und den majestätischen Kamm streichelte. So fand ihn auch Consuelo.

»Warum bist du gestern Nacht nicht nach Hause gekommen?«, fragte sie.

»Don Félix ist gestorben«, antwortete er im traurigsten Ton, den Consuelo in all diesen Jahren von ihm gehört hatte.

»Hat er leiden müssen?«

»Nein, überhaupt nicht, er ist einfach eingeschlafen … Cristalino ist genauso eingeschlafen …«

Consuelo hörte sich die Geschichte an, der Schmerz ihres Bruders tat ihr sehr leid. Schließlich seufzte sie tief und war überrascht, sich sagen zu hören:

»Sie wird schon wissen, was Sie tut.«

Dabei zeigte sie mit dem Finger zum Himmel empor. Jerónimo stimmte mit halbem Lächeln zu. Unterdessen dachte seine Schwester, sie hörte schon so lange Jerónimo von Gott als Frau reden, dass sie zu fühlen begann, es sei nicht völlig unlogisch, dass sie weiblichen Geschlechts wäre.

Die beiden Schwestern Bustamante Agujero, Eresvida, die ältere, und Sonatina, sonnten sich auf der Gartenveranda. Ausnahmsweise war Vida heute einmal nicht blau, sondern sah in den Garten hinaus, so als blicke sie in ein Kaleidoskop. Tina holte sie aus ihrer Verzauberung.

»Darf man erfahren, woran du mit diesem blöden Gesicht gerade denkst, Vida?«

»Ach, ich weiß nicht, ich dachte gerade an all die Leute, die einen auf der Straße oder sonst irgendwo sehen, und man merkt es gar nicht. Stell dir doch mal vor, wie viele Leute einen immer sehen und das Gesicht, das man gerade macht, und ...«

»Was denkst du denn an so was? Was gehen dich denn die Leute auf der Straße an?«

»Die Leute sehen einfach das Gesicht, das du gerade aufgesetzt hast, und das du selbst nie siehst, nicht einmal im Spiegel, weil es Gesichter sind, die du machst, ohne es selbst zu merken: ein besorgtes Gesicht, ein dümmliches Gesicht, ein glückliches Gesicht ... Und diese Leute, die dich vielleicht mögen oder die dich nicht mögen, Leute, die dich kennen oder die dich nicht kennen, die Leute auf der Straße eben, sind die, die dich dabei sehen, und ich würde mich gern auch mal so sehen, ohne es selbst zu merken, um zu sehen, wie ich aussehe ... Verstehst du mich, Tina?«

»Nein, ich verstehe dich nicht. Für dich sind sie alle gleich, deshalb bedienst du auch alle ohne Unterschied: Dicke, Dünne, Große, Kleine, Junge, Alte ...«

»Na und? Was solls, Arbeit ist Arbeit, und ich beschwer mich über keinen. Ich hab aber was anderes gemeint. Stell dir doch mal vor, wie komisch das wäre, wenn man sich selbst sähe, wie man über die Straße geht, wie man arbeitet, einen Schnaps trinkt, auf den Bus wartet, wie man irgendwo irgendwas macht, doch ohne es selbst zu merken. Das wär doch nett, oder? Nur um zu sehen, wie man wirklich ist ...«

Vida hatte den Ruf, nicht besonders zimperlich zu sein, weil sie mit jedem arbeitete und immer über das lachte, was man »sicheren Sex« nannte. Niemand konnte sie davon überzeugen, ein Kondom zu verlangen oder die Pille zu nehmen. Das alles war für sie nichts als dummes Gerede, und das schien sie auch immer zu beschützen, denn nie wurde bei den Untersuchungen des Gesundheitsamtes bei ihr etwas gefunden.

»Du scheinst wirklich eine Möse aus Teflon zu haben; da bleibt überhaupt nichts hängen ...«, frotzelte eine Schwarze, die vor ein paar Monaten illegal aus der Karibik gekommen war und immer derbe Witze machte.

An diesem Abend kam überraschend die Polizei und machte eine »Operation«. Sie durchsuchte das Lokal von oben bis unten, auf der Suche nach wer weiß welchen Dingen. Polyphem hatte gerade noch Zeit, sich in den geheimen Gängen des Hauses zu verbergen, als er durch die Schreie und den allgemeinen Lärm, der im Lokal losbrach, geweckt wurde. Die Polizisten öffneten auch Polyphems Kammer und fragten, wem sie gehöre; Jerónimo mischte sich, so gelassen wie immer, ein und sagte: »Ich wohne hier«. Eine Sekunde später war auch er in der Grünen Minna, zusammen mit den Mädchen, die keine Dokumente hatten vorweisen können. Er leistete keinen Widerstand, doch die Mädchen, die das taten, erhielten der Reihe nach eine gehörige Tracht Prügel. Jerónimo verstand endlich den Spruch, den jemand auf einen der Tische des Schankraums gekritzelt hatte: »Helfen Sie der Polizei, schlagen Sie sich selbst zusammen«.

Jerónimo hatte seinen Pass nicht zur Hand, das einzige Dokument auf der Welt, das seine Existenz bestätigen konnte. Die fünf, sechs Mädchen, die auch keine Papiere vorweisen konnten, hatte Doña Elvira im Bordell arbeiten lassen, weil sie sonst auf der Straße hätten Hungers sterben müssen. Die Blaulichter der Streifenwagen warfen zuckende Lichtblitze auf die Wände der umstehenden Häuser und Gebäude. Polyphem war in Sicherheit, und Consuelo, die ihn gesehen hatte, wie er sich verstecken lief, holte beruhigt ihre Papiere und die ihres Mannes, damit sie nicht belästigt wurden.

Doña Elvira tobte vor Zorn über die Erklärungen, die sie von der Polizei bekam; es handele sich um eine Säuberungsaktion, denn man müsse mit dem furchtbaren Zustand aufräumen, dass diese Mädchen ohne Papiere ins Land kämen, Krankheiten einschleppten und Probleme mitbrächten. Doña Elvira hielt dagegen, was für ein Problem könne denn so ein armes Ding mitbringen, das von zu Hause weggehen müsse, nur um Arbeit zu finden, und als sie sie fragte, weshalb sie nicht lieber hinter den Großen her waren, den wirklich Korrupten, denjenigen, die Geschäfte aufmachten, wo man nie eine Menschenseele sah, und die dennoch nie Pleite gingen, weil es Geistergeschäfte waren, die nur zum Waschen von Dollars dienten, drohten sie ihr, sie auch mitzunehmen. Da drohte sie ihnen, sie anzuzeigen, und sie hatte es noch nicht ganz zu Ende gesprochen, als sie sich neben Jerónimo in der Grünen Minna wiederfand und die Nacht auch auf der zuständigen Polizeiwache verbrachte.

Am nächsten Tag kam Consuelo, um ihren Bruder rauszuholen, der wie ein Engel geschlafen hatte, ohne den Unterschied zwischen der Zelle und einer Bank im Park überhaupt zu bemerken. Consuelo brachte seine Papiere, doch Jerónimos Pass enthielt das Foto eines Kindes von elf, zwölf Jahren. Schließlich entließ man ihn, nachdem man die Nachnamen verglichen hatte: Unmöglich, dass es zwei Leute mit dem Nachnamen »Peor« gab, die nicht miteinander verwandt waren. Doña Elvira wurde auch freigelassen, worauf sie sogleich zum Bürgerbüro ging, um Anzeige zu erstatten, die umgehend begann, in irgendeiner Ablage den Schlaf der Gerechten zu schlafen. Die drei kamen allein nach Hause zurück, denn die Mädchen mussten dableiben, um in ihre jeweiligen Länder deportiert zu werden, nach Panama, der Dominikanischen Republik und Puerto Rico.

In dieser Nacht schlief Polyphem im Bauch des Hauses und kam erst wieder zum Vorschein, als er hörte, wie Jerónimo überall nach ihm rief. Jerónimo nahm Polyphem auf den Arm und ging mit ihm frühstücken.

Doña Elvira spuckte Gift und Galle aus Wut und Empörung darüber, dass man sie auf dem Umschlag eines Sensationsblättchens gezeigt hatte, wie sie von zwei Polizisten abgeführt wurde, als Aufmacher für die Rede des Justizministers zur Unterstützung von Operationen wie dieser, die dazu dienten, die Moral und die Gesundheit in der Stadt intakt zu halten. Alberto Evans wurde gerufen, um Doña Elvira als Notfall zu behandeln, weil sie sich vor Bauchschmerzen wand. Er musste ihr eine starke Spritze geben, denn ihr altes Magengeschwür war wieder aufgebrochen.

»Sehen Sie doch, Doktor Alberto, alles, was recht ist, bei dem, was sie mit uns gestern Nacht gemacht haben, ist es ein Wunder, dass ich noch am Leben bin, ich bin doch auch zu alt für so etwas. Die Armen haben immer weniger zu sagen in diesem Land, denn sie sollten sich mal eins dieser feinen Bordelle ansehen, wo die Reichen hingehen, und nachschauen, ob da auch nur ein einziger Polizist hinkommt, um wegen der Illegalen Ärger zu machen, nein, da tauchen sie nicht mal auf, stattdessen kommen sie lieber hierher, warum wohl? – Weil hier die einfachen Leute herkommen, das gewöhnliche Volk, und wenn solche Lokale bestehen, dann deshalb, weil die Männer für die Dienste bezahlen, die wir anbieten, ein Volk ohne Freudenhäuser ist ein Volk ohne Geschichte, und sehen Sie mich nicht so an, Doktor, ich weiß sehr gut, was ich sage, denn ich habe schließlich studiert. Ja, Sie haben ganz recht gehört, ich habe studiert. Natürlich nicht so wie Sie, aber meine Mutter hat sich darum gekümmert, dass ich die Grundschule und die höhere

Schule besuchte, ich habe bis zum Abitur die höhere Töchterschule absolviert, während meine Mutter sich hier in diesem Hause krummlegte, als schon ältere Dame Schulter an Schulter mit ihren Mädchen zusammenarbeitete, damit es mir an nichts fehlte, denn meine Mutter, die hatte Ahnung, stellen Sie sich vor, sie war sogar mit der Dichterin Carmen Lyra befreundet und oft mit ihr zusammen. Die war auch mehr als einmal hier und trank Kaffee. Stellen Sie sich nur vor, eine so achtbare Frau. Sie hob mich auf ihren Schoß und erzählte mir Märchen. Ich zeig Ihnen mal ein Buch, in das sie mir eine Widmung geschrieben hat.«

Von diesem Tag an kam Alberto Evans oft, um sich mit Doña Elvira zu unterhalten. Er setzte sich an einen Tisch in der Nähe der Kasse und trank ein, zwei Bier, während sie so gut es ging gegen die Musik anzukommen versuchten.

»Dies hier ist die 8. Strasse, Polyphem. Ich habe gehört, dass man hier ein Schwein tötet, indem man es totkitzelt, was eigentlich gar nicht so seltsam ist, denn soweit ich weiß, hat auch der Tyrann von Syracus es auf diese Weise gemacht.«

»Jerónimo, und ich habe gehört, dass sie einem hier die Unterhose klauen, ohne einem die Hose auszuziehen.«

Polyphem lernte schnell die Ansichten von der Welt, die er auf der Straße hörte und gleich überprüfen konnte, indem er genau beobachtete.

Die 8. Straße war so etwas wie eine Verlängerung des Marktes, dort war das ganze bunte städtische Treiben zu sehen: Hunderte von Bauern und Händlern, die ihre Waren anboten, Tausende von Kauflustigen und lange Reihen von Autos, die sich gegenseitig den Weg versperrten. Wenn der Junge sich in diesem Moment von der Hand seines Großvaters losgerissen hätte, wäre er unweigerlich verlorengegangen. Er gewöhnte sich schnell an das alles, auch wenn er ab und zu nachfühlte, ob seine Unterhose noch da war.

Mit der Zeit lernte Polyphem auch die Händler auf dem Markt kennen, die bunte Vielfalt der Kräuter an ihren Ständen, wohin ihn Jerónimo mitnahm, um ihm beizubringen, die Kräuter zu unterscheiden, die Verkäuferinnen an den Fruchtsaftständen und die Kellnerinnen der kleinen Restaurants, und die Kinder, die dort herumliefen. Aus einem Grund, der Jerónimo lange verborgen blieb, hatte Polyphem bald viele Freunde, die früh am Morgen zur gewohnten Zeit ganz in der Nähe auf ihn warteten, und es war kein Zufall mehr, als Jerónimo plötzlich auffiel, dass der Junge sich ohne Scham ab und zu die Mütze abnahm, um sich die Stirn abzuwischen: Die Mütze ließ ihn ordentlich schwitzen.

»Kind!«, sagte er und nahm ihn beiseite. »Seit wann machst du denn das?«

»Mache ich was?«

»Na, was wohl? Dass du dir vor den anderen die Mütze abnimmst?«

»Kein Problem, Jerónimo, ich habe ihnen schon erklärt, dass ich zur uralten Rasse der Zyklopen gehöre.«

Anfangs staunten die anderen Kinder nicht schlecht, doch mit der Zeit gewöhnten sie sich daran, Polyphem wie ein weiteres Geschöpf der Straßen zu sehen. Was sie jedoch wirklich überraschte, war, dass er immer mit seinem Großvater umherlief, vor allem die wenigen, die wussten, was ein Großvater war, denn die ihren gingen nie mit ihnen aus, viel weniger noch in einem Aufzug wie Jerónimo, und sie sagten auch nicht die Dinge, die er sagte.

Die mehr oder weniger festgelegten Rundgänge, die Jerónimo sich mit Don Félix angewöhnt hatte, waren mit dem Blinden verschwunden, und Jerónimo war ohne große Umstände wieder zu seinen zufälligen Streifzügen zurückgekehrt. Der Alte und sein Hund fehlten ihm auf viel tiefere Art, deshalb lief er nur noch mit geschlossenen Augen, wenn er allein loszog, was immer seltener vorkam. Seit Polyphem beschlossen hatte, tagtäglich mit ihm umher zu vagabundieren, hatte sein Bedürfnis, es allein zu tun, merklich abgenommen. Außerdem gewöhnte sich das Zyklopenkind so schnell an die Straße, dass es unterhaltsamer war, in seiner Begleitung loszuziehen und die Welt mit drei Augen anzuschauen.

Mit der Zeit wurde auch der Tag des Kindes länger, es konnte länger wach bleiben, und sie kamen immer später nach Hause, sehr zum Unwillen von Consuelo, die mit Schrecken sah, wie Polyphem sich von einem eingesperrten, unschuldigen Kind in das verwandelte, was sie ein »Straßengör« nannte. Das merkte sie besonders daran, dass seine Antworten immer schneller kamen und weniger naiv waren, und an seiner Sprache überhaupt. Er redete jetzt fast kein Latein mehr und lernte stattdessen die Umgangssprache der Straße mit der Geschwindigkeit eines Marktschreiers: Die Mädchen im Haus begann er »Prinzessin« zu nennen. Dennoch war es Consuelo lieber, ihn so frei zu sehen, und seine Mutter fragte nicht einmal mehr nach ihm, sie wusste, dass er mit Jerónimo unterwegs war. Wie oft trafen sie sich tagsüber in den Straßen von San José, ohne dass einer der drei es überhaupt bemerkte!

Indem er sich so kräftig bemühte, ein Straßenkind zu werden, lernte Polyphem eines Morgens auch den Calypso kennen, als er mit Jerónimo in die Fußgängerzone der »Avenida Central« gelangte. Jerónimo stellte ihm einen nach dem anderen die Musiker vor, und er blieb mit Polyphem, um sich ihr Konzert anzuhören. Schnell war die Gruppe von Menschen umringt und begann zu spielen, und immer wieder fing jemand aus dem Publikum spontan zu tanzen an. Wenige Meter entfernt stellte ein fliegender Händler sein Tischchen auf und holte aus einem großen Kunststoffkoffer seine Waren hervor. Polyphem beobachtete ihn genau, wie er aus seinem Zaubererzylinder die merkwürdigsten Dinge herauszog, ungewöhnliche Instrumente, die eine rote Rübe in eine violette Rose verwandelten, mit der man Salate dekorieren konnte, Karotten zu orangefarbenen Schräubchen werden ließen, den Brokkoli zu kleinen Bäumen machten und einen Kohlkopf zu einem Lockenkopf, und im Handumdrehn hatte der Mann einen wunderbaren Salat auf sein Tablett gezaubert:

»Geeestatten Sie, meine Daaamen, dies ist nicht etwa einer dieser überflüssigen Aaartikel, hier bekommen Sie ein Gerät, mit dem Sie einen wirrrklich kunstvollen Salat zaubern können, grrreifen Sie zu und überraschen Sie Ihren Maaaann …!«

Nicht weit davon wurden immer mehr kleine Stände aufgebaut. An einem von ihnen schnitt ein Mann mit einer kleinen, batteriebetriebnen Säge jedem, der dafür bezahlte, aus einem Stück Holz seinen Namen; an einem anderen verkaufte eine Frau kleine, batteriebetriebene Hunde, die bellten, ein paar Schritte machten und sich dann hinsetzten. Und während der Morgen im Sonnenlicht und den Abgasen der Autos immer heißer wurde, waren immer noch die Klänge des Calypso zu hören.

»Kaaaufen Sie Kakerlakenpulver! Puuulver für die Kakerlaken!«

»Jerónimo, ich möchte etwas von diesem Pulver!«

»Wofür willst du das denn?«

»Für die Kakerlaken in meiner Kammer.«

Jerónimo fragte den Verkäufer, ob das Pulver wirklich gut wäre.

»Spitzenklasse, Sie brauchen nur etwas davon da auszustreuen, wo Kakerlaken sind, sie fressen es und fallen tot um, da bleibt nicht eine übrig, das verspreche ich Ihnen!«

»Tot!?«, riefen erschrocken wie aus einem Munde Jerónimo und Polyphem. »Das heißt, das Pulver bringt sie um!«

»Ja, natürlich, ich sage Ihnen doch, dass da nicht eine einzige übrig bleibt.«

Jerónimo nahm Polyphem bei der Hand, und sie entfernten sich schnell, empört über die Grausamkeit des Mannes, der so schamlos Gift verkaufte, um die armen Kakerlaken umzubringen.

»Es gibt so viel Grausamkeit auf der Welt, mein Kind!«

Für Polyphem war die Welt, die sich seinem Auge darbot, mehr oder weniger magisch. Auf dem Platz der Kulturen bauten die Otavalo-Indios ihre Stände mit bunten Webarbeiten auf, und der öde Platz belebte sich schlagartig; sie hatten auch Instrumente dabei und spielten eine wunderbare Musik, die das Kind um nichts auf der Welt verpassen wollte, und als er den Kopf wieder wandte, hatten die anderen Kunsthandwerker mit ihren Holz- und Lederarbeiten den Platz gefüllt, als seien sie aus dem leblosen Beton gesprossen.

Dort im Stadtkern, im Mark der Stadt, lernte Polyphem auch die singenden Kinder von San José kennen, die davon lebten, in den Bussen für Almosen zu singen; kleine Kinder, die noch nicht mit den größeren umherzogen, die in den dunklen Straßen die Leute überfielen, um mit der Beute Crack kaufen zu können. Kinder, die Klebstoff schnüffelten, weil das sie ihren Hunger nicht so spüren ließ.

Bis jetzt war Polyphem noch gar nicht aufgefallen, dass sie beide, Jerónimo und er, niemals Geld bei sich trugen, tatsächlich wusste er überhaupt nicht, wozu Geld gut war, doch die Kinder zeigten ihm die Hände voller Münzen, die sie an einem Morgen mit Singen verdient hatten. Polyphem überredete Jerónimo dazu, sie bei ihrer Arbeit in den Bussen zu begleiten. Der Mann in der Mönchskutte war den Fahrern einiger der Buslinien nicht entgangen, vor allem, nachdem er ein paarmal mit Don Félix und Cristalino eingestiegen war. Sie ließen die beiden auf den Stufen mitfahren, während die Kinder sangen und um Almosen baten:

»Eeeeentschuldigen Sie die Stöööörung, meine Damen und Herreeen, ich bitte Sie, mir unter die Arme zu greifen, mit einem Fünfer, einem Zehner, einem Colón oder mehr, was Sie auch erüüüübrigen können, es ist, um meiner Mama zu helfen, damit sie das Essen für meine Brüüüüder kaufen kann, dafür singe ich Ihnen jetzt ein Liedchen ...«

Dann sang das Kind mit schriller Stimme Stücke aus bekannten Liedern, um anschließend die Münzen einzusammeln, die die Fahrgäste ihm gaben, mehr, damit es nicht weitersang, als um ihm wirklich zu helfen. Polyphem staunte Bauklötze, vor allem, als sie ausstiegen und der Sänger ihm das Häuflein Münzen zeigte, das er zusammengebracht hatte. Sie stiegen in den nächsten Bus, und diesmal bat Polyphem Jerónimo, ihn auch einmal singen zu lassen, wogegen der sich nicht sträubte, weil er es eher für Unterhaltung, für ein Spiel der Kinder hielt als für Bettelei.

»Entschuldigen Sie die Störung, meine Damen und Herren, ich möchte Ihnen jetzt ein Lied singen, damit Sie mir mit ein paar Münzen aushelfen, sie sind für mein Großväterchen, er ist nämlich verrückt ...«

Jerónimo setzte ein verblüfftes Gesicht auf, das auf den ersten Sitzreihen Gelächter auslöste. Polyphem sang mit herrlicher Sopranstimme einige Verse von Alfonso X. dem Weisen und versetzte die Fahrgäste in solches Staunen, dass er eine ganze Menge Münzen bekam. Als sie ausstiegen, schalt ihn das andere Kind heftig aus:

»Hey, Mann, sing bloß nicht nochmal so, sonst glauben die noch, du bist schwul!«

So begannen Polyphems Gesangsstunden, bei denen er wie immer an der Hand von Jerónimo ging, auf der anderen Seite sein kleiner Freund, der ihm vorsang, was er nachsingen musste, um es richtig zu lernen. Tage später sang Polyphem eine mexikanische Ranchera, die nicht annähernd das gleiche Ergebnis brachte, sondern vor allem Jerónimo verärgerte, weil Polyphem seine schöne Stimme gegen eine Tonlage vertauscht hatte, die tiefer und deshalb praktischer war, weil er damit gegen den röhrenden Bass des Busses ankam. In kurzer Zeit lernte Polyphem ein ganzes Repertoire gängiger Schlager, die er zu Hause einübte, wobei die Mädchen sich vor Lachen wälzten. Er ging dann einfach von einer zur anderen und bat um eine Belohnung, und sie gaben ihm die Münzen, die sie gerade bei sich trugen.

Für Polyphem war dies sicherlich ein Spiel; für die anderen Kinder war es harte Arbeit. Normalerweise gehörten sie losen Familienverbänden an, denen sie das Geld, das sie den Tag über verdienten, abliefern mussten. Wenn es zu wenig war, wurden sie hart bestraft. Wenn ihnen jemand Essen, Kleidung oder irgendetwas anderes anbot, lehnten sie es meistens ab, aus Angst vor der Strafe der Erwachsenen, die sie ausbeuteten: nur Geld zählte. Spät am Abend trafen sie sich in kleinen Gruppen an verschiedenen Plätzen der Stadt, dann waren sie frei und konnten sich mit ihren Freunden und Geschwistern unterhalten, miteinander raufen oder neue Lieder austauschen. Polyphem ging zu den Treffen des Kleinen, der ihr Freund geworden war. Anfangs dachte Polyphem, der Junge hieße »Heymann«, weil er die anderen ihn so rufen hörte. Bald fand er jedoch heraus, dass dies nur die Art und Weise war, wie sie sich gegenseitig anriefen, statt ihre richtigen Namen zu gebrauchen.

Die Kinder trafen sich im Musikpavillon im Morazán-Park und blieben dort so lange wie möglich bis spät am Abend, nur um nicht so früh nach Hause zu müssen. Das sagten sie fast alle, wenn Jerónimo sich Sorgen um sie machte. Er hatte sie oft genug gesehen, war jedoch noch nie hierher gekommen, vor allem deshalb, weil sie ihn noch nie hergerufen hatten. Doch jetzt war es anders, jetzt kannte er sie und sie ihn. Anfangs setzte sich Polyphem auf seinen Schoß und schlief irgendwann ein; in dem Maße aber, wie er größer wurde und länger aushielt, überließ er das Feld den kleineren Kindern von drei oder vier Jahren, die sich darum balgten, ein Weilchen auf Jerónimos Schoß zu schlafen. Unterdessen spielte Polyphem mit den anderen im Park, ohne jedoch jemals außer Jerónimos Reichweite zu geraten. In der Gruppe waren ungefähr vierzehn Kinder, von denen keines älter war als zehn Jahre und die auch Nelken in Staniolpapier verkauften, Buntstifte und Micky-Maus-Aufkleber und dabei von frühmorgens bis spätabends herumzogen und sich gegen die Älteren zwischen fünfzehn und zwanzig oder noch älter durchsetzen mussten, die auch in den Bussen verkauften, wenn auch mit einem anderen Spruch:

»Gott segne Sie alle« – dabei bekreuzigten sie sich – »und entschuldigen Sie bitte, wenn ich Sie störe, ich weiß, Sie kommen von der Arbeit und wollen nach Hause, Sie sind müde, aber was würden Sie sagen, wenn ich Sie, anstatt Ihnen hier Bleistifte zu verkaufen, auf der Straße überfallen würde? Ich stehle aber keinem was, ich gehe einer ehrlichen Arbeit nach.«

Die Sprüche waren mehr oder weniger überzeugend, und sie verkauften auch den einen oder anderen Bleistift.

Jerónimo war so unvorsichtig, einmal einen der jungen Burschen zu fragen, warum er das mache.

»Sie meinen wohl, ich mach das, weils mir Spaß macht? – Schaut euch mal den verrückten Alten an! Um was zu beißen zu haben, natürlich, weshalb denn sonst?«

Jerónimo schämte sich, der Bursche hatte recht, weshalb denn sonst, obwohl Jerónimo genau wusste, dass viele von ihnen auch bettelten, um am Hintern des Teufels zu schnuppern, wie er es nannte. Auch unter den kleinen Kindern gab es welche, die süchtig nach Crack waren, manche sogar unter zehn Jahren. Das war es, wovor er Polyphem am aufmerksamsten schützte.

Spät am Abend liefen sie oft, nicht immer, durch das Stadtzentrum, das sich ab einer bestimmten Stunde hinter den Eisengittern der Läden und Warenhäuser versteckte, eine dunkle, bedrohliche Stadt, weil die Eisengitter den Straßen das Bild langer Gefängniskorridore gaben, und trauriger noch an Regenabenden, denn auf dem ölglänzenden Asphalt spiegelte sich das Licht der Straßenbeleuchtung, und sein Schein schien eher wie die ruhelose Seele der Stadt. Doch in den Parks mit vielen Bäumen setzten sie sich eng gedrängt um Jerónimo und genossen den Regenmond, wie er die Vollmondnächte der Regenzeit nannte, in denen es kaum regnete und nur wenig bewölkt war.

Für Consuelo war diese neue Etappe wie eine Verschärfung des Alleinseins, zu dem sie durch die Gesellschaft ihres Mannes verurteilt war; wenigstens hatte sie vorher immer den ganzen Tag das Kind um sich gehabt, das in der Küche oder im Garten umhertobte, und das hatte auch Jerónimo dazu gebracht, mehr Zeit im Haus zu verbringen. Doch seitdem er Polyphem mit auf seine Streifzüge nahm, kamen sie gerade noch zum Essen und zum Schlafen nach Hause. Consuelo begriff noch nicht genau, dass dies eher

auf Drängen Polyphems so war als wegen Jerónimo, weil
der Junge fasziniert war von der Gruppe der Freunde, die
er jetzt entdeckt hatte, nachdem er so lange in der Welt der
Erwachsenen eingeschlossen gewesen war. Doch Consuelo
fehlten die beiden sehr, der Tag wurde ihr länger und lang-
weiliger.

Einmal sprach Alberto Evans mit Jerónimo über die
Ausflüge Polyphems in die Außenwelt.

»Da waren wir unnötig vorsichtig gewesen, Doktor«,
meinte der. »Es stört überhaupt niemanden, dass Polyphem
nur ein Auge auf der Stirn besitzt.«

»Wer hat denn aber den Jungen ohne Mütze gesehen?«

»Die Straßenkinder, die Busfahrer, die Straßenfeger, die
Taxifahrer, die morgens ihre Autos mit dem Wasser der
Parkbrunnen waschen, die Marktfrauen … Fast alle Welt
weiß es, und niemand stört sich daran, Doktor Evans ju-
nior. Wie ich schon immer gesagt habe: Er hat nur ein Auge,
na und, auch die Nadeln haben nur ein Öhr, und niemand
regt sich drüber auf, und die Türschlösser haben auch nur
ein Loch, und niemand beklagt sich deswegen. Sogar der
Wirbelsturm hat nur eins, und niemand macht darum viel
Aufhebens … Es war genauso, wie ich sagte, ich weiß gar
nicht, weshalb ich auf all die anderen gehört habe.«

DER ALTE EVANS HATTE SEINEM SOHN alle Unterlagen gegeben, die er über Fälle von Kindern mit ähnlichen Miss-
bildungen besaß. Für Alberto war auch bald klar, dass es
die Pflanzenschutzmittel waren, die der Bevölkerung der
ländlichen Gebiete so zusetzten. Der schlimmste Fall waren
sicher die zehntausend Arbeiter der Bananenplantagen an
der Atlantikküste, die durch die Verwendung von DBCP
unfruchtbar geworden waren. Einmal sprach Evans mit
Jerónimo darüber, und der suchte lange in seiner Erinne-

rung nach, ob er irgendwo eine Spur des Begriffs DBCP fand, um zu begreifen, worum es bei der Unterhaltung überhaupt ging, doch war es offensichtlich, dass er gar nichts verstand. Alberto erklärte es ihm:

»DBCP ist Dibrochlorpropan, ein Gift, mit dem man Fadenwürmer tilgt, die die Saaten schädigen, aber es ist so gefährlich, dass es den Menschen und der Umwelt schweren Schaden zufügt. Das Schlimme ist, dass es unter anderen Namen einfach weiter verkauft wird.«

»Immer das gleiche Lied«, unterbrach Doña Elvira. »Wenns ums Geldmachen geht, interessiert sich keiner für die Menschen. Ein paar wenige werden reich, und denen, die mit diesen Sauereien arbeiten müssen, gehts dreckig.«

»Genauso läufts wohl auch in den Anbaugebieten bei Alajuela, wo Polyphems Mutter herstammt«, nahm Evans den Faden wieder auf. »Die Arme hält sich selbst für schuldig, aber es kann durchaus sein, dass sie selbst überhaupt nichts hat und nur der Vater des Kindes betroffen ist. Vielleicht sind sies aber auch beide, wer weiß?«

»Der Junge ist aber doch gesund!«, protestierte gekränkt Jerónimo. »Abgesehen von den Kopfschmerzen, die er ab und zu hat, und die ich noch nicht habe wegbekommen können …«

Niemand hatte bisher davon gehört, dass das Kind unter Kopfschmerzen litt.

»Seit wann hat Polyphem denn diese Kopfschmerzen?«, fragte der Arzt.

»Seit ungefähr zwei Jahren, aber nicht jeden Tag.«

»Egal, du hättest mir das sagen müssen, Jerónimo.«

Und dann brach ein Streit aus, weil Consuelo und die Mädchen, die drum herum saßen, Jerónimo schalten, nichts davon gesagt zu haben. Er verteidigte sich, indem er versicherte, es sei nur eine Frage der Zeit, dann würde er schon die richtige Medizin finden und das Kind heilen. Der Streit wurde erst beendet, als Jerónimo sich gezwungen sah, das Angebot von Doktor Alberto Evans anzunehmen, Polyphem in das Krankenhaus mitzunehmen, wo er arbeitete, und dort heimlich ein paar Untersuchungen zu machen. Jerónimo nahm jedoch nur an, weil Alberto ihm sein Wort gab, dass er es selbst im Krankenhaus geheim halten würde.

Auch wenn es nicht leicht war: Alberto Evans hielt Wort, und das Kind wurde mit Ultraschall, Röntgenaufnahmen und einem Elektroenzephalogramm untersucht. Die Kopfschmerzen, so schloss der Arzt, mochten mit der chronischen Bindehautentzündung zusammenhängen, unter der Polyphem litt, oder damit, dass das Auge in seiner ungewöhnlichen Position auf irgendetwas im Gehirn drückte. Doch müsse man, so sagte er, einfach einmal abwarten, denn indem der Schädel des Kindes wüchse, würde er sich vielleicht anpassen und die Schmerzen ließen nach. Dann wurde nicht mehr über die Sache gesprochen, vor allem deshalb, weil die Kopfschmerzen Polyphem nicht sonderlich behinderten und es eher so schien, als gewöhne er sich daran. Abgesehen davon war dies die beste Gelegenheit für die beiden Ärzte, ihre Akte mit Röntgenaufnahmen des Zyklopenkopfes und anderen Daten aufzufüllen.

Eines Nachmittags kehrte Consuelo mit einem Veilchen in einem Blumentopf von ihren Einkäufen zurück und stellte es auf das Fensterbrett in ihrem Zimmer. Ab und zu nahm auch sie Polyphem auf ihre Besorgungsgänge mit, wenn sie ihn im Haus antraf; sie setzte ihm seine Mütze auf, nahm ihn zum Einkaufen mit und freute sich daran, wie er alle möglichen Leute grüßte. Wenn sie bei den Transvestiten vorüberkamen, rief er sie bei ihrem Namen, und sie kamen auf den kleinen Balkon hinaus, um ihm einen Gruß zuzuwinken. Consuelo lächelte ein bisschen misstrauisch, wusste dabei jedoch nicht, weshalb.

»Mann, Consuelo, weißt du, dass meine Freunde sagen, ich hätte großes Glück?«

»Na, weshalb sagen sie das denn?«

»Weil ich in einem Puff wohne.«

»Hör gar nicht hin, mein Kleiner, du hast Glück, weil wir dich alle so lieb haben …«

Sogar seine Mutter Maria nahm ihn eines Sonntagmorgens auf einen Spaziergang mit, weil es mit der Augenbedeckung nichts zu fürchten gab. Außerdem hatte Polyphem längst jede Angst vor der Straße verloren, nur versuchte er, immer möglichst weit von den Polizisten wegzubleiben, denn seit der Razzianacht konnte ihn niemand mehr davon abbringen, dass sie gefährlich waren, ein Verdacht, der sich ihm eines Tages bestätigte, als er, zusammen mit Jerónimo, in eine der häufigen Auseinandersetzungen zwischen der Polizei und den fliegenden Händlern geriet und zusehen musste, wie die Uniformierten die wackligen Klapptische mitsamt den Waren konfiszierten und auf einen Lastwagen warfen, wo sie fast alle zu Bruch gingen, die Avocados aufplatzten und die Orangen durcheinanderrollten. Diejenigen, die Widerstand leisteten, landeten in der Grünen Minna, ob sie nun Männer, Frauen oder Kinder waren. »Seht ihr denn nicht, dass wir nur unserer Arbeit nachgehen!«, schrie eine der Frauen, die die Polizisten anflehten, ihnen ihre Stände nicht wegzunehmen. »Seht ihr denn nicht, dass das alles ist, was wir machen können, um unsere Kleinen zu ernähren?«, schluchzte eine andere, und eine dritte schimpfte: »Das sind die Hurensöhne von Ladenbesitzern, die uns von hier vertreiben lassen.« Dennoch blieb ihnen allen nichts anderes übrig, als in wilder Flucht die Avenida hinunter ihr Heil zu suchen. Jerónimo hielt das Kind schützend im Arm und schaffte es, sich mit ihm in eine Telefonzelle zu verdrücken, wo sie unbehelligt blieben.

»Es ist immer dasselbe!«, meinte an diesem Abend Doña Elvira. »Die fliegenden Händler sind ja deshalb da, weil es genügend Leute gibt, die nur bei ihnen etwas kaufen können, aber der Regierung gefällt es natürlich nicht, dass die Touristen sie sehen und mitbekommen, dass die Menschen in diesem Land tagtäglich ärmer werden.«

POLYPHEM SASS AUF DER VERANDA ZUM INNENHOF und kratzte sich den Kopf; so lange kratzte er sich schon, dass Consuelo hinging und nachsah, was los war.

»Läuse! Du hast Läuse, weil du immer mit diesen verlausten Kindern unterwegs bist ...«

Jerónimo kümmerte sich um die Sache. Ruhig ging er in seine Kammer und kam mit einem Pulver zurück, das er in seinem Mörser zerstoßen hatte. Damit bereitete er Polyphem ein Bad, wusch ihm den Kopf und beendete das Problem. Genauso machte er es Stunden später mit den anderen Kindern, die allerdings das kalte Wasser aus dem Brunnen im Park aushalten mussten. Viele von ihnen hatten vom vielen Kratzen bereits eine blutige Kruste bekommen und brauchten eine Behandlung mit Aloe Vera, das in den Grünanlagen einer Versicherungsgesellschaft leicht zu bekommen war.

Ein fünfjähriges Mädchen schlug Jerónimo ganz im Ernst vor, er solle auch ihr Großvater sein. Polyphem blieb wie angewurzelt stehen.

»Das geht nicht!«, stieß er erschrocken hervor.

»Warum nicht?«, fragte das kleine Mädchen enttäuscht.

»Weil er einen anderen Nachnamen hat als du.«

»Das macht doch nichts, ich kann ja seinen Nachnamen annehmen, nicht wahr?«

Jerónimo lächelte und meinte: »Ich bin einfach euer aller Großvater.«

Und von diesem Tag an gaben sich alle Kinder, die wollten, dass er ihr Großvater sei, seinen Nachnamen: Yadira Peor, Juanca Peor, Yorleny Peor … Und schon war das Problem gelöst. Zusammen mit Polyphem waren es insgesamt sechs Enkel, die Jerónimo jetzt hatte. Das waren die kleineren Kinder; die größeren meinten, sie seien schon zu alt für so etwas und hatten keine Lust, mitzumachen.

Die schläfrige Sicht der Straße, die Jerónimo bisher gehabt hatte, änderte sich auf eine Weise, die wie von selbst zu entstehen schien. War er sonst immer wie ein Schlafwandler umhergegangen, ohne etwas anderes zu wollen als zu laufen und zu laufen, so begriff er jetzt langsam, dass die Straße der Schauplatz der Armut war, der Ungerechtigkeit und vor allem der Ungleichheit. Diese Kinder, die sich Abend für Abend darum balgten, welches von ihnen ein Weilchen auf Jerónimos Schoß schlafen durfte, mussten Hunger, Kälte und Gefahren erleiden, die er sich für Polyphem nicht einmal vorzustellen vermochte. Als er mit Consuelo darüber sprach, erklärte sie ihm, dass diese Kinder in kürzester Zeit zu kleinen Kriminellen wurden, zu Taschendieben und Autoknackern.

»Eins von ihnen, der große Bruder von Yadira – die sind zusammen drei, der hier, ein zweiter und die Kleine –, ist mit vierzehn Jahren zu fünf Jahren Zuchthaus verurteilt worden. Nur eine Stunde am Tag die Sonne sehen, kannst du dir das vorstellen, Consuelo? Nicht einmal die Sonne selbst verweigert irgendjemandem ihr Licht, und einem Kind versagen sie ihre Wärme! Als er freigelassen wurde, dauerte es keine zwei Tage, da war er wieder drin, diesmal wegen einer wirklich schweren Straftat. Ich habe gehört, dass man sie ›Insekten‹ nennt, und viele Leute hätten es am liebsten, wenn man sie umbrächte, so als wären sie wirklich eine Insektenplage.«

Jerónimos innere Ruhe verwandelte sich in ängstliche Sorge, auch wenn er das Problem nicht in seinem ganzen Ausmaß begreifen konnte. Oft kehrte er, wenn es schon spät war und er Polyphem zu Bett gebracht hatte, nach draußen zurück, klappte den Blindenstock von Don Félix auseinander und wanderte lange durch die Straßen, wobei er sich darauf konzentrierte, eine Lösung für das Problem der Straßenkinder zu finden. Je mehr er sich bemühte, das wenige zu verstehen, das ihm seine Schwester erklären konnte, umso mehr bekam er das Gefühl, dass es nicht wirklich unlösbar war. Doch wenn er mit jemandem darüber sprach, hieß es immer: »Dafür gibt es keine Lösung.«

»Da hat sich einer bei einer Rundfunkstation gemeldet und angeboten, mit sechzig bewaffneten Männern auf die Straße zu gehen und mit dem Problem aufzuräumen«, erzählte beim Frühstück Doña Elvira Jerónimo. »Hier tun immer alle so christlich, aber wenn man die Leute fragt, was sie wirklich denken, dann sagen sie glatt, man muss die Kinder umbringen. Keiner denkt daran, dass sie so werden, weil ihnen nichts anderes übrigbleibt. Und das ist keine leere Drohung! Vor kurzem sind ein paar Polizisten angeklagt worden, einen Jungen zu Tode getreten zu haben, der mit dem Messer auf einen ihrer Kollegen losgegangen war. Ich weiß nicht, was daraus geworden ist. Was ich aber sehr wohl weiß – das hat auch meine Mutter immer schon gesagt –, ist, dass die Armut viele Menschen schlecht macht, der Reichtum aber bloß ein paar wenige gut macht.«

Die Strasse, die Jerónimo Polyphem zeigen wollte, wurde schwindelerregend schnell zur Straße, die Polyphem Jerónimo zurechtrückte, nur um festzustellen, wie unmöglich es war, dass sein Lehrer etwas lernte. Die Busse waren Busse und keine Straßenbahnen mehr, sosehr man auch die Augenlider zusammenkniff. Und so war es mit allem anderen auch. Wenn sie Hunger bekamen und nicht zum Mittagessen nach Hause gehen wollten, brauchten sie Geld, um sich auf dem Markt einen Teller Reis mit Bohnen und einen Tamarindensaft kaufen zu können, und um an Geld zu kommen, musste man im Bus singen oder betteln: »Señora, schenken Sie mir was?« Und nicht alle schenkten ihnen etwas. Doch darum kümmerten sie sich alle gemeinsam, Polyphem natürlich eingeschlossen. Jerónimo bezahlten sie das wenige, das er normalerweise aß.

An dem Tag, als es ihm einfiel, den Blindenstock vor ihnen auseinanderzuklappen, fingen die Kleinsten unter ihnen zu weinen an, weil der Großvater blind geworden war, doch Polyphem erklärte ihnen, dass das immer nur ein Weilchen andauerte und er dann seinen Stock wieder einstecken und so werden würde wie vorher. Das brachte eins der größeren Kinder darauf, dass sie ja ein Kästchen besorgen könnten, wie es die wirklichen Blinden trugen, um hinter ihm herzugehen und um Almosen zu bitten. Von da an führten sie Jerónimo in die Nähe der Blinden, die in den Straßen von San José per Lautsprecher bettelten, während ein Angehöriger bei den Passanten Geld sammelte: »... und hiiiermit bitten wir Sie auch um Unterstüüüützung für die Familien der aaanderen Blinden!«

Jerónimo merkte von alledem nicht einmal etwas. Die Kinder drückten ihm seinen Stock in die Hand, und er ging ganz einfach in seine friedliche, alte Stadt hinein, während die Kinder hinter seinem Rücken um Almosen baten. Weil die Leute nie so genau hinsahen, merkte niemand, dass irgendwann der Blindenstock wieder zusammengeklappt wurde, in der Tasche der Kutte verschwand, und Jerónimo wieder in die gegenwärtige Stadt zurückkehrte. Dabei achteten die Kinder immer darauf, dass er von alledem nichts mitbekam. Sie teilten untereinander die Einnahmen, und Polyphem bekam seinen Teil und den von Jerónimo, und weil der immer »weggetreten« war, fragte er nicht einmal danach, woher das Geld kam, mit dem sie etwas zu essen kauften.

AN EINEM DIESER TAGE überraschte sie die Nachricht, dass der alte Doktor Evans einen Schlaganfall erlitten habe und in kritischem Zustand im Krankenhaus läge.

»Dieses Jahr gefällt mir nicht«, meinte Consuelo. »Die Karwoche ist eben erst vorüber, und wir haben schon einen Toten und einen Schwerkranken zu beklagen.«

Bevor die Mädchen mit ihrer täglichen Arbeit begannen, versammelten sie sich an diesem Nachmittag bei Doña Elvira, um für die Genesung von Evans einen Rosenkranz zu beten. Jerónimo ging zu Alberto und schlug ihm vor, den Alten aus dem Krankenhaus zu holen und in das alte Haus zu bringen, wo er sich schon um seine Behandlung kümmern wollte. Alberto bedankte sich, erklärte ihm jedoch, dass dies unmöglich sei.

»So ist das Leben«, meinte Consuelo später zu ihrem Bruder. »Man wundert sich immer darüber, doch es ist so, wie man manchmal sagen hört: Das Seltsamste ist, dass Leute zu sterben anfangen, die früher nie gestorben sind. Hoffentlich hält er durch …«

An diesem Abend hatte Jerónimo keine Lust, nach draußen zu gehen, trotz des Krachs, den Polyphem schlug, weil man ihn nicht allein losziehen ließ wie die anderen Kinder.

Ein paar Tage zuvor hatte Consuelo sich beim Einwohnermeldeamt auch darum bemüht, die Papiere ihres Bruders in Ordnung zu bringen, und am Mittwochmorgen weckte sie ihn ganz früh und sagte ihm, er solle sich fertig machen, duschen und sich rasieren. Polyphem musste zu Hause bleiben, unter Androhung von Strafe, falls es ihm einfallen sollte, allein hinauszugehen.

Zuerst nahm Consuelo ihren Bruder zu einem Friseur mit, um ihm dort die Haare schneiden zu lassen. Dann stellten sie sich in die endlos lange Schlange vor dem Schalter. Aus seinem alten Pass wurden die Daten übernommen, um seine Akte auf den neuesten Stand zu bringen, alles musste noch einmal aufgenommen werden, denn die Angaben, die Consuelo Tage zuvor gemacht hatte, waren verloren gegangen.

»Also, erster Nachname? – Zweiter Nachname? – Name des Vaters? – Name der Mutter? – Zivilstand? – Lesen Sie?«

»Sehr viel!«

»Antworten Sie bitte nur mit ja oder nein. Können Sie schreiben?

»Ja.«

»Unterschrift?«

»Ja.«

»Geschlecht?«

»Nein.«

»Machen Sie einfach ein Kreuz, wo das ›M‹ steht. – Geburtsdatum? – Personalausweisnummer? – Alte Personalausweisnummer? – Beruf oder Beschäftigung?«

»Wanderer.«

»Können Sie bitte antworten, meine Dame? – Wohnsitz? – Gemeinde? – Provinz?«

Um halb drei am Nachmittag verließen sie schließlich das Amt mit dem Abholschein für seinen Ausweis, und nach ein paar Tagen hielt Jerónimo das Dokument in der Hand, das ihn als Costaricaner auswies.

»Weißt du was, Consuelo? Wir müssten auch für Polyphem so etwas besorgen.«

»Das geht nicht, Kinder bekommen keinen Ausweis.«

»Weshalb denn nicht?«

»Weil sie ihn verlieren.«

»Ahh …!«

Als sie nach Hause kamen, fanden sie die Mädchen alle weinend. An diesem Morgen war der alte Doktor Evans gestorben. Alles andere wurde abgesagt oder verschoben. Man zog sich Trauerkleidung an. Ein schwarzer Trauerflor wurde an die Eingangstür gesteckt, und sie gingen alle zum Bestattungsinstitut. Consuelo zog dem Kind die besten Kleider an, damit es auch mitkommen konnte. Die Mädchen zogen eine nach der anderen am Sarg vorbei, sprachen den Familienangehörigen des alten Arztes ihr Beileid aus und nahmen dann an den Trauerfeierlichkeiten teil. Jerónimo setzte sich neben Polyphem, um ihn ruhig zu halten und ihm zu erklären, dass Evans jetzt dorthin gegangen war, wo auch Don Félix und Cristalino waren. An diesem Abend wurde im Bordell nicht gearbeitet, die Mädchen hielten die ganze Nacht über mit Alberto Totenwache und gingen erst früh am nächsten Morgen heim, um zu duschen, sich umzuziehen und rechtzeitig zum Begräbnis wieder zurück zu sein. Jerónimo war schon früher mit dem Kind nach Hause gegangen, weil Polyphem es vor Müdigkeit und Langeweile nicht mehr aushielt, doch kamen sie am nächsten Tag auch wieder. In diesen Tagen lernten sie auch Albertos Kinder kennen, die aus Mexiko gekommen waren, um ihren Eltern in ihrem Leid beizustehen.

Am gleichen Abend noch öffnete das alte Haus jedoch wieder seine Pforten, und die Mädchen arbeiteten mit vor Übernächtigung und Tränen geröteten Augen; aber gearbeitet werden musste ja.

»Wohin gehen die Toten, Jerónimo?«

»Zu den elysäischen Feldern ...«

»Was sind denn die elysäischen Felder?«

»Das Land der Toten, das Ende der Welt, wo Radamantis wohnt mit blondem Haar und das Leben süß und glücklich ist, denn es gibt dort weder Schnee, noch ist der Winter lang, noch häufig der Regen, und der Ozean schickt ihnen immerzu die tieftönende Brise eines sanften Westwindes, der stärkt und erquickt ...«

»Consuelo sagt aber, sie gehen in den Himmel.«

»Das ist genau dasselbe!«

MIT DEM MÜTZENSCHIRM AUF DEM NASENRÜCKEN und dem Netz der Längen- und Breitengrade über dem Globus seiner Pupille bewegte sich Polyphem gut verkleidet unter den Leuten. Das einäugige Kind hatte instinktiv gelernt, wo es seine Bedeckung abnehmen konnte und wo es das auf keinen Fall tun durfte: Niemals, wenn es an Jerónimos Hand durch die Straßen lief oder sich in der Öffentlichkeit bewegte, wie dann, wenn sie genügend Geld für ein ordentliches Mittagessen im Markt zusammenbrachten, eine deftige Fischsuppe normalerweise, denn Fisch und andere Meeresfrüchte waren das einzige Zugeständnis, das Jerónimo bei seinem an sich fleischlosen Essen machte. Doch unter den Kindern zum Beispiel nahm Polyphem, wenn sie allein waren, sein Mütze ab, und sein einzelnes Auge verursachte schon keine Überraschung mehr, auch wenn es eine gewisse Bewunderung hervorrief: Einige der Kinder gestanden dem Großvater, dass sie auch gern Zyklopen sein würden. Darauf erklärte er ihnen, dass dies so sei wie mit der Hautfarbe, die ja auch niemand ändern könne, und es sei besser, Polyphems Geheimnis nicht allzuviel herumzuerzählen, denn so wie es genügend Leute gab, die andere wegen ihrer Hautfarbe verachteten, konnte Polyphem auch wegen seiner Besonderheit verachtet werden. »Aus reinem Neid!«, schloss er seine Erklärung.

Tief in seinem Inneren sehnte sich Jerónimo schon nach den Tagen, besser gesagt: den Jahren zurück, als Polyphem nichts weiter gewesen war als ein kleiner Zyklop, ein Kind voller Besonderheiten, das Latein sprach, gregorianische Gesänge sang und glaubte, es bewohne die Antipoden, all das, was Jerónimo ihm beigebracht hatte. Er konnte es sich selbst nicht genau erklären, denn er begriff sein Unwohlsein nicht ganz, doch irgendetwas zog sich in ihm zusammen, wenn er ihn wie die anderen Kinder betteln sah, wenn er ihn rückwärts oder in einer anderen Variante des Straßenjargons reden hörte, den er in so kurzer Zeit beherrschen gelernt hatte. Vor allem fühlte sich Jerónimo jetzt, wenn nicht bedroht, so doch unsicher in den Straßen einer Stadt, die sich, durch das klarsichtige Auge des Kindes gesehen, als eine Welt zeigte, die er nicht einmal erahnt hatte: Auf der Straße musste man um sein Überleben kämpfen, es gab Gefahren, es gab Hunger, es gab Drogen, es gab merkwürdige Menschen, die kleine Kinder entführten, um ihnen die Nieren und Lungen zu stehlen und alles, was sonst noch in ihnen war ...

»Kynocephalos! Kannibalen!«, rief Jerónimo aufgebracht. »Mit ihren Hundeköpfen und ihren Reißzähnen verschlingen sie Menschenfleisch ...«

»Nee, Mensch!«, unterbrach ihn Polyphem. »Die wollen das nicht mal fressen, sondern sie verkaufen es und werden damit Millionäre.«

»Verkaufen sie es an andere Anthropophagen, andere Menschenfresser, die es dann doch auffressen?«

»So ähnlich ...«

Jerónimo würde kaum jemals verstehen, was eine Organtransplantation war, doch Polyphem hatte sogar schon in den Zeitungen darüber gelesen, die die anderen Kinder verkauften. Er wusste, es war sinnlos, Jerónimo erklären zu wollen, dass Kinder entführt wurden, um mit ihren Organen einen schwunghaften Handel zu betreiben, und er spürte Mitleid mit seinem Großväterchen. Seine Mutter hatte ihm so oft gesagt, dass Jerónimo verrückt war, und er selbst hatte es noch öfter von anderen gehört, dass er sich inzwischen dazu verpflichtet fühlte, ihm ganz langsam die Dinge zu erklären, nach und nach, denn er ahnte, was für ein Schlag es für einen Mann sein müsse, der die Dinge glaubte, die Jerónimo glaubte. Als sie an einem Jungen vorbeikamen, der ein Bein verloren hatte und um Almosen bat, indem er das andere vorzeigte, begann Jerónimo wieder mit seinen alten Erklärungen:

»Hier handelt es sich um einen Skiopoden, die stammen aus Äthiopien und sind bekannt für ihre Schnelligkeit ...«

Polyphem belehrte ihn jedoch eines Besseren, indem er ihm zeigte, dass der arme Kerl sich nicht einmal ohne Krücken erheben, viel weniger noch schnell laufen konnte.

›Der Junge missrät mir‹, dachte Jerónimo, traute sich jedoch nicht, mit jemandem darüber zu sprechen, außer mit seiner Schwester.

»Was hast du dir denn gedacht?«, meinte die. »Erst nimmst du ihn in diese gottverlassene Stadt mit und dann beklagst du dich darüber, dass er sich zu verteidigen lernt. Polyphem ist überhaupt nicht auf den Kopf gefallen, und er ist jetzt auch kein Baby mehr. Er sieht die anderen und will auch so sein wie sie, der Arme.«

In diesem Moment steckte Jerónimo seine Hand in die Tasche und stellte fest, dass er seinen neuen Personalausweis schon wieder verloren hatte. Doch sagte er Consuelo nichts davon.

»Eine Stadt ist eine Menge aus Menschen, die durch gesellschaftliche Bande verbunden sind«, dozierte Jerónimo den Kindern sehr früh an diesem Freitagmorgen und nahm die sechs ins Schlepptau, um mit ihnen loszuspazieren. Heute sollte nicht gearbeitet werden, auch wenn sie sich diesen Luxus eigentlich nicht leisten konnten. Jerónimo wollte wieder einmal seine Aufgabe als Lehrer wahrnehmen und sie ein bisschen unterweisen, denn sie verbrachten keine Minute des Tages mit Lernen.

»Bürger sind die Bewohner der Stadt, die das Leben vieler enthält und zusammenhält. Es sind die Burgmauern, die die Stadt schützen, so wie die Mauern der befestigten Stadt Cartagena de Indias. Die Mauern der Stadt San José müssen sehr weit draußen liegen, denn ich habe sie bisher noch nicht finden können …«

Die Kinder sahen sich untereinander an und blickten dann auf Polyphem, doch der zuckte nur die Achseln. Hinter vorgehaltener Hand erklärte er ihnen, dass Jerónimo von Zeit zu Zeit nicht ganz dicht im Kopf war.

»In Bezug darauf, wer die Begründer der Städte waren, sind sich die Historiker untereinander nicht immer ganz einig … Irgendein José muss mit der Gründung von San José wohl zu tun gehabt haben, wenn man bedenkt, dass diese Stadt ihm gewidmet ist.«

Die Kinder gingen neben Jerónimo her und ließen sich eine Stadt zeigen, die sie wie ihre Westentasche kannten, weil sie in ihr geboren waren und in ihr umherliefen, solange sie denken konnten. Doch in der Hitze des Gewühls und dem Hin und Her Hunderter von Menschen konnten die Kinder keine Gelegenheit ungenutzt lassen: »Haben Sie nicht eine Münze für mich?«

»Die Dörfer, Weiler und Marktflecken sind Orte, die nicht den Rang einer Stadt erreichen«, dozierte Jerónimo wieder und zitierte beinahe auswendig seine Lieblingsbücher. »Die Avenidas sind die breitesten und festesten Straßen der Stadt. In der Stadt gibt es Gebäude der unterschiedlichsten Art: das Forum, wo das Gericht tagt, die Kurie, die so heißt, weil dort der Senat die Menschen kuriert, will meinen, sich um sie kümmert, das Gymnasium für die Leibesübungen, das Capitol ...«

Das alles zählte er auf, während er auf verschiedene Gebäude zeigte; doch war weder der Brunnen vor dem Gebäude der Sozialversicherung die Therme, noch war das Theater ein Capitol.

»Leuchtturm ist ein sehr hoher Turm, den sowohl die Römer als auch die Griechen wegen seines Gebrauchs so nannten, seine Lichtzeichen leiteten von weither die Seefahrer ...«

Und damit war die Geduld der Kinder zu Ende, denn er zeigte auf das Gebäude der Nationalbank, das höchste Gebäude von San José. Sie hielten es nicht länger bei ihm aus, mehr aus schlechtem Gewissen, weil sie nicht arbeiteten, als wegen des Unsinns, den Jerónimo ihnen erzählte. Nach und nach machten sie sich aus dem Staub, bis nur noch Yadira und Polyphem rechts und links an der Hand Jerónimos da waren, Polyphem, weil ihm nichts anderes übrig blieb, Yadira, weil ihr Bruder sie ohne Probleme decken konnte. Jerónimo merkte jedoch nach einer guten Weile, dass er es nicht geschafft hatte, das Interesse zu wecken, das er früher immer in seinem Schüler hervorgerufen hatte. Er setzte sich auf die Bordsteinkante und starrte düster vor sich hin, bis ihn die Kinder davon überzeugten, dass es besser sei, in einen der Busse zu steigen und ein bisschen Geld zu verdienen. Polyphem sang im Namen seiner Mutter und seiner fünf kleinen Geschwister, eins davon war im Krankenhaus, und auch die Mutter war ja so krank ... Verblüffter denn je hörte Jerónimo zu, bis er schließlich darauf kam, dass das alles erlogen war. Als sie aus dem Bus stiegen, drehte sich Polyphem um und rief dem Fahrer zu: »Danke, Alter!«

»Er ist nicht wiederzuerkennen!«, sagte Alberto Evans zu Consuelo und Doña Elvira, wenn er an diesen Nachmittagen auf einen Kaffee hereinkam, und meinte damit Polyphem. Es war nicht lange nach dem Tod seines Vaters, und seine Kinder waren nach Mexiko zurückgekehrt, zusammen mit der Mutter, die sie begleitete, um eine Zeit lang dort bei ihnen zu verbringen. So kam Alberto jetzt öfter, und er hatte die Entwicklung Polyphems seit seinem ersten Ausflug in die Welt aus der Nähe miterlebt. Er wiederholte immer wieder, es sei nur logisch, dass die Intelligenz des Kindes durch den Kontakt mit der Außenwelt deutlich stimuliert werde, genauso wie seine Anpassungsfähigkeit an die Gemeinschaft. Früher war er ja nie mit Kindern seines Alters oder auch nur vielen verschiedenen Erwachsenen zusammen gewesen. Jetzt kannte er die unterschiedlichsten Leute auf der Straße und unterhielt sich mit ihnen, wobei er sehr darauf achtete, dass es immer Leute der Straße waren.

»Der Fall Polyphems ist nicht nur der erstaunlichste, den ich je gesehen habe, Doña Elvira, sondern auch der traurigste von allen, denn normalerweise kommen solche Kinder tot zur Welt oder sterben bald; er jedoch scheint kein anderes Problem zu haben als sein Aussehen. Wenn die Leute sich also daran gewöhnen könnten, ihn so zu sehen, wie er ist, mit seinem einen Auge, dann gäbe es überhaupt kein Problem.«

»Ach, Doktor, Sie wissen ja, wie herzlos die Leute sind, die hauen noch drauf, wenn einer schon am Boden liegt. Wenn das Jugendamt Wind davon bekommt, dass dieses

Kind hier lebt, dann hätten wir ein furchtbares Problem. Deshalb war ich ja auch nie so sehr einverstanden damit, dass er hierblieb, doch was soll man machen, man hat ihn ja richtig liebgewonnen, den Kleinen!«

»Kann man wohl sagen«, bekräftigte Consuelo. »Ich wüsste gar nicht mehr, was ich ohne Polyphem machen sollte. Und er ist so schlau, der kleine Racker, es gibt nichts, wovon er nicht Bescheid weiß, und er redet über alles und interessiert sich für alles, und weil Jerónimo ihm schon so früh lesen und schreiben beigebracht hat, liest er die Zeitung und fragt nach allem, was er nicht versteht.«

»Aber stellen Sie sich nur mal vor, er ginge in eine normale Schule, mit Kindern, die anders sind ... Nun ja, anders sind eigentlich eher die Kinder, mit denen er unterwegs ist, stellen Sie ihn sich unter den ganz normalen Kindern einer Schule vor: Glauben Sie, er würde es aushalten, dass alle Welt sein Gesicht sehen will, und dass man Fotos für die Zeitungen von ihm macht und in den Knallblättern Sensationsreportagen über ihn schreibt, die den Leuten immer so gefallen?«

»Das möge der Herrgott verhüten!«, antwortete Consuelo, und das Lächeln, das bei dem Gedanken, Polyphem könnte ein ganz normales Kind sein, auf ihre Züge getreten war, verschwand wieder. »Und haben Sie auch bemerkt, wie groß er geworden ist in den letzten Monaten, und wie er zugenommen hat, seit er immer diese ungesunden Sachen auf der Straße isst? Früher habe ich ihm, so dumm wie ich war, doch immer nur Gemüse zu essen gegeben und kaum Fleisch, wegen der komischen Ideen, die mein Bruder hat ...«

Evans nickte, verschwieg jedoch seinen Verdacht, dass das schnelle Wachstum des Kindes in jüngster Zeit nicht so sehr mit der Ernährung, sondern mit irgendeiner Abweichung zusammenhängen könnte, die sehr wahrscheinlich von seinem Auge ausgelöst wurde. Dieser Verdacht war ihm gekommen, weil er meinte, etwas ungleichmäßiges in dieser Entwicklung zu entdecken, doch sagte er Consuelo nur, es wäre gut, mal wieder ein paar Untersuchungen mit Polyphem zu machen, weil man ab und zu bei den Kindern das Wachstum kontrollieren müsse. Das erwähnte er nur so ganz nebenbei, denn er wusste ja, wie schwierig es war, Jerónimo davon zu überzeugen, Polyphem ins Kinderkrankenhaus zu bringen.

Consuelo begann noch am selben Abend damit, ihren Bruder zu bearbeiten. Auf der Bank am Tisch sitzend wartete sie bis halb eins in der Frühe, als endlich die beiden nach Hause zurückkehrten, die ihre Geduld arg strapaziert hatten; es war, als habe sie zwei streunende Kater statt eines Bruders und eines angenommenen Enkels. Jerónimo brachte wie immer das Kind zu Bett und ging dann in seine eigene Kammer. Consuelo fing ihn ab, nahm ihn beim Arm und führte ihn ins Esszimmer. Dort diskutierten sie endlos lange über die Sache mit den Untersuchungen, ohne jedoch auf einen Nenner zu kommen. Schließlich bestimmte Consuelo kurzum, sie selbst würde Polyphem noch in dieser Woche ins Krankenhaus bringen, sobald sie mit Evans einen Termin vereinbart habe. Jerónimo konnte es nicht verhindern, denn seine Schwester war wild entschlossen, und außerdem bestand sie darauf, dass das Kind ihr genauso gehöre.

»Es wird Tag, wie es immer Tag wird: am Morgen«, stellte Jerónimo fest, doch Consuelo schlief noch fest, denn die lange Nacht war ihr nicht gut bekommen. Auf dem Fensterbrett schlief auch noch ihr Veilchen und träumte: Licht-Schatten-Licht-Schatten-Wasser-Licht-Schatten-Luft ... An diesem ungewöhnlichen Morgen begann Consuelo den

Tag spät. Als sie die Küche betrat, saß ihr Mann schon am Tisch, wartete auf das Frühstück und sah starr auf irgendeinen unbestimmten Punkt im Garten hinaus. Consuelo fühlte Erleichterung, ihn dort sitzen zu sehen, denn der Albtraum über seine Genesung wollte nicht aus ihrer Phantasie verschwinden; gleichzeitig spürte sie, wie sich ihr der Magen verkrampfte. In diesem Augenblick kam Polyphem in das Esszimmer und konnte gerade noch zusehen, wie Consuelo ihre Farbe verlor, ganz bleich wurde und so riesig und schwer, wie sie war, zu Boden fiel. Der Junge lief laut schreiend zu Jerónimos Kammer und riss ihn abrupt aus seinen morgendlichen Meditationen.

»Jeróóóónimoooo! Komm schnell, Consuelo ist gegen den Planeten Erde geknallt!«

Der Meditierende begriff nicht gleich, kam jedoch heraus, um zu sehen, was los war, und Polyphem nahm ihn bei der Hand und zog ihn zum Esszimmer. Dort war Consuelo gerade dabei, sich inmitten eines furchtbaren Schwindelgefühls wieder aufzurappeln. Jerónimo brachte sie in den Garten, damit sie frische Luft bekam, doch gleich darauf fühlte sie sich wieder gut und ließ ihn dort allein zurück.

Er setzte sich hin und besah sich, wie sie in ein paar Jahren einen Garten geschaffen hatten, wo es vorher nur einen Dschungel gab, der ein Parkplatz werden sollte. Er legte sich unter eine ziemlich hochgewachsene Sonnenblume und streifte die Sandalen ab, um den Rasen unter seinen Sohlen zu spüren. Eine Eidechse sonnte sich am Fuß der Sonnenblume und ein Zanatevogel setzte sich auf den obersten Zweig, auf eine vertrocknete Blüte. »Es geht nichts über eine Umarmung der Sonne«, dachte der Mann. Er lehnte sich gegen eine kleine Erhebung, die sie nie eingeebnet hatten, und begann sich vorzustellen, wie der Garten erst aussehen würde, wenn Polyphem begänne, den Beruf des Hirten auszuüben, der sich für den Zyklopen eignete: ein Lamm, das in der Nähe lagerte, viele sanfte Schäflein, die verstreut auf den kleinen Lichtungen unter den Bäumen grasten, die inzwischen ziemlich hochgewachsen waren, vielleicht ein Reh, und die blühenden Bäume würden dem Auge die Illusion von Unendlichkeit geben, die für die Libellenseele des Kindes unverzichtbar war. Viele Vögel würden, von der Stille angezogen, den Garten besuchen. Den verdorrten Stämmen der ältesten Bäume würden die zu ihren Füßen sprießenden Pflanzen das Aussehen alter, verlassener Schlösser geben, wo man gern ein Insekt oder eine Eidechse sein möchte, um zwischen den Rissen zu suchen und die Geheimnisse ihres Innenlebens zu erforschen ... Er hatte den Kopf in seine Handfläche gelegt und seinen Ellenbogen im Gras aufgestützt; die Augen hielt er geschlossen, ein glückliches Lächeln lag auf seinem Gesicht, und mit dem Zeigefinger der freien Hand zeichnete er irgendetwas in den leeren Raum.

Draußen auf der Straße, nur ein paar Meter von dort entfernt, wo Jerónimo im Gras lag, toste schon seit geraumer Zeit der Lärm der Autos, und der Gestank ihrer Auspuffgase war bis in das Esszimmer zu riechen. Die Menschen liefen von hier nach da durcheinander, fast, als hätten sie überhaupt kein Ziel, doch Jerónimo war völlig versunken in seine Meditationen und hörte nichts von dem, was außerhalb des Gartens vorging. Die Sängerkinder schlüpften zwischen den Wellblechplatten herein und setzten sich um den Großvater herum.

Lange Zeit blieben sie so sitzen und beobachteten ihn, bis Polyphem kam, überglücklich, sie in seinem Garten zu sehen, und sie in sein »Büro« einlud, wie er es nannte, um ihnen all die Schätze zu zeigen, die er zwischen den Wänden des alten Hauses gefunden hatte. Consuelo kam heraus, um nachzusehen, was das für ein Kindergeschrei im Garten sei, und staunte nicht schlecht, sie dort mit den alten Sachen spielen zu sehen, vor allem mit den alten, verrosteten Revolvern. Sie sah ihnen eine Weile zu und konnte sich nicht dazu entschließen, sie zu unterbrechen. Sie waren noch so klein! Wirklich noch Kinder, mit der Fähigkeit, mit einem Spiel die Bitternis auf ihren Gesichtern verschwinden zu lassen, die Straßen mit ihren stinkenden Autobussen, den Bars voller Betrunkener, den Arbeitslosen, Bettlern und allen möglichen anderen Leuten, die keinen Platz hatten unter den »anständigen« Leuten, wo auch sie im Strom der Zeit dahintrieben, ohne einen Platz wie diesen hier, wo sie einen Moment spielen konnten, ohne immerzu auf der Hut sein zu müssen. Jerónimo hatte sich neben seine Schwester gestellt und beobachtete gleichfalls lächelnd die Szene.

»Eines Tages werde ich Gott darum bitten, dass Sie, wenn Sie einmal Zeit hat, die Hände in die Erde steckt und die Welt ein wenig dehnt, damit der Garten bis an die Berge reicht und sie alle eine grüne Wiese haben, und mir soll bloß niemand sagen, dass hier nicht für alle Platz ist ...«

»Ach, Jerónimo, wenn Gott dich doch hören könnte!«

Consuelo sah die fünf Kinder, keines älter als ihr eigenes, und dachte, dass niemand etwas fehlen würde, wenn sie ihnen an diesem Morgen das Frühstück gäbe. Sie ging ins Haus und kam mit einer Kanne Kaffee, fünf Blechbechern und fünf Leberwurstbrötchen wieder – Polyphem hatte schon gefrühstückt. Doch musste sie ihnen klarmachen, dass dies leider nicht alle Tage so sein konnte. Dann zogen sie mit Jerónimo ab. »Danke, Prinzessin«, sagte eins von ihnen zu Consuelo, bevor es hinter dem Großvater hinauslief, der immer vorausging, voraus, weil er den Weg nicht kannte, immer voraus und eher gefolgt von denen, die eigentlich auf dem Rückweg waren, voraus und nach der Richtung suchend, gefolgt von denen, die ihn führen sollten.

JERÓNIMOS TRAUER HATTE EINE MENGE mit der Geschwindigkeit zu tun, mit der Polyphem seine Unabhängigkeit erlangte. Der Junge kannte längst das gesamte Stadtzentrum und einige der nahegelegenen Stadtviertel, durch die sie eine Zeit lang gemeinsam mit Don Félix und seinem Hund gezogen waren. Inzwischen gab es auch überhaupt keine Gefahr mehr, dass er verloren ginge, wenn er sich von der Hand des Großvaters losriss. Deshalb setzte sich Jerónimo ruhig auf eine Bank im Nationalpark, um sich zu sonnen, und ließ den Jungen für sich spielen, auch wenn er mal für eine Weile aus dem Blickfeld verschwand. Jerónimo schloss die Augen und betrachtete die Stadt, die er von Don Félix geerbt hatte und von der er nicht wusste, wie zum Teufel er sie Polyphem weitervererben sollte oder irgendeinem der anderen Kinder, das bereit wäre, sie kennenzulernen. Wenn er sich auf die Bank setzte, auf der Don Félix immer gesessen hatte, war seine Konzentration größer, und das gab Polyphem größere Freiheit, was er sehr schnell begriff, woraufhin er Jerónimo immer drängte, auf der Bank zu bleiben, um seine Unaufmerksamkeit auszunutzen und jedesmal weiter fortzustreifen, doch nur so weit, dass er nicht allzulange brauchte, um zurückzukehren, wenn Jerónimo ihn vermisste.

Zwischen acht und elf Uhr morgens kam der Großvater fast nie aus seiner Versenkung, deshalb achtete Polyphem immer auf die Uhrzeit, natürlich mehr dem Gefühl nach als dass er auf irgendwelchen Uhren nachsah. Dann ging er manchmal bis zum Platz der Demokratie, wo er auf den Stufen des halben Amphitheaters spielte, das es dort gab.

182

Und dort bettelte er auch. Wenn Jerónimo zur erwarteten Zeit aus dem San José der Vergangenheit zurückkehrte, hatte er keine Ahnung, wohin der Bengel ausgebüxt war. Kurz darauf sah er ihn, begleitet von ein paar Freunden, um immer die gleiche Ecke biegen. Mehr als einmal kam er weinend angelaufen, weil einer von den Großen ihn geschlagen oder ihm das erbettelte Geld weggenommen hatte, doch diese Dinge ließen sich nicht vermeiden. Der Großvater sah ihn an und fand ihn manchmal so seltsam, so normal, so gewöhnt an die Straße, die Welt, so geschickt in der Umgangssprache, so weit weg vom noblen Latein und so wenig mit seinen, Jerónimos, Lehren zu beeindrucken:

»Polyphem, stell dir vor, einmal habe ich ein Getier gesehen, das einer Wildkatze glich, nur sehr viel größer und mit dem Gesicht eines Menschen … Ob das so etwas wie eine Sphinx war?«

»Tatsächlich! Was hast du da denn gerade geraucht?«

Polyphem ahnte nicht einmal den Schmerz, den seine leicht dahingesagten Antworten dem Alten verursachten: Vielleicht war das alles zu schnell gegangen, viel zu schnell, im Handumdrehn hatte das Kind aufgehört, ein von den Geschwistern Peor gut gehütetes Geheimnis zu sein, und war zu einem der Gören geworden, die auf der Straße herumlungerten.

Was für Polyphem die rasche Gewöhnung an eine Welt war, die nicht aufhören wollte, ihn zu faszinieren, bedeutete für Consuelo und Jerónimo einen harten Schnitt. »Ein Irrtum«, dachte Jerónimo, ohne sich ganz sicher zu sein.

EINES TAGES, LANGE BEVOR DIE REGENZEIT BEGANN, beschloss Jerónimo, dass sie nicht mehr umherstreifen würden, weil sein »discipulus« dringend fasten und meditieren musste, um sich von all dem Müll zu reinigen, den er auf der

Straße in sich hineinstopfte. Consuelo war sehr einverstanden damit, sie fand, es könne keinem der beiden schaden, eine Weile zu Hause zu bleiben, obwohl sie zur Genüge wusste, dass es ihr Bruder nie mehr als drei oder vier Tage zwischen vier Wänden aushielt. Polyphem jedoch schaffte das nicht einmal einen Tag lang, und schon am Montagnachmittag entwischte er durch den Wellblechzaun im Hof. Als Jerónimo nach ihm sehen wollte, konnte er ihn nicht finden. Er suchte ihn im ganzen Haus, und tatsächlich war er nicht mehr da. Er rief Consuelo, und voller Angst liefen die beiden los, ohne zu wissen, dass Polyphem zum Haus eines seiner Freunde gegangen war, der bei seinem beinahe blinden Großvater lebte; der alte Mann merkte nichts von der Andersartigkeit des kleinen Gastes.

Spät an diesem Abend kamen die beiden Geschwister nach Hause zurück. Consuelo hatte nicht einmal daran gedacht, Doña Elvira Bescheid zu sagen, die inzwischen am Rande des Nervenzusammenbruchs war. Sie erzählten ihr, worum es ging, und zu dritt stiegen sie zu Maria hinauf. Fünfundzwanzig Minuten lang mussten sie das Ende einer Kundenbetreuung abwarten, bis sie ihr ohne Umschweife sagen konnten, dass der Junge verschwunden war. Seit sie nicht mehr andauernd jenes einzelne Auge sehen musste, das ihr wie ein Fremdkörper im Gesicht des Kindes vorkam, fühlte sie sich versöhnter mit ihm. Sie war genauso bestürzt wie die anderen, doch war es im Grunde eher das Schuldgefühl, das sie mit sich herumschleppte und das jetzt wie ein Geschwür aufbrach, als die Sorge um das Schicksal ihres Sohnes, der ihr ohne es jemals zu wollen das Leben vergällt hatte. Nach und nach hörten die Mädchen auf, sich um die Kunden zu kümmern, nach und nach leerte sich das Bordell, und das gesamte Personal saß in der Küche, trank Kaffee und überlegte, was zu tun sei, denn an alles konnte gedacht werden, außer daran, die Polizei zu verständigen.

So hielten die beiden Peor-Geschwister in Begleitung einiger der Mädchen bis zum Morgen aus. Nach einer letzten Tasse Kaffee zum Frühstück machten Jerónimo und Consuelo mit ihrer Suche in den Straßen weiter, und bei dieser Gelegenheit konnte Consuelo sich einen Eindruck davon verschaffen, an welchen Plätzen sich ihre beiden Kater sonst herumtrieben.

»Also, Mann, bringst du hierher etwa den Jungen?«

»Nein, hierher bringt er mich, denn hier wohnt einer seiner Freunde.«

Sie standen im oberen Stockwerk eines der schlimmsten Häuser, die Consuelo in ihrem ganzen Leben gesehen hatte, eines verfallenen, dunklen und übelriechenden Hauses, in dem die Straßenkinder Unterschlupf suchten. Dort schliefen sie, dort rauchten sie Crack, und von dort war mehr als einer direkt im Leichenschauhaus gelandet. Consuelo wollte es kaum glauben, beim Hinausgehen dankte sie Gott dafür, dass sie das Kind nicht an diesem Ort gefunden hatten, der der Hölle in nichts nachstand.

Sie liefen weiter durch die Straßen und trafen viele von Polyphems Freunden; einer davon sagte ihnen, er habe ihn gerade in einem Bus der Linie nach San Pedro singen sehen. Also gingen sie in diese Richtung und tatsächlich: Als sie die Endhaltestelle der Linie erreichten, sahen sie Polyphem, wie er mit ein paar von den Männern plauderte, die die Fahrten der Busse kontrollieren mussten; mit denen war er schon seit Langem befreundet. Polyphem sah seine Großeltern und wollte weglaufen, fühlte sich jedoch wie gelähmt. Fast den ganzen Morgen hatte er dort mit den Männern zugebracht, er hatte sich die Mütze abgenommen, und nur noch sein Haar bedeckte notdürftig die extravagante Anatomie seines Schädels. Er hatte mit ihnen gefrühstückt, hatte ihnen etwas auf Latein vorgesagt, hatte ihnen ein Gutteil seines mittelalterlichen Repertoires vorgetragen und auch bei ein paar Fahrten gesungen. Consuelo ging zu ihm, kniete nieder und umarmte ihn. Dann stand sie wieder auf und nahm seine Hand. Beim Weggehen wandte sich das Kind noch einmal zu seinen Kumpels um und winkte ihnen mit komplizenhaftem Grinsen.

Weil die Großeltern Polyphem nicht unterbrochen, sondern gewartet hatten, bis er sie von sich aus sah, bevor Consuelo sich ihm näherte, bekam Jerónimo Gelegenheit, ihm einen Augenblick lang zuzuhören. Da begriff er: ›Polyphem ist gar nicht weggelaufen, er hat nur eine Zeit lang seinen Garten verlassen, um diese Individuen ein bisschen zu unterrichten.‹ Dieser Gedanke half ihm, sich von dem Schlag zu erholen, ihn so viele Stunden nicht unter Kontrolle gehabt zu haben.

Minuten später gingen sie Hand in Hand wie immer und sprachen über die gewohnten Dinge, doch unterließen sie es dennoch nicht, ihn nach Hause zu bringen, damit die anderen beruhigt waren und seine Mutter ihm, als Jerónimo einmal ein wenig abwesend war, gehörig die Ohren langziehen konnte, was natürlich nicht lange auf sich warten ließ.

Der alte Mann ging allein hinaus, denn Polyphem bekam Hausarrest. Er begann einen seiner üblichen Streifzüge, kam jedoch nicht weit, denn bald spürte er eine ungewöhnliche Mattigkeit, wie er sie in letzter Zeit öfter verspürte. Er setzte sich auf die Bordsteinkante und ließ schlaff die Hand hängen, so, als wolle er die des Kindes loslassen. Ihm wurde bewusst, dass er mutterseelenallein war, und es überkam ihn wieder dasselbe Gefühl des Verlustes, das er in den letzten beiden Tagen verspürt hatte. Allzu schnell hatten ein paar Monate, deren Zahl ihm nicht einmal aufgefallen war, die Welt verändert, die er seit sechs, sieben, vielleicht acht Jahren aufgebaut hatte, er war sich nicht sicher, denn er zählte die Zeit in kleineren, asymmetrischen Einheiten. Seine Jahre waren persönlicher, er begann sie, wenn es ihm passte, und beendete sie genauso; normalerweise bestimmten sie wichtige Ereignisse, deren letztes der Tod von Don Félix gewesen war.

Niedergeschlagen kehrte Jerónimo Peor nach Hause zurück, ging in seine Kammer und schlief den Rest des Tages zum Erstaunen aller im Haus, vor allem dem Erstaunen des Kindes. Er schlief auch die folgende Nacht und erwachte erst am nächsten Tag gegen acht Uhr morgens. Seine Schwester rief Doktor Evans, doch der Arzt meinte, der Mann erhole sich nur und solle möglichst nicht gestört werden, denn wenig brauche er so sehr wie ab und zu schlafend zu träumen. Dann ging er in die Küche, um mit Consuelo zu reden, während sie in gleicher, unerschütterlicher Ordnung wie immer die Vorbereitungen für den allabendlichen Trubel traf. Evans erklärte ihr noch einmal genau die Ergebnisse der letzten Untersuchungen Polyphems: Ohne jeden Zweifel geschah etwas Seltsames mit ihm, und man würde sich den Fall genauer ansehen müssen.

»Daran wird er doch aber nicht sterben, nicht wahr?«

»Natürlich nicht, viel weniger noch so ein kräftiger Bengel wie er. Das Einzige, was ich Ihnen rate, ist, mir zu gestatten, ihn ein paar Tage ins Kinderkrankenhaus mitzunehmen, damit ihn dort die Fachärzte untersuchen und wir jeder Eventualität vorbeugen können.«

»Muss man denn nicht Papiere vorlegen, wenn man jemanden ins Krankenhaus einliefert?«

»Nun ja, das stimmt schon, aber ich verstehe auch nicht ganz, Consuelo, was ihr mit diesem Kind vorhabt. Ich glaube, es wird nicht mehr lange möglich sein, ihn versteckt zu halten, ach Quatsch, was heißt hier überhaupt versteckt, er ist doch gar nicht mehr versteckt, bisher ist es ja nur gut gegangen, weil niemand von denen, die ihn gesehen haben, ihn angezeigt hat.«

»Doktor Alberto, wir können aber doch nicht riskieren, dass ihn das Jugendamt uns wegnimmt! Vielmehr müssen wir jetzt, wo er schon einmal weggelaufen ist, noch besser auf ihn aufpassen. Jerónimo hat ihm gezeigt, wie es draußen aussieht, und jetzt will er natürlich frei umherlaufen, doch wenn die Straße schon gefährlich genug für ein Kind mit zwei Augen ist, dann stelle man sich vor, wie es für ihn mit einem Auge sein wird ...«

Am Abend kehrte Evans zurück, um die Unterhaltung fortzuführen, aber er kam etwas ungelegen, abends gab es für Consuelo immer viel zu viel zu tun. So begann er, nur um sich abzulenken, Cognac aus einer Flasche zu trinken, die Consuelo für irgendein Rezept hatte holen lassen. Weil der Arzt eine ziemlich lange Zeit allein blieb, hatte er schon eine ganze Menge getrunken, als sie endlich weiterredeten.

»Sehen Sie, Consuelo, ich habe mich viel mit Polyphems Fall beschäftigt, mein Vater hat mir alle Unterlagen hinterlassen, und wir haben ja auch noch gemeinsam nachgeforscht, nicht nur seinen Fall, sondern auch die Fälle von Kindern mit ähnlichen Problemen. Natürlich ist Polyphem nicht einer dieser Zyklopen, von denen Ihr Bruder immer erzählt, was er hat, ist eine Deformation, die vom Kontakt der Eltern mit toxischen, also giftigen Substanzen hervorgerufen worden ist, wohl vor allem Pflanzenschutzmitteln und chemischem Dünger. Vater hat immer wieder darauf hingewiesen, wie diese Dinge völlig ohne Vorsichtsmaßnahmen verkauft und verwendet werden. Doch stellen Sie sich vor, wenn die Leute den Jungen auf der Straße sehen und sich so schnell daran gewöhnen, dann werden sie noch weniger Zeit brauchen, um darauf zu kommen, dass man dabei ist, uns alle zu vergiften mit diesem Dreckszeug, ohne Ausnahme. Bald werden die Straßen voll von den Wesen sein, die Jerónimo uns immer schildert, und es wird ganz leicht sein, zu erraten, aus welcher Ecke des Landes die Leute kommen, man braucht nur zu sehen, was einer Seltsames an sich hat, und schon weiß man, ob er aus Alajuela, von der Atlantikküste oder aus der Provinz Guanacaste kommt, das hängt einfach davon ab, was in der Gegend angebaut wird und mit welchen Chemikalien man es spritzt ... Wir hier aus San José werden sicher wie die Elefanten aussehen, weil wir eine Nase wie einen Rüssel brauchen, um den Qualm zu filtern, der uns erbarmungslos um die Ohren geblasen wird, aber da sehen Sie es ja, das kümmert doch niemanden ...«

Evans hielt nun schon eine ganze Weile seinen Monolog, während Consuelo nur ab und zu ein Ja einwarf. Wem mochte denn auch einfallen, einfach hier in die Küche zu kommen und ihr Vorträge zu halten, während sie die Häppchen und Menüs zubereiten musste? So arbeitete sie eifrig vor sich hin und warf ihn nur deshalb nicht hinaus, weil sie ihn nicht beleidigen wollte, doch wusste sie nicht mehr, wo sie hinsollte mit ihm: Überall stand er herum und störte sie.

»Ich bin fast so weit zu glauben, dass da nichts mehr zu machen ist, Doña Consuelo, dass wir die Schlacht schon verloren haben und uns nichts anderes übrig bleibt, als abzuwarten und zuzuschauen, wie sie die Welt endgültig ruinieren, die uns noch geblieben ist. Und uns daran zu gewöhnen, die neue Menschheit auf dem Arm zu wiegen, besser gesagt die alte Menschheit, die Antipoden, die, wie Ihr Bruder meint, im Begriff sind, zurückzukehren und an denen an sich nichts Schlechtes ist, vor allem wenn sie sich an die Autoabgase gewöhnen, an das Sodiumbenzol und all die künstlichen Konservierungsstoffe in den Lebensmitteln, an das DBCP, DDT und DDE, egal, ob sie nun das Nervensystem angreifen oder nicht, wie sie es auf den Verpackungen versprechen und den Beschreibungen, mit denen sie uns davon zu überzeugen versuchen, dass nichts von alledem schädlich ist, weil es chromatographische Techniken für die Analyse chlorierter Wasserstoffe gibt und all diese Dinge, die nicht einmal ich als Arzt mehr verstehe ...«

»Schauen Sie, Doktor Evans«, brummte Consuelo und verdrehte die Augen. »Nehmen Sie das Kind mit, wenn Sie wollen, aber bitte seien Sie still!«

»Verzeihen Sie, Doña Consuelo, ich habe einfach so viel über diese Dinge gelesen, dass ich überhaupt nichts mehr verstehe. Ich weiß nicht, was mit mir passiert ist; seit mein Vater gestorben ist, habe ich nur noch solche Sachen gelesen, sicher, weil wir immer so viel darüber geredet haben ...«

Und Evans, der nie mehr trank als zwei Bier, sich inzwischen aber eine halbe Flasche Cognac einverleibt hatte, gab zum ersten Mal seit dem Tod seines Vaters der Traurigkeit nach, trank noch einen Schluck, der Eresvida beeindruckt hätte, wenn sie dabei gewesen wäre, und brach in Tränen aus, wie er es nicht einmal während der Beerdigung getan hatte. Consuelo fühlte sich sehr schlecht, nahm sich die Schürze ab, holte tief Luft, hob ihn auf und trug ihn in eines der Zimmer, die seit der Deportation der illegalen Mädchen leer standen. Dort legte sie ihn bäuchlings aufs Bett, für den Fall, dass er sich übergeben musste, und ließ ihn schlafen.

Wenn die Zeit nicht mehr wäre als ein weit verbreiteter

Aberglaube, hätte man meinen können, es sei elf Uhr am nächsten Morgen gewesen, als Doktor Alberto Evans wieder im Esszimmer erschien. Er schleppte einen fürchterlichen Kater mit sich herum. Eresvida half ihm, bis an den Tisch zu gelangen …

»Was ist denn mit unserem Doktorchen passiert? Hat ihn etwa jemand gestern Abend betrunken gemacht?«, fragte sie.

»Ich hab mich selbst betrunken, Vida, mit einer halben Flasche Cognac.«

Langsam begann Evans den Kaffee zu schlürfen, den Consuelo zubereitet hatte und der Tote erwecken konnte, und nach und nach kehrte das Gefühl in seine verschiedenen Körperzonen zurück. Noch nie hatte er sich so betrunken, obwohl es auch nicht so schlimm gewesen sein konnte, wie Eresvida meinte, die wirklich wusste, was trinken war. Nach einer Weile kam Doña Elvira mit einem Blick, der zwischen ironisch und streng lag.

»Na, Alberto, was war das denn gestern Abend?«

»Doña Elvira, Sie wissen ja gar nicht, wie peinlich mir das ist! Irgendwann habe ich angefangen, direkt aus der Flasche zu trinken, und als ich aufwachte, wusste ich nicht, ob ich noch auf dieser Welt war … Manchmal meine ich, ich verstehe überhaupt nichts mehr, da hat mich wohl die Verzweiflung gepackt und ich habs ein bisschen zu weit getrieben.«

»Was verstehen Sie denn nicht, Doktor?«

»Ich weiß auch nicht, die ganze Geschichte mit dem Kind. Mein Vater war ja immer ganz besessen von dem Fall; als ich aus Mexiko hierherkam, überreichte er mir ein Dossier von sechshundert Seiten, das er seit Polyphems Geburt zusammengestellt hatte, seit damals, als Jerónimo ihn in die Höhe hob und ihm diesen Namen gab bis zum Tag meiner Ankunft. Ich wurde genauso besessen wie er und führte seine Arbeit fort. Zuerst dachte ich ja, es sei ein Trick des Alten gewesen, um mich wieder nach Hause zu holen. Doch dann, als er mir die Fotos zeigte, überzeugte ich mich davon, dass es stimmte, und ich kam her, um den Jungen persönlich kennenzulernen. Ich hatte erwartet, ein armes, kleines Kind mit einer Missbildung zu sehen, so wie die Kinder, die im Bett liegen oder im Rollstuhl sitzen müssen, aber nichts dergleichen, da finde ich doch einen Burschen, der im Hof umherläuft, um einen Hahn zu fangen, der Latein spricht, weil ein Verrückter ihm das von klein auf beigebracht hat, Sie müssen entschuldigen, Consuelo, Sie wissen ja, dass ich nicht so über Ihren Bruder denke, so habe ich nur damals gedacht, als ich ihn noch nicht kannte. Der außer eine tote Sprache zu sprechen auch noch gregorianische Gesänge singen kann, weil Jerónimo aus irgendeinem Kloster ein Messbuch entwendet hat, das sicher ein Vermögen wert ist. Der von einem ehemaligen Mönch erzogen worden ist, der wie verrückt alte Geschichte studiert hat. Glauben Sie nicht, dass das alles leicht ist für einen Arzt, der nur die üblichen schlimmen Fälle kennt, vor allem einen wie mich, der seit dreißig Jahren mit Kindern arbeitet und furchtbare Fälle gesehen hat, die aber nicht sprechen oder laufen können und höchstens ein paar Monate überleben … Verstehen Sie mich? Bei Polyphem ist das jedoch alles ganz anders. Stellen Sie sich mal vor, was meine Kollegen auf irgendeinem Kongress sagen würden, wenn sie ihn sähen, ein Haufen Theorien würde da zum Teufel gehen, nicht nur medizinische, sondern auch soziologische und pädagogische, wenn man nur an das Latein von Polyphem denkt, sogar Anatomie wird heute mit anderen Begriffen gelehrt, zu meiner Zeit musste man noch Latein können, um Medizin zu studieren, und hier spricht es so ein Kind, als wäre es die leichteste

Sache der Welt! Als wir endlich Röntgenaufnahmen und Ultraschall bei ihm machen konnten, stellten wir fest, dass er praktisch ein ganz normales Kind ist und sicher auch eins bleiben wird, vorausgesetzt, man kann das Wachstum des Auges begrenzen, denn durch seine Position könnte es auf empfindliche Hirnregionen drücken und Probleme bereiten. Aber das geht ja nicht, weil er nicht gemeldet ist, es ist so, als gäbe es ihn gar nicht.«

»Sie müssen verstehen, Herr Doktor«, warf Maria, die Mutter des Kindes, ein, »ich konnte doch nicht das Risiko eingehen, dass man bei mir zu Hause erfuhr, dass er geboren worden war. Heute ist mir das ganz egal, weil jetzt hier mein Zuhause ist, doch damals, gerade angekommen und schon ledige Mutter ...«

»Außerdem«, fügte Doña Elvira hinzu, »wenn das Jugendamt Wind davon bekommen hätte, dann wärs uns wahrscheinlich ganz schön dreckig gegangen, dann hätten sie uns vielleicht den ganzen Laden dicht gemacht, weil wir den Kleinen versteckt halten.«

»Zu allem Unglück«, nahm Evans den Faden auf, »hätte das Kind dann auch noch in irgendeinem Krankenhaus oder einem Heim für verlassene oder behinderte Kinder aufwachsen müssen, denn das ist mal sicher, so wie er jetzt frei herumläuft, hätten sie ihn niemals laufen lassen, denn wenn sich die Gesellschaft vor etwas schützt, dann vor Menschen, die anders sind. Deshalb gibts ja auch die Irrenhäuser, weil die Leute Angst vor dem Irresein haben, und da ist es egal, dass die Irren meist niemand was zuleide tun, sie sind der lebendige Beweis dafür, dass bei jedem plötzlich eine Schraube locker sein kann, das reicht. Für mich ist die Sache erst schlimm geworden, als Polyphem auf die Straße hinauszugehen begann, denn während er früher außergewöhnlich war, nicht nur wegen seines Auges, sondern auch wegen seiner Talente, wurde er von einem Augenblick zum anderen ein gewöhnlicher Bengel wie die, die in den Bussen singen. Er muss es ausbaden, denn jetzt wird ihm sein Unterschied größere Schwierigkeiten machen ...«

»Ich weiß nicht, Doktor«, warf Maria ein, »vielleicht ist es so besser, denn wenn es darum geht, ob er wie ein altmodischer Pfaffe reden und alle diese komischen Sachen wissen soll oder lieber frei auf der Straße herumlaufen und Kinder seines Alters kennen soll, dann ist mir die Straße lieber. Jetzt finde ich ihn viel aufgeweckter, nicht mehr so seltsam wie früher, man setzt ihm seine Mütze auf und er ist wie jedes andere Kind auch.«

»Das kommt daher, dass ihn niemand so nehmen will, wie er ist«, meinte Consuelo. »Und darin kann es niemand mit Jerónimo aufnehmen, niemand außer ihm hat ihn so ohne Wenn und Aber geliebt.«

»Keiner wird bestreiten, dass Sie das genauso getan haben, Doña Consuelo.«

»Aber das tut er doch nur, weil er denkt, das Kind ist wer weiß was von dem, was er immer erzählt«, protestierte Maria.

»Ist es denn etwa nicht besser so? Jerónimo sagt doch immer, dass Polyphem ein Zeichen unserer Zeit ist, dass er ein Monster ist, weil er etwas demonstriert, ein Wunder, weil er etwas Wunderbares verkündet, eine Offenbarung, weil er etwas offenbart und eine Verheißung, weil er etwas verheißt«, rief Evans in Erinnerung. »Das hat er mir ungefähr tausendmal erklärt, und auf seine Weise hat er recht, Polyphem ist das alles wirklich, weil er zeigt und beweist, was gerade geschieht, und außerdem sagt er vorher, was geschehen wird, wenn alles so weitergeht wie bisher. Deshalb wäre es auch gut, wenn die Leute von seiner Gegenwart wüssten, damit alle sehen, welches undankbare

Schicksal dieses Kind lebt, damit alle erfahren, dass das einzig Ungewöhnliche an dieser Geschichte die Tatsache ist, dass er nicht tot zur Welt gekommen ist, denn abgesehen davon lasst ihr Jerónimo ein normales Kind erziehen, und im Handumdrehn macht er es zu einem Wunderkind. Jedes kleine Kind lernt das, was man ihm beibringt, und die Kinder, die auf der Straße leben müssen, lernen noch viel schneller, denn sie müssen überleben. Was ich jedoch befürchte, und darauf läuft unsere ganze Unterhaltung hinaus, ist, dass das Gehirn des Kindes durch die Größe und Position des einzigen Auges einen anormalen Druck erleidet, und was mir noch mehr zu schaffen macht ist der Gedanke, dass er, wenn er behandelt wird, wie es sich gehört, nie mehr in diese Welt hinauskönnte, in der er so glücklich ist. Denn es ist absolut sicher, dass man ihn wie ein seltsames Tier behandeln würde, um ihn herumzuzeigen und Experimente mit ihm zu machen, und das dürfen wir auf keinen Fall zulassen.«

Consuelo liefen die Tränen über das Gesicht.

»Doktor Evans, Sie wissen etwas, das Sie uns noch nicht haben sagen wollen, nicht wahr?«

Alberto schenkte sich Kaffee aus dem Topf nach, den Consuelo immer auf dem Herd stehen hatte.

»Ja, Consuelo, bei den Untersuchungen hat sich das herausgestellt, was ich euch gerade gesagt habe. Polyphems Auge wächst ein wenig schneller, als es normalerweise wachsen sollte, doch das eigentliche Problem ist, dass es auf andere Teile des Gehirns drückt. Daher kommen auch die Kopfschmerzen, von denen uns Jerónimo neulich berichtet hat.«

Consuelo hatte sich das Gesicht mit der Schürze bedeckt und bemühte sich nach allen Kräften – was eine Menge heißen wollte –, nicht in ein unkontrolliertes Weinen auszubrechen. Doña Elvira saß wie versteinert da, während Maria bis zu den Lippen kreidebleich wurde.

»Der Junge wird jetzt bald acht Jahre alt, wenn er diese Etappe überwindet, kann es vielleicht weitergehen mit ihm ...«

»Was genau heißt das, Doktor: weitergehen?«

»Das kann ich auch nicht mit Sicherheit sagen ... Leider gibt es auf dieser phantasielosen Welt keine Medizin für Zyklopen, außer natürlich« – er sah einen Moment ins Leere –, »der Zentaur Kyron könnte noch einmal auferstehen ...«

Niemand verstand, was er damit meinte.

»Wer war denn dieser Don Zentaur?«, fragte Eresvida.

»Was ich sagen will, ist, dass alles bei leichten Kopfschmerzen bleiben kann, aber auch zu starken Schmerzen oder Schlimmerem werden könnte. Das wird sich erst mit der Zeit herausstellen.«

Alle hatten das Bedürfnis, in den Garten hinauszugehen und Polyphem zu sehen. Draußen spielte Jerónimo, wie neugeboren nach dem langen Schlaf, eines jener Spiele, die nur sie beide kannten, Spiele, die Außenstehenden unweigerlich versperrt waren. Sie bewegten sich im Kreis um einen Rosenstrauch. Um den Kreis aufzulösen, gingen sie ihn bis zur Hälfte zurück und suchten einen anderen Weg. Unterwegs wählten sie, als sie am toten Punkt des Kreises angelangten, zwischen der klaren Form des Kreisbogens und der endlosen Ungewissheit der Linie, nur um die Unbesiegbarkeit des Kreises aufzulösen.

Die anderen beobachteten sie schweigend, ohne sich zu trauen, sie zu unterbrechen, ohne auch nur zu verstehen, was sie sprachen, denn sie unterhielten sich auf Latein, und das Latein von Evans Anatomie reichte hier zu gar nichts. Da beschlossen sie, alles so zu lassen, wie es war. Consuelo meinte mit noch vom Weinen geröteten Augen, wenn dem Kind irgendetwas zustoßen müsse, dann solle es auf der Straße geschehen oder im Garten, egal wo, nur nicht in einem Krankenhaus.

»Und viel weniger noch in einem Reagenzglas«, fügte Evans hinzu.

Als sie die Unterhaltung fortsetzten, sprach Doktor Evans fast nur noch für Consuelo und Doña Elvira, denn die anderen begannen sich über seinen Vortrag zu langweilen, von dem sie kaum etwas begriffen. Auch die beiden Frauen verstanden nicht viel mehr, doch interessierte sie das Thema sehr.

»Vater war wie besessen von dem Jungen und beklagte sich immer, das Jerónimo ihn nicht näher an ihn heranließ. Er berichtete mir, dass er ihn geimpft habe und ihn mehr als einmal mit Dingen versorgte, die im Speiseplan von Jerónimo nicht vorkamen. Als ich kam, stürzten wir uns beide zusammen kopfüber in den Fall, und bei unseren Nachforschungen kamen wir zu dem theoretischen Schluss, dass die Position des Auges dem Kind auf lange Sicht Schwierigkeiten bereiten könnte. Doch war es vorhersehbar, dass es für dieses Problem praktisch keine Lösung gab, dass es einfach kommen würde und man nichts dagegen machen könnte.«

Am Ende der Unterhaltung versprach der Arzt, Jerónimo das zu erklären zu versuchen, was nur die Zeit über den »Fall Polyphem« zeigen würde. Weil er die beiden nicht mehr im Garten fand – sie waren längst schon wieder auf der Straße unterwegs –, kam er ein paar Tage später zurück. Polyphem spielte gerade mit ein paar anderen Kindern, und so konnte Evans Jerónimo mit zu sich nach Hause nehmen, um ihm die Röntgenaufnahmen und Diagramme zu zeigen, die er gemeinsam mit seinem Vater angefertigt hatte. Jerónimo nahm die Einladung nur an, um dem Arzt einen Gefallen zu tun, der immer so freundlich gewesen war.

So, als sei es ein Geschenk, wollte Jerónimo dem Arzt erst einmal ein paar Einzelheiten ihres Berufs erklären, von denen Alberto sicher nichts wusste. Also nahm er Platz und begann:

»Die Gesundheit ist die Integrität des Körpers und die Besänftigung der Natur, die aus dem Warmen und dem Feuchten kommt, also dem Blut. Die Kraft des Todes erwächst aus der Krankheit, und alle Krankheiten entstehen aus den vier Körpersäften, als da sind: Blut, gelbe Galle, schwarze Galle und Schleim. Deshalb, mein junger Freund« – Jerónimo sprach zu einem Mann, der ein wenig älter war als er selbst – »gibt es überhaupt die Medizin, und Sie und ich sind Mediziner, denn die Medizin ist die Disziplin, die gebraucht wird, um den Körper zu schützen und die Gesundheit wiederherzustellen.«

Während Jerónimo so dozierte, blieb er reglos sitzen und hielt den Blick starr in die Ferne gerichtet, so als läse er direkt aus uralten Schriften. Evans hörte geduldig zu und staunte über das Wissen, das sich in den Regalen dieses aus der Bahn geratenen Hirns angesammelt hatte. Jerónimo fuhr fort:

»Apollo war der eigentliche Erfinder der Kunst der Medizin, ihm folgte Äskulap, sein Sohn, und nach fünfhundert Jahren in Vergessenheit holte sie Hippokrates, ein Nachfahre von Äskulap, wieder ans Licht, zur Zeit des Ataxerxes, des Königs der Perser ...«

Evans hörte ihm bei einer stattlichen Zahl von Tassen Kaffee zu und dachte dabei, wie schade es sei, dass ein Mann mit den Fähigkeiten von Jerónimo so unwiederbringlich wahnsinnig war. Er dachte auch über die möglichen Gründe für diesen Wahnsinn nach, doch bei einem

Mann, der außerhalb der normalen Zeit lebte, war es ziemlich schwierig, ein Leiden bis an seine Wurzel zurückzuverfolgen: Für ihn gab es nur die Gegenwart.

Gut anderthalb Stunden später erhob sich Jerónimo und begann, beinahe Buch für Buch die Bibliothek des Doktor Evans zu erkunden, wobei er die Bände in die Hand nahm, durchblätterte, ganze Seiten las, manchmal auch an den Buchrücken leckte. Der alte Evans hatte eine stattliche Anzahl Bücher zusammengetragen, viele davon auf Italienisch, das Jerónimo für ein heruntergekommenes, doch leicht verständliches Latein hielt. Alberto ließ ihn allein in der Bibliothek zurück und kümmerte sich um seine eigenen Sachen, dann kündigte er an, er wolle einen Patientenbesuch machen, Jerónimo solle, wenn er ginge, nur die Tür hinter sich zuziehen. Doch als er vier Stunden später zurückkehrte, hatte Jerónimo schon vom Schreibtisch Besitz ergriffen und mehrere Stapel Bücher darauf aufgetürmt.

Irgendwo zwischen den Bänden hatte er eine alte Lupe gefunden, die Evans vor langer Zeit in einem Antiquariat gekauft hatte, mit einem Griff aus geschnitztem Elfenbein und einer Linse, die von Schimmel befallen war, die Jerónimo jedoch ohne Probleme zu benutzen schien. Gegen Abend ging Alberto zum Bordell hinüber und informierte Consuelo darüber, dass ihr Bruder wie benommen in der Bibliothek säße und lese, ohne irgendein Anzeichen, herauskommen zu wollen. Nach einem Besuch im Krankenhaus kehrte der Arzt spät am Abend nach Hause zurück, und Jerónimo saß immer noch da, auf einem Stuhl neben dem Schreibtisch hatte er noch zwanzig weitere Bände aufgetürmt. Abendessen wollte er nicht. Evans setzte sich in den Schaukelstuhl seines Vaters und aß allein zu Abend, während er seinem Freund zuschaute, wie er völlig verändert und mit einem Blick unzweifelhafter Intelligenz auf

Italienisch, Französisch und Spanisch las. Die englischen Bücher legte er zur Seite, die »Sprache der Barbaren« hatte er nie gut verstanden, wie er dem Arzt in einem Augenblick der Ablenkung sagte.

Alberto schaltete die Schreibtischlampe und das Deckenlicht ein, damit Jerónimo das Lesen leichter fiel; dann legte er ihm eine Wolldecke um die Schultern und zog sich zum Schlafen in sein Zimmer zurück, wobei er hoffte, ihn am nächsten Morgen schlafend über den Büchern zu finden, eine Hoffnung, die er am nächsten Morgen um halb sieben jedoch enttäuscht sah, als er sich auf den Weg zum Krankenhaus machen wollte: Er warf einen Blick in die Bibliothek und fand ihn in gleicher Haltung wie am Abend zuvor, mit noch mehr Büchern am Boden verstreut und sogar auf den Schaukelstuhl gestapelt. Alberto zog die Vorhänge zurück, damit er bei Tageslicht lesen könne, ging in die Küche und bereitete ihm eine Papayamilch, die der Lesende mechanisch in sich hineinschlürfte.

Bei seiner Rückkehr um halb sechs Uhr am Nachmittag fand er ihn zwischen einem Haufen Bücher ohnmächtig am Boden liegen. Es fiel dem Arzt nicht schwer, Jerónimo in eines der Schlafzimmer zu ziehen, denn er wog ja nicht allzu viel. Dort legte er ihn aufs Bett und spritzte ihm ein Beruhigungsmittel. Jerónimos Hirn war vom vielen Lesen wie benommen, doch am nächsten Morgen erhob er sich, als wäre nichts geschehen. Endlich hatte er begriffen, woher die Irrtümer des alten Evans stammten. Er verabschiedete sich von Alberto und ging nach Hause zurück.

Das alte Haus stand da, wo es immer gestanden hatte, und Jerónimo merkte nicht, dass es wie verzaubert war, wie unter einer Glasglocke, aber der Kalk seiner Außenwände schwarz von den Abgasen der Autos, die großen, blauen Fensterrahmen voller Staub, die hölzerne Haustür

wie von der Osteoporose schon etwas gebeugt durch die Termiten, noch las er auf dem oberen Balken des Rahmens die Inschrift, die die Jahre schon beinahe getilgt hatten, ein Schriftzug, den in besseren Zeiten jemand dort hineingeschnitzt hatte: »Die, die Ihr hier eintretet, gewinnt alle Hoffnung zurück!«
Er trat einfach ein wie immer.

VIER MONATE, NACHDEM ER SEIN ACHTES LEBENSJAHR vollendet hatte, lief Polyphem eines Abends durch die Blumenrabatten des Morazán-Parks; da geschah etwas. Die Kinder rannten los und holten Jerónimo. Der Großvater fand den Jungen, wie er sich in Krämpfen am Boden wälzte. »Meine Gott!«, stammelte er nur, als er erkannte, was mit ihm los war. »Es ist Epilepsie!« Und er sprang zu ihm, um ihm zu helfen, steckte ihm einen Zipfel seiner Kutte in den Mund, damit er sich nicht auf die Zunge biss, und hielt ihm den Kopf, damit er ihn sich nicht am Boden aufstieß. Die Kinder weinten vor Schreck und Jerónimo vor Verzweiflung: Es war die göttliche Krankheit!

Als der Anfall vorüber war, nahm ihn Jerónimo auf den Arm und machte sich auf den Heimweg, wobei er unverständliche Worte zwischen den Zähnen hervorstieß.

»Das gemeine Volk nennt diese Kranken Mondsüchtige, weil dieses Leiden eine gewisse Beziehung zum Mondzyklus hat. Sie heißt auch Delirium, und manchmal nennt man sie Fallsucht, weil sie den Kranken Hinfallen lässt ...«

Jerónimo ging eilig mit dem Kind im Arm, lief fast, während ihm die Tränen über die Wangen strömten und ihn die fürchterlichste Angst überfiel, die er je in seinem Leben gespürt hatte.

»Epilepsie wird sie genannt, weil sie den Geist ergreift und sich des ganzen Körpers bemächtigt, sie entsteht aus der schwarzen Galle der Melancholie und steigt von da ins Hirn, ihre Kraft ist so groß, dass sie den stärksten Mann zu Boden wirft und ihm Schaum vor den Mund treten lässt … Und jetzt bei einem Kind, mein Gott!«

Jerónimo kam kaum voran, weil der Weg endlos lang schien und dunkel war und ihm die Knie und der Unterkiefer zitterten. Obwohl es schon spät war, sahen ihn viele Leute mit dem Kind auf dem Arm vorüberrennen und laut, fast schreiend, unverständliches Zeug reden.

»Sie wird auch Krankheit der Komitien genannt, weil die Heiden ihre Bürgerversammlungen verließen, wenn jemand, während sie gefeiert wurden, von dieser Krankheit ergriffen wurde …«

»Die Römer feierten die Komitien am Tag der Kalenden des Januaris!«, rief er, als er, das Kind auf dem Arm, durch die Vordertür in das Lokal trat, und den Kunden gefror das Blut in den Adern, vor allem denen, die Polyphems Stirn sehen konnten. Er lief geradewegs in die Küche, wischte die Teller und Flaschen vom Tisch und legte ihn darauf nieder. Consuelo musste von ihren Helferinnen gestützt werden, weil sie das Gleichgewicht verlor, doch dann erholte sie sich wieder und lief herbei, um das Kind zu sehen; es war immer noch bewusstlos. Sie packte ihren Bruder beim Kragen seiner Kutte und schrie ihn an, er solle ihr sagen, was geschehen sei. So fest zog sie, dass sie ihm ein Stück Stoff abriss. Jerónimo rief: »Epilepsie, Frau, das ist Epilepsie!«

Augenblicke später schon kam Evans gerannt, nahm etwas aus seinem Köfferchen, gab dem Kind eine Spritze und rief einen Krankenwagen, ohne dass jemand etwas dagegen hätte unternehmen können, nicht einmal Jerónimo selbst, denn so weit reichte seine Wissenschaft nicht: Gegen die göttliche Krankheit war nichts zu machen. Evans gelang es, Jerónimo eine Tablette in die Hand zu drücken, die dieser nahm, ohne darauf zu achten, was er tat. Es war ein Beruhigungsmittel, aber es half ihm nur wenig.

Das Bordell verwandelte sich in ein Chaos. Maria schrie hysterisch und beschimpfte Gott mit den schlimmsten Flüchen, die sie in all diesen Jahren gelernt hatte. In den Krankenwagen stiegen Evans, natürlich Jerónimo, den nicht einmal ein ganzes Polizeikommando zurückgehalten hätte, Consuelo, die den Sanitäter hochhob, der es ihr verbieten wollte, und ihn erst wieder auf den Gehsteig setzte, als man es ihr erlaubte, und Maria, weil sie die Mutter des Kindes war.

Doña Elvira schrie herum und lief hin und her, um die Kunden aus dem Lokal zu bekommen. Nach einer halben Stunde war es absolut still in dem großen, alten Haus, und im Schankraum schliefen die Stühle wie Fledermäuse umgedreht auf den Tischen. Im Schein vieler Kerzen wurde um ein Bild der Jungfrau Maria ein Rosenkranz gebetet.

Im Kinderkrankenhaus mussten Consuelo und Maria eine Menge Erklärungen geben, während Jerónimo, immer noch außer sich, im Wartezimmer hin und her lief. Die Mutter musste Polyphems wirklichen Nachnamen angeben, um ihn zu registrieren. »... auch bekannt als Polyphem Peor ...«

Eine ganze Schar Ärzte kam, um mit eigenen Augen das einzige Auge jenes Kindes zu sehen und etwas zu tun zu versuchen, wo es nichts zu tun gab. Polyphem war inzwischen aufgewacht und rief nach Jerónimo. Evans bemühte sich hektisch zu erklären, was passiert war und weshalb er nie etwas von dem Fall berichtet hatte, doch erreichte er nur mit Mühe, dass das Geheimnis bewahrt wurde. Das gelang ihm vor allem deshalb, weil im Grunde jeder Arzt den Fall für sich selbst und das Privileg haben wollte, ihn unter seinem eigenen Namen in der wichtigsten Fachzeitschrift zu veröffentlichen – und, wenn möglich, in allen Fachzeitschriften der Welt.

Im Morgengrauen wurde ihnen endlich gestattet, das Kind zu sehen. Es war eingeschlafen und schlief genau wie immer, fast so, als sei nichts geschehen.

Schließlich kam Evans, um sie aus dem Zimmer zu holen, und gemeinsam schafften sie es, Jerónimo zu überreden, mitzukommen, denn er wollte sich nicht von Polyphems Bett wegbewegen. Tatsächlich ging er erst hinaus, als man ihm versprach, dass er am nächsten Tag wiederkommen dürfe, doch war es unmöglich, ihn nach Hause mitzunehmen. Er blieb lieber im Warteraum, wo er schlaflos den Rest der Nacht verbrachte.

»So kommt die Sache also jetzt heraus«, murmelte Evans auf dem Heimweg vor sich hin. »Epilepsie …«

Der alte Evans hatte also doch recht behalten, und jetzt war es seinem Sohn aufgegeben, die Theorien zu bestätigen. Auch Alberto konnte diese Nacht nicht schlafen.

Consuelo legte sich hin, weil sie sich nicht mehr auf den Beinen halten konnte, aber sie schlief nicht und wartete nur auf den Tagesanbruch, um zum Krankenhaus zu laufen, wo sie ihren Bruder so steif wie ein Stück Pappe fand.

Das Kind hatte starke Medikamente bekommen und konnte kaum das Auge offenhalten. Als es sie sah, lächelte es schwach und streckte die Hand nach Jerónimo aus. Es hatte einen schweren Anfall erlitten und brauchte absolute Ruhe. Weil es sich um einen so außergewöhnlichen Fall handelte, brachte man den Jungen in einem Einzelzimmer unter, und Evans besorgte den Familienangehörigen eine Sondererlaubnis: Sie durften von neun bis zwölf am Vormittag und von drei bis sieben Uhr nachmittags bei ihm sein. Aber es war überhaupt nicht daran zu denken, ihn aus dem Krankenhaus zu holen. Dies war es, was Evans am meisten in Wut versetzte: dass sich die Vorhersagen seines Vaters und die eigenen so bewahrheitet hatten. Gern hätte er seinen Beruf dafür verwettet, dass er sich geirrt hätte.

Jerónimo Peor stand früh auf, ungefähr um sechs Uhr morgens. Er schlief jetzt ab und zu in Polyphems Kammer, die er verließ, um sich gleich unter die große Sonnenblume zu legen und angestrengt über eine mögliche Heilung des Kindes nachzugrübeln. Gegen sieben Uhr kam Consuelo mit einem großen Glas Orangensaft für ihn; gegen acht brachte sie ihm einen Teller mit Papaya und Bananenstücken, die er eines nach dem anderen abwesend in sich hineinstopfte; doch kaum war er fertig damit, da stand er auf und ging schnurstracks zum Krankenhaus, wo er eine halbe Stunde im Stehen vor der Tür wartete, bis er hineindurfte. Dafür musste er sich einen weißen Kittel über seine Kutte ziehen. Er verbrachte den Morgen bei Polyphem und gab nur Consuelo Gelegenheit, ihn von halb zwölf bis zwölf Uhr auch zu sehen. Mittags kam er nach Hause, um irgendeine Suppe mit Tortillastücken zu essen, bevor er wieder fortging. Er kehrte zum Krankenhaus zurück, setzte sich in den Garten und starrte ins Leere, bis ihm sein Zeitgefühl sagte, dass es drei Uhr war und er wieder hineindurfte.

Um sieben Uhr abends verabschiedete er sich von Polyphem und trat in die seltsame Luft der Straße hinaus.

Polyphem gelang es nicht zu begreifen, was mit ihm los war; in einer Woche hatte er drei Anfälle erlitten, und er fühlte sich schläfrig und schwer. Er fragte nach seinen Freunden von der Straße, bat darum, dass man ihm den Letzten Hahn von Gestern brächte, wollte die Mädchen aus dem Haus sehen, wollte nach Hause zurückkehren. Aber er musste sich mit den Besuchen zufriedengeben und sich um sieben Uhr verabschieden, wenn die Krankenschwester mit den Beruhigungsmitteln kam.

Jerónimo streifte abends ziellos durch die Straßen, oft in Begleitung der Sängerkinder, doch schweigend. Er hatte ihnen erklärt, was die Epilepsie bedeutete und wie es im Krankenhaus war, und mehr als eins der Kinder dachte, ein Ort, wo man regelmäßig zu essen bekam und in einem Bett schlief, konnte gar nicht so schlecht sein.

Polyphems Mutter kam seltener zu Besuch, doch verbrachte sie die Tage damit, die seltsamen acht Jahre dieses seltsamen Lebens noch einmal nach für nach an sich vorbeiziehen zu lassen, die nichts anderes waren als ihr eigenes Leben.

Die Ärztekammer trat zusammen. Alberto Evans wäre um ein Haar die Aprobation entzogen worden, weil man ihn unsachgemäßer Behandlung bezichtigte, seine Fürsorgepflicht verletzt zu haben und ähnlicher Vergehen mehr, Anschuldigungen, die sich aber letztendlich nicht aufrechterhalten ließen. Evans sah sich gezwungen, die ganze Geschichte des Kindes zu erzählen und in mehreren Sitzungen zu rekonstruieren, wobei er auf das Dossier seines Vaters zurückgriff, dessen wichtigste Bestandteile die von ihm selbst hinzugefügten Notizen waren. Das alles ergänzte er durch alle möglichen Anekdoten und Geschichten, die er selbst erlebt oder im Haus gehört hatte, von den Mädchen, von Consuelo, Doña Elvira oder Maria.

Das Dossier des alten Evans wurde einer intensiven Prüfung unterzogen, und weil es allzu unwahrscheinlich klang, rief man nach Jerónimo, suchte ihn auf den Korridoren oder in seiner Kammer und brachte ihn in den Sitzungssaal, wo er erklären sollte, wie er die Bindehautentzündung behandelt habe, einfache Erkältungen, die Masern und all die normalen Kinderkrankheiten, die Polyphem gehabt hatte, der um diese Zeit begann, Ausfallerscheinungen zu bekommen, Dinge zu vergessen, und immer höhere Dosen Medikamente brauchte.

Sie fanden keinen Widerspruch und auch keine verborgenen Motive, weshalb Evans das Kind sonst noch hätte geheimhalten wollen. Was sie ihm jedoch nicht verziehen, war die Art und Weise, wie er den Fall behandelt hatte, denn sie alle versicherten, sie hätten Himmel und Erde in Bewegung gesetzt, wenn man ihnen Gelegenheit gegeben hätte, ihn in die Hand zu nehmen, selbst darüber zu bestimmen.

»Kynocephalos!«, rief da Alberto Evans und schlug mit der Faust auf den Tisch.

Auf die Frage, weshalb er sie mit einem solch seltsamen Namen bedachte, erklärte er:

»Das ist der Ausdruck, mit dem Jerónimo die Menschen bedenkt, die sich von Menschenfleisch ernähren, ›Hundeköpfe‹. Sie hätten ja nicht gezögert, das Kind in ein Reagenzglas zu stecken oder sonstwas mit ihm anzustellen, damit die Wissenschaft ihren Nutzen davon hätte und Sie Ihren Namen in goldenen Lettern unter dem Titel des Forschungsberichts sehen. Für Sie handelt es sich schließlich und endlich ja nur um den ›Fall Polyphem‹, nicht wahr? Wir aber haben ihn niemals nur als solchen begreifen können. Polyphem war ein ganz besonderes Kind, das ungewöhnlichste Kind der Welt, und gemeinsam beschlossen wir, wenn ihm etwas geschehen müsse, dann geschähe es ihm am besten überall, außer zwischen den Wänden eines Krankenhauses, wo er nur ein seltsames Wesen sein würde, ein Kretin, ein weiterer Fall voller Schmerz, der uns schon gar nicht mehr wie Schmerz vorkommt, weil wir so daran gewöhnt sind.

Ich habe das alles satt; ich habe vor allem die Wissenschaft satt, und die unmenschliche Medizin, die nicht mehr die Wissenschaft zum Schutze des Körpers und Wiederherstellen der Gesundheit ist, sondern nur noch das Geschäft, die Leute glauben zu machen, sie seien in unseren Händen sicher. Meine Herren, die Wissenschaft ist eine einzige Scheiße, und der Fortschritt ist auch eine: Da hat man die Impfung gegen die Karies erfunden, aber es wäre ein schlechtes Geschäft, sie zum Wohle aller Menschen anzuwenden, nicht wahr? Viel besser ist es doch, wenn Tausende von Menschen weiter dafür bezahlen, dass wir ihnen die Löcher in den Zähnen stopfen ... Sie können mich gern rauswerfen, da täten Sie mir vielleicht sogar einen Gefallen, aber ich hätte Ihnen niemals das Kind ausgeliefert und damit die Gefühle so vieler Menschen verletzt, vor allem ihn selbst seiner Freiheit beraubt und Jerónimo den Sinn seines Lebens genommen, im Tausch gegen die verfluchte Eitelkeit, den Fall unter meinem Namen bekannt zu machen. Schließlich und endlich kann man Zahnlöcher stopfen und das Material und die Arbeitszeit auch berechnen; aber die Löcher oder vielmehr die Abgründe, die der Verlust geliebter Menschen hinterlässt, die kann man nicht füllen. Und ich bin sicher, wenn eines Tages eine Impfung gegen die Trauer erfunden wird, dann wird man sie noch teurer verkaufen als die gegen die Karies, nur dass man sich hier ordentlich irren wird, denn wenn eine Person stirbt und bei denen, die sie geliebt haben, der Schmerz gewaltsam unterdrückt wird, dann wird es nicht sein, als sei die Person nicht gestorben, sondern so, als ob sie nie geboren worden sei, und an dem Tag, da das geschieht, wird es so sein, als habe die Menschheit selbst nie existiert. Wenn Sie wollen, dass ich gehe, gehe ich ... Aber hoffentlich vergessen Sie nie, dass diese Art von Schmerz den Menschen Karies in der Seele macht, und es gibt keine Technologie der Welt, die das verbergen könnte, denn man sieht es in ihrem Blick. Und es gibt einen Schmerz und eine Schande, die der ganzen Menschheit gehören. Ich darf mich empfehlen, meine Herren!«

Alberto verließ die Sitzung, doch kam der Kliniksdirektor persönlich später zu ihm nach Hause. Nicht nur konnte Evans seine Stellung behalten, ihm wurde außerdem auch noch der »Fall Polyphem« anvertraut. Alle waren sich einig, dass Doktor Evans nur ein wenig überarbeitet war …

UNTERDESSEN HATTE SICH JERÓNIMO schon gut an die Umgebung im Krankenhaus gewöhnt und verbrachte den ganzen Tag damit, außer seinem eigenen auch den anderen Kindern zu helfen: Eilig lief er über die Gänge und brachte hier einem den Nachttopf, dort einem anderen einen Löffel fürs Mittagessen, und er erreichte es sogar, dass er mittags nicht mehr hinausgeworfen wurde, was als »sozialer Dienst« gerechtfertigt wurde, und so konnte er von sieben Uhr morgens bis acht Uhr abends im Krankenhaus bleiben. Er freundete sich mit allen Kindern an, die er traf, und erzählte ihnen Geschichten, während er sie auf den Topf setzte oder ihnen das Bett machte. Er änderte seine Meinung und bat Gott nicht mehr darum, dass Sie die Welt weiter machen, sondern allen Kindern die Schmerzen ersparen möge.

In der fünften Woche, die er im Krankenhaus verbrachte, erlitt Polyphem einen weiteren starken Anfall. Die Ärzte mussten Jerónimo mit Gewalt aus dem Zimmer schaffen, denn er bestand darauf, den Jungen mit nach Hause zu nehmen, weil sich sein Zustand hier nur verschlechterte.

So fand sich Jerónimo an irgendeinem hellichten Mittag auf der Straße wieder und lief durch eine Stadt, die, so voller Angst, wie er war, für ihn zum Labyrinth wurde. Da er nicht wusste, welche Richtung er einschlagen sollte, lockerte er sich die Riemen seiner Sandalen an den Knöcheln, damit sie ihren Weg selbst suchen konnten. Er ging langsam, mit weit aufgerissenen Augen, und als er an dem heruntergekommenen Haus vorüberkam, in dem Polyphems Freunde übernachteten, bemerkte er, dass sich in diesem Augenblick ein riesiger Kran mit einer Eisenkugel an einer Kette näherte, um die Vorderwand des Hauses einzureißen. Jerónimo sah die Kugel kommen und hatte gerade noch Zeit, aus dem Rinnstein eine Handvoll Wasser zu schöpfen und es auf das Haus zu spritzen, um ihm die letzte Ölung zu geben. Die Kugel prallte gegen die Wand und schlug eines der letzten Zufluchtslöcher der Insektenkinder zu Trümmern, die dort zu schlafen pflegten. Nach wenigen Minuten war von der Vorderwand des Hauses nichts mehr übrig, und nach ein paar Stunden würde es wieder ein leeres Grundstück geben, das für den Verkauf bereit stand.

Jerónimo blieb nicht bis zum Schluss des Schauspiels. Mit Mühe schaffte er es bis nach Hause, wo er vom neuen Anfall des Kindes berichtete. Consuelo ging ins Halbdunkel ihres Zimmers und kniete sich ans Fußende des Bettes, in dem ihr Mann schlief, ohne etwas zu ahnen; dort betete sie voller ohnmächtigem Zorn. Doña Elvira höchstpersönlich nahm in der Küche Consuelos Platz ein, kochte schwarzen Kaffee und setzte sich mit Maria und den anderen Mädchen an den Tisch, um über das schlimme Schicksal des Kindes zu reden und, mehr als Maria zu trösten, ihr verstehen zu helfen, dass nichts, absolut nichts davon jemals eine göttliche Strafe gewesen war, sondern dass Jerónimo immer Recht gehabt hatte: dass das Kind ein wirkliches Zeichen unserer Zeit war. Maria hatte den Kopf auf den Tisch gelegt und weinte.

Es musste gegen sechs Uhr abends sein, als Doktor Evans auftauchte. Er sah bleich und verstört aus. Sie umringten ihn augenblicklich und fragten nach dem Kind.

»Schlechte Nachrichten«, antwortete er mit brüchiger

Stimme. Polyphems Mutter lief, kaum hatte sie diese Worte gehört, die Treppe hinauf und schloss sich in ihr Zimmer ein, um in ihr Kissen zu heulen. Sie wollte nicht hören, was kam. Consuelo war aus ihrem Zimmer gestürzt, packte den Arzt bei den Schultern und schüttelte ihn heftig, wobei sie wieder und wieder ihre Frage nach dem Jungen wiederholte, bis die Mädchen sie fortzogen. Jerónimo trat zu ihm und fragte ohne Umschweife:

»Ist er etwa gestorben?«

»Nein, Jerónimo, Consuelo ... er ist nicht gestorben.«

»Was ist dann also mit ihm ...?«

»Er vegetiert jetzt nur noch dahin ...«

Die Mädchen verschwanden schnell, jedes ging seiner Wege. Consuelo ließ sich auf einen Stuhl fallen und weinte leise. Jerónimo aber überlegte einen Augenblick, dann bekam er leuchtende Augen, begann mit unendlicher Erleichterung zu lächeln und meinte, ganz ohne Panik oder Angst:

»Vegetieren, das kommt ja von Vegetation ... In was für eine Pflanze verwandelt er sich denn, Doktor?«

Evans stutzte leicht, dann begriff er, hatte aber nicht den Mut, Jerónimos Irrtum aufzuklären. Er blickte zu Consuelo hinüber, und sie nickte leicht, mit von den Tränen geschwollenen Lidern.

»Also ... ich weiß noch nicht genau, Jerónimo, er ist noch sehr klein, wir müssen ihm noch ein bisschen Zeit geben, bis wir sehen können, welche Pflanze er sein wird. Bleib du ruhig ein paar Tage hier, ich geb dir gleich Bescheid, wenn ich etwas weiß.«

Consuelos dankbarer Blick vergab ihm die Lüge und half ihm, damit weiterzumachen, als drei Tage später Jerónimo mit seiner Schwester im Krankenhaus erschien. Er zitterte vor Rührung, sie voller Angst. Doktor Evans sprach mit seinen Kollegen, und gemeinsam beschlossen sie, dass es jetzt, da das Kind keine Reaktionen mehr zeigte, das Beste sei, mit der barmherzigen Lügerei weiterzumachen. Die Ärzte kamen mit einem kleinen Limonenbaum, den Evans in einer Gärtnerei gekauft hatte, in den Garten hinaus und überreichten ihn Jerónimo. Er erkannte ihn sofort:

»Ein Arbor Medica! Consuelo, der Junge hat sich in einen Arbor Medica verwandelt ... in einen Limonenbaum!«, sagte er und konnte die Freudentränen nicht zurückhalten, während er den Plastiksack umarmte, der den Wurzelballen des Baumes enthielt. »Ein Arbor Medica! Man weiß, dass seine Frucht den Giften entgegensteht, und das scheint auch der Dichter zu meinen, wenn er sagt, dass man mit ihm das Leben begünstigt. Ein Arbor medica! Consuelo, er wird die ganze Zeit Frucht tragen, einen Teil sauer, einen Teil reif, und einen Teil in Blüte stehend, was man bei den anderen Bäumen selten findet ...«

Evans Kollegen wussten schon über Jerónimos Erklärungen Bescheid, doch jetzt waren sie wirklich gerührt. Nach und nach kamen die Mädchen, denn im Haus wussten alle, dass heute etwas über Polyphem bekannt werden würde. Maria sah elend und übernächtigt aus. Nach und nach kamen auch die singenden Straßenkinder, denn Jerónimo hatte sie für diesen Augenblick des Jubels und der Ehre Polyphems zusammengerufen.

»Das ist Polyphem?«, fragten sie ungläubig; doch all die weißgekleideten Herren, die zustimmend nickten, ließen keinen Zweifel mehr zu.

Einer der Gärtner des Krankenhauses grub das Loch, in das Polyphem gepflanzt werden sollte, eine Ehre, die unzweifelhaft Jerónimo zustand.

»Wie die Meerjungfrau Daphne, die durch die Gnade

der Götter in einen Lorbeer verwandelt wurde, hast du, mein Junge, dich in einen Limonenbaum verwandelt, zur ewigen Ehre dieser Frucht, die so das Leben begünstigt«, sagte er, während er ihn in einen Winkel des Gartens des Kinderkrankenhauses pflanzte, ein Platz mit Blick auf die Avenida mit ihren Autos und Passanten.

Der Gärtner gab Jerónimo die mit Wasser gefüllte Gießkanne, und Jerónimo taufte Polyphem:

»Zwei sind der Elemente, die für das Leben unverzichtbar sind: Feuer und Wasser, weshalb man dem, dem man Wasser und Wärme verweigert, einen großen Schaden zufügt. Das Wasser ist unter allen Elementen das wichtigste, weil es den Himmel weicht, die Erde befruchtet, sich mit seinem Dampf der Luft einverleibt, in die höchste Höhe steigt und sich des Himmels bemächtigt ...«

So sprach Jerónimo, während er mit unendlicher Zärtlichkeit das Köpfchen des Baumes Polyphem begoss.

»Wie wunderbar, dass die Wasser, die im Himmel sind und in ihrem Schoß die Fische mit sich führen, wenn sie auf die Erde fallen, der Grund allen Lebens sind!«, sagte er, als die letzten Tropfen aus der Gießkanne fielen. »Ich kann den Jungen doch besuchen kommen, wann ich will, nicht wahr, Dokor Evans?«

»Wann immer du willst, Jerónimo.«

»Ah, und bestreut ihn ja nicht mit Pflanzenschutzmitteln, die sind nämlich schlecht für ihn!«

Consuelo, Doña Elvira und Maria gingen mit den Ärzten beiseite und redeten mit ihnen etwas, von dem Jerónimo nichts verstand. Er sah sie die Lippen bewegen, hörte aber nichts. Evans hob die Hand und zeigte mit dem Finger zum vierten Stock des Krankenhauses hinauf. Dann umarmte er Consuelo und die Mutter Polyphems und verschwand auf einem der Wege.

Vom Fenster des Konferenzraums aus konnte man den Winkel des Gartens sehen, wo am späten Nachmittag ein Mann in einer braunen Kutte mit einem Zitronenbäumchen sprach.

»Siehst du dort, Polyphem?«, hörte man ihn sagen, während er mit dem Finger auf den Sonnenuntergang zeigte. »Das sind Drachen, die Tiere, die am meisten den Schleierwolken ähneln, die man oft am Abend sieht.«

In diesem Winkel saß er auf dem Rasen und verbrachte die endlosen Tage manchmal schweigend, manchmal in lebhaftem Gespräch mit ihm. Dann verabschiedete er sich, indem er ihn auf die Blätter küsste, und ging los, um ziellos durch die Straßen zu irren. Ab und zu traf er sich mit den Kindern, doch sie kamen jetzt fast nie mehr zu ihm. Jerónimo war seltsam geworden, seit Polyphem sich in einen Baum verwandelt hatte, er sprach fast nicht mehr oder sagte Dinge, die niemand verstand, er hatte sich angewöhnt, beim Laufen auf den Gehsteigen Latein zu reden und mit den Armen zu gestikulieren, so sehr, dass die Leute aus Vorsicht auf die Straße ausweichen musste.

Ungefähr zwei Monate nach Polyphems Verwandlung kam Jerónimo eines späten Abends in seine Kammer, schrieb etwas auf sein Pappschild und ging in den Garten hinaus. Die ganze Zeit über hatte er nicht bemerkt, dass der Garten eingeebnet und Polyphems Schuppen abgerissen worden war, um endlich dem Parkplatz Platz zu machen, den das Lokal so dringend brauchte; die Antiquitätensammlung, die das Kind aus dem Bauch des Hauses zutage gefördert hatte, war komplett von einem Antiquitätenhändler gekauft worden.

Jerónimo sah sich nach allen Seiten um und erkannte den Ort nicht, suchte nach der Kammer des Kindes und fand sie nicht, an seiner Stelle schlief dort eine riesige, drohende Planierraupe, die er sich nicht zu wecken traute. Der Letzte Hahn von Gestern war mit einem Bein an ein Eisenrohr gebunden und suchte ebenfalls erfolglos den Garten. Jerónimo zog sich langsam die Kutte aus, legte alle Kleider ab, bis er nackt war und spürte die Kälte der Nacht am ganzen Körper. Er grub ein Loch in den Boden, der noch weich von der Planierraupe war, steckte einen Fuß hinein und bedeckte ihn gut mit Erde. Dann richtete er sich wieder auf und begann seine anderen Körperglieder in eine möglichst baumartige Haltung zu bringen. Er streckte seine Arme wie Zweige zum Himmel empor und machte die Finger krumm. Er hob sein Gesicht Gott entgegen und schloss fest die Augen. Er begann mit Gott zu sprechen, wandte sich an Sie, so wie er es seit dem glücklichen Tag zu tun pflegte, an dem er entdeckt hatte, dass Gott eine Frau war, »eine herrliche Frau mit üppigen Brüsten und genügend breiten Hüften, um die Welt zu gebären, doch winzig klein, unsichtbar, wie der Kosmos in der Handfläche des Nichts, und wegen ihrer Winzigkeit unendlich wie der blinde Bauch der Leere, wo kein Licht hingelangen konnte, wie der äußerste Rand des Unmöglichen; Ihre eigene Begrenzung folgt Ihr und nichts ist kleiner, außer das gesamte Universum, das unaufhörlich auseinanderstrebt«, erklärte er oft allen seine Entdeckung, eine Entdeckung, die ihm übrigens auch den endgültigen Ausschluss aus allen und jedem religiösen Orden eingebracht hatte.

Und er redete mit Gott und erinnerte Sie daran, wie Sie in früheren Zeiten den Bittenden Gnade gewährt hatte, erinnerte Sie daran, wie er seinen Körper und sein Leben nur Ihr geweiht hatte, falls Sie ihn einmal belohnen wolle, so wie Sie in vergangenen Zeiten illustre Männer von ehrwürdiger Herkunft belohnt hatte. Er dachte an den glücklichen Anchises, mit dem Sie Äneas gezeugt hatte, aus dem

Geschlecht der Dardaniden, den Begründer der latinischen Rasse. Und er bat Sie um die Gnade, ihn in einen Baum zu verwandeln, »in welchen Baum auch immer«, bat er sie inständig, in irgendeinen Baum, um Polyphem von gleich zu gleich wiedertreffen zu können. Und Jerónimo begann zu fühlen, wie seine Glieder starr wurden, wie seine Haut hart wurde, und seine Füße wuchsen und tiefer in die Erde eindrangen.

Bevor er gänzlich erstarrte, schaffte es Jerónimo noch, seine Handflächen zu Schalen zu formen, in Gedanken an die Nester der Vögel, die er beherbergen würde, und er fühlte, wie sich sein Blut in Saft verwandelte, wie in einem wundersamen Erguss der ursprünglichen Wasser, aus denen die Welt erstanden war. Die Vereinigung mit der Erde entrückte ihn mehr und mehr von der Natur der Menschen, und Gott war da in Ihrer ganzen Pracht, in der ganzen Herrlichkeit seiner Nacktheit, und er wollte Ihr Gesicht nicht sehen, um Sie in seinen Träumen nicht wiederzuerkennen, um Sie in Ihrer ganzen Größe zu ersehen, auf ewig Ihre Gegenwart zu erfahren und sich gegen die Erinnerungen der Gegenwart zu schützen. Mehr wollte er Ihr nicht sagen, um nur in den unerreichbaren Sphären mit Ihr zu reden, die dem Vergessen entrinnen. Er wollte Ihr Gesicht nicht sehen, noch Ihr das seine zeigen ...

Ein Lichtstreifen am Horizont, und mit einem mächtigen Schrei befahl der Letzte Hahn von Gestern den Tagesanbruch.

Jerónimo Peor, der Baum, der kaum noch etwas fühlte, erfuhr einen Frieden, den er in seiner früheren Natur niemals erfahren hätte. Es war ihm, als würde es zum ersten Male Tag, und jetzt spürte er vollkommen die seidige Oberfläche des Lichts und seinen Geschmack, der ihn vage an etwas Süßes erinnerte, und er erlebte am eigenen Holz das Kitzeln Hunderter von Ameisen, die ihn von Kopf bis Fuß erforschten und den Eisengeschmack der Mineralien des Bodens, die ihn durch seine Wurzeln ernährten. So lernte er die zerbrechliche Empfindlichkeit der Bäume kennen, die rauhe Oberfläche ihrer Rinde, ihren Durst nach Regenwasser, ihre Träume von Vögeln, ihre Erderinnerung, ihre großzügige Fruchtbarkeit, ihre Angst vor Blitzen ... ihre Furcht vor der Axt ... Er träumte: Licht – Schatten – Licht – Schatten – Wasser – Licht – Schatten – Wasser – Wasser.

Der Morgen kam und tauchte den Ort in sein Licht, an dem noch vor Kurzem ein Dschungel ein herrlicher Garten geworden war. Consuelo erhob sich wie immer, setzte Wasser zum Kochen auf, duschte abwesend und ging ohne Lärm zu machen in die Küche. Ein wenig später, als sie auf den Hof hinaustrat, um den Kaffeesatz wegzuschütten, sah sie ihn: Von Kopf bis Fuß völlig nackt stand da ihr Bruder starr in den Hof gepflanzt, in verdrehter Haltung und einer Färbung, die zwischen weiß und violett schwankte. Um den Hals trug er sein ewiges Stück Pappe mit der letzten Botschaft, die er darauf geschrieben hatte, einer Anweisung: »Pflanzt mich bitte neben Polyphem ein!« Weil ihr die Stimme versagte, schrie sie nicht, sondern näherte sich nur langsam, zu Tode erschrocken, ihrem Bruder und rief leise:

»Jerónimo! Hörst du mich? – Jerónimo!«

Sie spürte, wie der Kloß in ihrer Kehle immer größer wurde.

»Jerónimo, mach keinen Unsinn!«

Sie berührte ihn leicht an der Schulter und fühlte, dass er so kalt war wie ein versteinerter Baum.

»Jerónimo, hörst du mich denn nicht!?«, sagte sie mit

lauter werdender Stimme, während ihre Angst mit rasender Geschwindigkeit wuchs. Dann füllte sie ihre Lungen mit Luft und schrie aus vollem Halse:

»JERÓÓÓÓÓÓÓNIMO!!!«

Der Schrei weckte auf der Stelle alle Mädchen im Haus, sogar die, die noch ihren Rausch der vergangenen Nacht ausschliefen. In ihre Bettlaken gehüllt, kamen sie eilig in den Hof gelaufen und umringten die beiden Geschwister. Jerónimos starrer, magerer Körper wurde wild von Consuelo hin und hergeschüttelt, und ganz langsam begann er sich zu entspannen. Die Mädchen fanden seine Kutte und legten sie ihm um die Schultern; sie hatten ihn immer nackt sehen wollen, doch in diesem Augenblick bemerkte keine von ihnen seine Nacktheit überhaupt. Gemeinsam hoben sie ihn auf, trugen ihn in seine Kammer und rieben ihn mit Alkohol ab, damit er wieder zu sich kam. Als das harte Reiben ihm die Haut verbrannte, begann Jerónimo sich zu rühren. Wie Lazarus erwachte er langsam und sah sich sehr misstrauisch nach allen Seiten um. Er brachte kein Wort heraus, und als er sich zu bewegen versuchte, tat er es sehr ungeschickt. Consuelo goss sich etwas Alkohol in die Handfläche und hielt sie ihm unter die Nase, damit er reagierte.

Nach einer langen Weile setzte Jerónimo sich auf, streckte die Arme aus, um seine Hände zu betrachten, und plötzlich fiel ihm alles wieder ein.

»Was habt ihr mit mir gemacht?! – Ihr habt den Zauber zerstört!«, sagte er nur und fiel in Schweigen. Er erinnerte sich an seine Baumträume und an den Wind in den Blättern auf seiner Brust und seinem Kopf; er sah, dass seine Hände leer und ohne Vogelnester waren und die Nester ohne Vögel, und er verstand die Welt nicht mehr. Er bekam die erste und einzige Erkältung, die er in all diesen Jahren je gehabt hatte und musste mehr als eine Woche das Bett hüten.

In seiner Kammer hinter der Waschküche erholte sich Jerónimo langsam bei den heißen Suppen, die ihm seine Schwester zu der Stunde brachte, zu der es in dem alten Hause üblich war, in dem trotz alledem sich niemals etwas änderte.

Doch von da an blieb Jerónimo kränklich. Er verbrachte seine Tage zu Füßen des kleinen Limonenbaumes und sah ihn das erste Mal blühen.

Eine Zeit lang irrte er noch durch die Stadt und redete wirres Zeug, mit weit aufgerissenen Augen, in einer Hand den weißen Stock und in der anderen Pappfetzen, die er irgendwo auflas und den Passanten vor die Nase hielt, Kartons, auf die er mit dem Dreck der Straße irgendetwas geschrieben hatte, die Botschaften waren unlesbar geworden durch die Nässe.

Mit der Zeit wuchs ihm auch der Bart wieder, und seine Kutte hing in Fetzen … Und eines Tages zögerte Jerónimo Peor, zu Füßen Polyphems, keinen Augenblick lang, zu sterben. Seinem ureigensten Drang folgend starb er ganz einfach und Punkt.

Claudia Piñeiro im Unionsverlag

Ein wenig Glück
Ein psychologischer Spannungsroman um die Frage »Was ist Glück?«

Ein Kommunist in Unterhosen
Der Roman einer Kindheit, einer Epoche, einer Klasse und eines ganzen Landes.

Betibú
Ein filmreifer Thriller um Medien, Macht und Manipulation.

Der Riss
Eine Midlife-Crisis, ein Immobilienprojekt und eine Leiche.

Die Donnerstagswitwen
Die Reichen und Schönen der Gated Community und ihre tödlichen Geheimnisse.

Elena weiß Bescheid
Das Drama einer Mutter-Tochter-Beziehung und eine überraschende Wahrheit.

Ganz die Deine
Ein perfider Rachefeldzug gegen einen undankbaren Ehemann.

Der Privatsekretär
Románs rasanter Aufstieg führt ihn mitten in den Politiksumpf aus Machthunger und Intrigen.

Wer nicht?
Geheimnisse, Abgründe und gewöhnlich seltsame Menschen, denen das Leben eine Falle stellt.

Mehr über Autorin und Werk auf *www.unionsverlag.com*

Álvaro Mutis im Unionsverlag

»Álvaro Mutis erinnert uns – wie jeder große Autor – daran, dass es in den wirklich bedeutenden Abenteuergeschichten um mehr geht als um aufregende Ereignisse, nämlich um eine Haltung zur Welt, ja um die Dramatik eines ganzen Lebens. Die sieben Maqroll-Romane sind einzigartig, fesselnd und von völlig eigener Poesie. Und ihr Autor ist ein skeptischer Existentialist, der formvollendet mit jenem Zauber zu spielen weiß, der vom Erzählen ausgeht.« Eberhard Falcke, *Deutschlandfunk*

Der Schnee des Admirals
In den Wasserläufen des Amazonasbeckens verliert sich Maqroll zwischen Tagträumen und Delirium.

Ilona kommt mit dem Regen
Gemeinsam mit der abenteuerlustigen Ilona eröffnet Maqroll ein Bordell in der Bucht von Panama.

Ein schönes Sterben
Immer tiefer gerät Maqroll in ein Komplott, aus dem er sich kaum mehr zu befreien vermag.

Die letzte Fahrt des Tramp Steamer
Eine Liebe, die andauert, solange der Tramp Steamer über die Meere vagabundiert.

Das Gold von Amirbar
Fernab des Wassers schürft Maqroll in der Goldmine von Amirbar nach seinem Glück.

Abdul Bashur und die Schiffe seiner Träume
Den rastlosen Abdul Bashur treibt die Sehnsucht nach dem Schiff seiner Träume um die halbe Welt.

Triptychon von Wasser und Land
Der Gaviero springt als Vater für einen verunglückten Freund ein. Das Kind eröffnet ihm eine neue Welt.

Mehr über Autor und Werk auf *www.unionsverlag.com*

Mercedes Rosende im Unionsverlag

Falsche Ursula

Ursula ist unzufrieden. Zu hässlich, zu hungrig, zu allein – ihr Leben läuft überhaupt nicht so, wie sie es gern hätte. Die Schwester ist schöner, die Nachbarin glücklicher, und wer hält schon eine ewige Gemüsesuppen-Diät durch?

Da kommt ihr der mysteriöse Erpresseranruf eigentlich ganz gelegen: Man habe ihren Ehemann entführt, eine Million Lösegeld. Nur: Ursula hat gar keinen Ehemann. Doch ihr unstillbarer Hunger auf das Leben der anderen verbietet ihr, die Verwechslung aufzudecken. Sie entdeckt ihr kriminalistisches Talent, das sie in ein abstrus herrliches Abenteuer führt.

Krokodilstränen

Der Schauplatz: die Altstadt von Montevideo, mit düsteren Gassen und neugierigen Bewohnern. Der Coup: ein Überfall auf einen gepanzerten Geldtransporter. Die Besetzung: Germán, gescheiterter Entführer mit schwachen Nerven. Ursula López, resolute Hobbykriminelle mit unstillbarem Hunger. El Roto, der Kaputte, berüchtigter Verbrecherboss mit zu viel Selbstvertrauen. Doktor Antinucci, zwielichtiger Anwalt mit großen Plänen. Und schließlich Leonilda Lima, erfolglose Kommissarin mit einem letzten Rest von Glauben an die Gerechtigkeit.

»Rosende, eine gelernte Juristin, hat eine angenehm lakonische Art. Sie wechselt spielerisch Tempo, Tonlagen und Erzählperspektiven, ohne dass das je maniert wirkte. Von dieser Erzählerin läse man gerne mehr.« *Frankfurter Allgemeine Zeitung*

Mehr über Autorin und Werk auf *www.unionsverlag.com*